Veröffentlicht von
DREAMSPINNER PRESS

5032 Capital Circle SW, Suite 2, PMB# 279, Tallahassee, FL 32305-7886 USA
www.dreamspinnerpress.com

Neue Wege
Urheberrecht der deutschen Ausgabe © 2019 Dreamspinner Press.
Originaltitel: New Tricks
Urheberrecht © 2018 Andrew Grey
Original Erstausgabe. Dezember 2018
Übersetzt von Crystel Greene.

Umschlagillustration
© 2018 Adrian Nicholas
adrian.nicholas177@gmail.com
Die Illustrationen auf dem Einband bzw. Titelseite werden nur für darstellerische Zwecke genutzt. Jede abgebildete Person ist ein Model.

Deutsche ISBN. 978-1-64405-701-8
Deutsche eBook Ausgabe. 978-1-64405-700-1
Deutsche Erstausgabe. Juli 2019
v 1.0

Gedruckt in den Vereinigten Staaten von Amerika.

NEUE WEGE

Andrew Grey

Dieses Buch ist meinen Freunden,
meinen Lieben und allen meinen Lesern gewidmet.
Ich mache das hier für Euch!

1

„DU GEHST wirklich weg", sagte Blaze und setzte sich mit einem Seufzer vor Thomas' Schreibtisch. „Warum, um Himmels willen? Hier gibt's Männer, Spaß und eine Million Dinge zu tun, die alle darauf hinauslaufen, dass du mit jemandem im Bett landest und du willst zurück nach … wohin genau?" Er beugte sich vor, damit Thomas seinen ungläubigen Gesichtsausdruck besser sehen konnte. „An den Arsch der Welt?"

Thomas schüttelte langsam den Kopf. „Colorado Springs, und ich will nach Hause, um mal wieder ein bisschen Zeit mit meinen Eltern zu verbringen." Er brummte kurz. „Arbeitest du nicht für mich? Und da ich weiß, dass du das tust, warum bin ich dann nicht vor deinem Gemecker und deinen Gemeinheiten sicher?" Thomas gab sich alle Mühe, ärgerlich zu wirken. Er wusste, dass es nicht funktioniert hatte, als Blaze nur mit den Augen rollte.

„Weil ich dein bester Freund bin, schon seit unseren Zeiten bei Alpha Chi, und, ja, die Firma gehört dir, aber du weißt, sie wäre nichts ohne meine charmante Persönlichkeit, mit der ich all die Deals eingefädelt habe, die du in den ganzen Jahren gemacht hast." Blaze grinste ihn an und Thomas gab einen eisigen Blick zurück. „Weißt du noch? Im College haben wir beide geschworen, dass wir Furore machen werden und richtig viel Kohle dazu und dass wir niemals in die furchtbaren Städte zurückgehen werden, wo wir aufgewachsen sind." Er tat so, als ob er schauderte.

Thomas schüttelte den Kopf. „Ich bin müde geworden, Blaze. Ich habe diese Firma so groß gemacht, dass sie mehr Angestellte hat als damals meine Highschool, und alle meine Leute sind richtig gut und können ihren Job. Sonst hätten du und ich sie nicht eingestellt. Ich ziehe nur nach Colorado Springs zurück, nicht zum Mond, und ich werde immer noch die Firma führen. Ich werde es nur von einem Ort aus tun, der ruhiger ist und weniger … easy."

„Easy! Du findest New York easy?" Blaze' Augen weiteten sich.

„Ja, finde ich. Hier kann man sich alles einfach so nehmen", gab Thomas zurück. „Es ist echt viel zu easy. An jeder Ecke gibt's Typen, oder Mädchen, wenn das dein Ding ist. Wenn dir einer nicht reicht, such dir noch einen oder zwei oder vielleicht drei. Wenn du Geld hast, kommt es dir hier so vor, als ob du alles kaufen kannst. Und ich habe genug davon. Okay? Ich will es ruhiger haben." Er schluckte und schloss halb die Augen. „Ich schwöre, ich habe in den letzten achtzehn Jahren keine Nacht mehr als ein paar Stunden geschlafen."

„Also gibst du alles auf", hakte Blaze nach. „Einfach so?"

„Meine Eltern werden älter. Sie haben nichts gesagt, aber ich weiß, sie werden bald Hilfe brauchen. Ich will mit ihnen mehr Zeit verbringen und mir vielleicht was Neues aufbauen."

Blaze nickte. „Ich weiß, was dein Problem ist. Du leidest immer noch darunter, dass Angus dich verlassen hat, deshalb willst du jetzt einen Tapetenwechsel. Aber weißt du was, wenn du über einen Typen hinwegkommen willst, gibt es nichts Besseres, als sich einen neuen zu suchen. Und es gibt reichlich heiße Kerle in New York, die alles für die Chance tun würden, dein Herz zu gewinnen."

Thomas runzelte die Stirn. Blaze kapierte es nicht. „Das ist das Problem. Die sind vielleicht alle interessiert, aber ich bin es nicht. Und nur zur Klarstellung, ich habe Angus verlassen. Zwischen uns gab es nie eine echte Verbindung und außerdem hat er sich dauernd beschwert, dass ich zu viel arbeite. Jeder Mann, mit dem ich je zusammen war, hat dasselbe gesagt: dass ich zu viel Zeit in der Firma verbringe und zu wenig Zeit mit ihm."

Das Telefon auf dem Schreibtisch summte und Blaze stand auf. „Das wird Marjorie sein. Ich hau lieber ab, bevor sie mich hier sitzen sieht und beschließt, dass dies eine gute Gelegenheit ist, mir mitzuteilen, was ich in meinem Leben alles falsch mache. Warum quält die Frau mich immer, anstatt ihre Zeit dazu zu nutzen, dir diese verrückte Idee auszureden?" Blaze versuchte, unschuldig auszusehen, aber Thomas wusste, dass er und Marjorie einen krankhaften Spaß daran hatten, sich gegenseitig so intensiv wie nur möglich auf die Nerven zu gehen.

Thomas winkte Blaze zu und nahm den Anruf an.

„Dein Zwei-Uhr-Termin wartet draußen und halb drei hat angerufen und verspätet sich um ein paar Minuten. Das heißt, mit deinem Drei-Uhr-Termin wird es knapp, und –"

„Wir werden es schon schaukeln. Tun wir doch immer."

Thomas blickte auf die Uhr, während Blaze aus dem Büro verschwand. Das einzig Gute an diesem Termin war, dass er nicht noch länger mit Blaze darüber reden musste, dass er näher zu seiner Familie ziehen wollte. Thomas wusste, dass dies für Blaze ein schmerzhaftes Thema war. Seine Eltern hatten Blaze nie als den Menschen akzeptiert, der er war. Sie gaben sich immer noch der Illusion hin, dass er über diese schwule Phase in seinem Leben hinwegkommen und eines Tages heiraten und für Enkelkinder sorgen würde. Thomas' Eltern hatten ihn wenigstens immer unterstützt … auch wenn sie ziemlich anstrengend sein konnten.

Als sein Gesprächspartner hereinkam, stand Thomas auf und bat ihn an den Konferenztisch. Er hörte sich den Geschäftsvorschlag an, für den er sich nicht wirklich interessierte und am Ende konnte er für beide Seiten immer noch keinen echten finanziellen Nutzen erkennen.

Er hoffte, dass der Rest des Nachmittags produktiver verlaufen würde.

Zum Glück tat er das und als Thomas nach sieben aus dem Büro kam, hatte er viel geschafft. Marjorie saß immer noch an ihrem Schreibtisch wie eine Torwächterin.

„Du musst nicht so lange bleiben. Geh nach Hause und unternimm was Schönes."

Sie schnaubte und schaute ihn missbilligend an. „Und das sagt ausgerechnet der Mann, der morgens vor allen anderen da ist und abends als Letzter nach Hause geht. Was wirst du nur machen, wenn du umziehst und kein Büro mehr hast, wo du bis in die Nacht sitzen kannst?"

Sie lächelte, um ihm zu zeigen, dass es ihr nur halb ernst war.

„Keine Ahnung. Bist du sicher, dass du nicht mitkommen willst?" Er hatte sie schon vier Mal gefragt, aber er war bereit, es noch einmal zu versuchen.

„Ja. Ich bin sicher. Ich werde dich hier vertreten und wenn du in Colorado Springs bist, werde ich dir helfen, einen Assistenten zu finden, der dort für dich arbeiten kann."

Also jemanden, der Marjorie nicht verrückt machen würde. Sie hatte ihre bestimmte Ordnung und er liebte es, wie organisiert und kompetent sie war. Marjorie dachte immer einen Schritt voraus und kümmerte sich um alles, damit dafür gesorgt war, dass er so effektiv wie möglich arbeiten konnte. Thomas würde sie vermissen.

„Es wird gut laufen und ich werde sogar aufhören, Blaze zu ärgern … so gut es geht."

Gott, Thomas liebte es, wenn sie so mit den Augen zwinkerte.

„Und wenn du erst mal weg bist, verspreche ich, dass ich hin und wieder mal schon um fünf Uhr Schluss machen werde."

Thomas lachte. „Danke." Dass er sie zurücklassen musste, war das Einzige, was ihm wirklich Sorgen machte. Sie war diejenige, die sein Leben organisierte und zusammenhielt, damit er sich auf die wichtigen Dinge konzentrieren konnte, und er brauchte sie. „Gute Nacht. Wir sehen uns morgen früh."

„Morgen ist Samstag und die Möbelleute kommen, um deine Sachen zusammenzupacken. Ich werde dir eine Nachricht aufs Handy senden, damit du es nicht vergisst." Sie lächelte und winkte, als Thomas das Büro verließ.

Er schaffte es bis zum Fahrstuhl, dann musste er gähnen. Während der Fahrt hinunter zur Tiefgarage, lehnte er sich an die Wand der Liftkabine. Er bat seinen Fahrer, auf dem Nachhauseweg bei der Bodega zu halten, damit er sich etwas zu essen kaufen konnte. Er schnappte sich etwas zum Mitnehmen und lief zurück zum Auto, um sich zu seinem Apartment bringen zu lassen.

Thomas ging hinein und aß sein Dinner vor dem Fernseher mit ein paar Akten als Gesellschaft. Jahrelang hatte er seine Zeit und Kraft dazu genutzt, Stepford Management zu einer der Top-Immobilienentwicklungs- und beratungsfirmen Amerikas zu machen. Unzählige Geschäfte, immer neue Projekte – er und seine Teams organisierten alles, zogen das Projekt erfolgreich durch und verdienten eine Menge Geld dabei. Thomas hatte inzwischen mehr, als er ausgeben konnte und er war erschöpft.

Früher hatte er sich immer darauf gefreut, ins Büro zu gehen. Als er jünger gewesen war, hatten ihn die Deals motiviert und nächtelang auf Trab gehalten. Er hatte immer davon geträumt, Hochhäuser zu bauen, mit Mietern zu füllen und dabei die Skyline New Yorks zu verändern. Und er hatte das alles erreicht. Thomas hatte über die Jahre mit einigen der wichtigsten Leute der Stadt New York zusammengearbeitet und er hatte es geliebt. Aber der Kick war nicht mehr da. Es war nur noch Arbeit, und Thomas kannte sich selbst gut genug, um zu wissen, dass er einen Wechsel brauchte. Etwas anderes, Ruhigeres. Er brauchte die Möglichkeit, etwas anderes zu tun, als zu arbeiten.

Sein Handy vibrierte in seiner Hosentasche und er zog es heraus. Eine Textnachricht von seiner Mutter. Sie schrieb, sie habe dafür gesorgt, dass alles seinen Vorstellungen entspräche, und alles wäre in bester Ordnung.

Danke, Mom, antwortete er. Seine Mutter textete ausgesprochen gern. Sie hatte es immer gehasst, zu telefonieren und nun verschickte sie andauernd Nachrichten.

Wann verlässt du New York?

Morgen werden meine Sachen gepackt. Ich fliege am Dienstag, sobald ich ein paar Dinge im Büro geregelt habe.

Gut. Der Bildschirm zeigte an, dass sie noch schrieb, also wartete er. *Kommt Marjorie mit?*

Nein. Sie bleibt in New York und wird sich hier um alles kümmern. Er schob die Akten zur Seite und zuckte zusammen, als sein Handy läutete. Er hatte absolut nicht damit gerechnet, dass seine Mutter anrufen würde. „Was ist los?", fragte er.

„Reden ist vielleicht einfacher", sagte seine Mutter in leicht beleidigtem Ton. „Brauchst du hier einen Assistenten? Ich werde mich nämlich nicht um deine Angelegenheiten kümmern. Das ist zu viel Arbeit für eine alte Frau wie mich."

„Du bist nicht alt. Marjorie besorgt mir einen Assistenten." Er war so verdammt müde und hatte so gar keine Lust auf dieses Gespräch. Marjorie würde jemanden finden, mit dem er gut zurechtkam. Er brauchte ja niemanden, der so viele Stunden arbeitete wie sie. Sie würde immer noch da sein, um seinen Terminkalender zu führen und den Hauptteil der Dinge, die anfielen, für ihn zu erledigen. Jemanden zu haben, der ihm vor Ort half, war aber eine gute Idee.

„Thelma Wilsons Enkel hat gerade seinen Collegeabschluss gemacht und sucht einen Job. Ich habe ihr gesagt, dass du kommst und wahrscheinlich jemanden brauchst, also habe ich versprochen, es dir weiterzusagen."

Na super. Das war ja genau das, was er brauchte: dass seine Mutter versuchte, einen Assistenten für ihn aufzutreiben. Thomas war kurz davor, ihr zu sagen, dass Marjorie sich um alles kümmern würde, aber er war nicht in der Stimmung, mit seiner Mutter zu streiten. Es würde ihm nichts nützen, und seine Mutter wäre verstimmt. „Er soll seinen Lebenslauf und so weiter an die Personalabteilung in New York schicken. Die regeln alles für mich." So, das war gar nicht so schlimm.

„Okay. Ich werde es Thelma sagen. Kannst du mir die E-Mail-Adresse geben, die er benutzen soll?", fragte sie und Thomas gab sie ihr durch. „Gute Reise für dich, und ruf deinen Vater und mich an, wenn du da bist." Er hörte die Vorfreude in ihrer Stimme. Thomas war in den letzten Jahren nicht so oft nach Hause gefahren, wie er es hätte tun sollen. Seine Eltern waren begeistert gewesen, als er ihnen erzählt hatte, dass er nach Hause zurückkehren würde.

„Werde ich machen, Mom. Lasst es ruhig angehen und wir sehen uns am Mittwoch." Er würde am Dienstag erst spät ankommen und wollte sie nicht stören. „Vielleicht können wir am Abend zusammen essen, falls es für dich und Dad passt." Es war an der Zeit, dass er selbst anfing, es ruhiger angehen zu lassen und die Chance ergriff, sich ein Leben aufzubauen, das sich nicht nur um die Arbeit drehte.

„Es gibt ein paar nette junge Männer in der Stadt, die andere Männer mögen, und …"

Er stöhnte. Bevor er sich vor seinen Eltern geoutet hatte, hatte seine Mutter ihr Bestes gegeben, um ihn mit jedem halbwegs passenden Mädchen zu verkuppeln, das sie kannte. Damals hatte er immer etwas vorgehabt, nur um nicht auf diese Dates gehen zu müssen. „Mom, ich komme nach Hause, um mit dir und Dad Zeit zu verbringen. Ich werde immer noch eine Menge zu tun haben." Und das Letzte, was er brauchte, war, dass seine Mutter Männer für ihn aussuchte. Ja, es freute ihn, dass seine Eltern ihn so akzeptierten, wie er war, aber wenn seine Mutter jetzt versuchte, ihm einen Partner zu besorgen, ging das etwas zu weit. „Wenn ich jemanden treffen will, werde ich das. Ich bin kein Troll, der dafür die Hilfe seiner Mutter braucht."

„Werd nicht frech", schimpfte sie.

„Dann hör auf, die Kupplerin zu spielen und überlass mein Liebesleben mir." Er seufzte, denn egal, wie oft er sie zurechtwies, seine Mutter war seine Mutter und würde genau das tun, was sie wollte. „Kümmere dich um Collins Liebesleben. Er ist hetero und er ist wieder Single." Ungefähr zum dritten Mal. Für ihn konnte sie die Heiratsvermittlerin spielen, so viel sie wollte. Er konnte es brauchen. „Oder noch besser, lass uns beide selber zusehen, wie wir in der Liebe glücklich werden."

Seine Mutter schwieg, und Thomas wusste sofort, dass etwas nicht stimmte. „Ich habe ihm Karla vorgestellt", gab sie verlegen zu.

„*Du* warst das", keuchte er.

„Er hat sie geheiratet", verteidigte sich seine Mutter. „Ich habe die beiden nur miteinander bekannt gemacht. Ich hatte ja keine Ahnung, dass sie sich als eine solche Harpyie herausstellen würde. Als ich sie kennenlernte und zum Dinner eingeladen habe, war sie sehr nett."

Er rollte mit den Augen, obwohl sie es nicht sehen konnte. „Das zeigt nur, was für eine hoffnungslos schlechte Kupplerin du bist. Du bist einfach zu nett und siehst in jedem nur das Gute. Ich wusste zwei Sekunden, nachdem ich diese Frau zum ersten Mal gesehen hatte, dass sie eine Hexe ist. Aber da hatte sie schon den verdammten Ring am Finger und Collin fest in ihren Klauen. Es war wirklich abscheulich. Alles, was sie wollte, war Collins Geld ... oder das Geld, das sie meinte, über Collin mir aus der Tasche ziehen zu können."

Beinahe hätte das alles sein Verhältnis zu seinem Bruder zerstört. Karla verlangte alles Mögliche – Schmuck, ein Haus – und Collin versuchte, es ihr zu beschaffen. Als klar war, dass er sich das nicht leisten konnte, kam Collin zu Thomas und bat um Geld, mit dem Hut in der Hand und dem Gefühl, ein kompletter Loser zu sein. Schließlich weigerte sich Thomas, weiter mitzumachen. Collin redete monatelang nicht mit ihm ... bis Karla schließlich ging und Collin nicht länger unter ihrem Einfluss stand. Erst dann kam der alte Collin langsam wieder zum Vorschein.

„Ich bin keine hoffnungslos schlechte Kupplerin. Ich mache nur Leute miteinander bekannt. Ich habe nichts weiter getan, als sie einmal zum Dinner einzuladen. Dein Bruder hat den Rest gemacht." Sie war dabei, ärgerlich zu werden.

„Trotzdem, du musst zugeben, dass du ein Stück Verantwortung trägst." Wenn es ihm gelang, seine Mutter dazu zu bringen, sich zurückzuhalten, konnte das nur gut für ihn sein. „Lass Collin und mich in Frieden. Wir sind sehr wohl selbst in der Lage, Partner zu finden."

„Gut." Sie schmollte und Thomas wusste, dies war nur ein strategisches Nachgeben. Seine kuppelfreudige Mutter würde nur allzu schnell zurücksein.

„Soll ich also die Leute wieder ausladen, die heute zum Dinner kommen?"

„Mom. Collin ist erst vor drei Monaten geschieden worden. Lass ihn erst mal zu sich kommen." Sie hatte es wirklich verflixt eilig.

„Wenn er nicht bald ein nettes Mädchen heiratet, dann werden sie zu alt sein, um Kinder zu haben und ich werde niemals Großmutter." Jetzt kamen

Tränen ins Spiel und das war, das wusste Thomas, seine große Schwäche, wenn es um seine Mutter ging.

„Okay. Ich halte mich da raus. Aber wenn Collin noch mal so eine Harpyie wie Karla heiratet, werde ich dir die Schuld geben." Er lachte, als seine Mutter am anderen Ende der Leitung aufgebracht nach Worten suchte. „Ich mach jetzt Schluss. Eine gute Nacht dir und Dad." Er wollte schon auflegen, aber dann fügte er noch hinzu: „Und noch mal, versuch ja nicht, mich mit jemandem zu verkuppeln."

Er beendete das Gespräch und überlegte, ob seine Mutter sich daran halten würde, was er ihr gesagt hatte. So oder so würde er sich nicht in jemanden verlieben, den seine Mutter für ihn ausgesucht hatte. Er liebte sie von ganzem Herzen, aber die Frau hatte in puncto potentielle Schwiegertöchter einen denkbar schlechten Geschmack. Thomas konnte sich nur ausmalen, was für eine Sorte Mann sie für ihn auswählen würde. Verdammt, er würde als Ehemann seines Vaters enden. Der Gedanke ließ ihn erschaudern. Er legte das Handy zurück auf den Couchtisch und wandte seine Aufmerksamkeit wieder den Akten zu, die er mit nach Hause genommen hatte. Aber er merkte schnell, dass er nicht vorwärtskam. Er legte die Ordner weg und beschloss, damit anzufangen, ein paar persönliche Dinge für den Umzug einzupacken. Die meisten seiner Sachen waren ihm ziemlich egal, um die konnten sich die Möbelleute kümmern.

Aber es gab ein paar Dinge, die nicht unbedingt von Fremden durchwühlt werden mussten und so zog er seine Koffer unter dem Bett hervor, klappte sie auf und begann, sie mit Unterwäsche und den Kleidern zu füllen, die er mit ins Flugzeug nehmen wollte.

Da klopfte es an der Tür. Er ging, um aufzumachen.

Blaze rauschte in die Wohnung und schaute sich um. „Oh mein Gott, lass mich raten – du packst." Er stemmte die Hände in die Hüften und durchbohrte Thomas mit seinem Blick. „Es ist Freitagabend, der letzte, den du in nächster Zeit in New York verbringen wirst." Blaze schaute kurz ins Schlafzimmer und dann wieder zu ihm. „Ich wusste, dass ich kommen musste, um dich vor dir selbst zu retten. Geh da wieder rein und zieh dir was Vernünftiges an. Du und ich, wir gehen jetzt aus und wir werden einen jungen, heißen Typen für dich aufgabeln. Du kannst die Stadt ebenso gut mit einem Bums verlassen."

„Deine Wortspiele sind scheußlich", sagte Thomas. „Ich bin müde und ich habe morgen einen langen Tag."

Blaze schüttelte den Kopf. „Du wirst rumstehen und den Möbelpackern zugucken und aufpassen, dass keiner einen Finger durch den de Kooning oder den Pollock steckt. Ansonsten wirst du auf dem Sofa hocken und arbeiten.

Also, wen interessiert's?" Er wartete auf Thomas' Antwort. Thomas fiel nichts Gutes ein, also ging er in sein Schlafzimmer, um sich umzuziehen.

„Warum bin ich noch mal mit dir befreundet?", fragte er, während er seinen Schrank durchsah.

„Das ist einfach. Weil ich der einzige Mensch bin, der dich an einem Freitagabend nicht rumsitzen und Trübsinn blasen lässt." Blaze' Stimme drang vom anderen Zimmer herüber. „Zieh was Heißes an und achte drauf, dass die Hosen eng genug sind, damit dein Arsch schön zur Geltung kommt."

„Mein Gott, Blaze. Ich bin keine zwanzig mehr. Ich brauche diesen ganzen Mist nicht zu machen."

Thomas griff nach einem Paar bequemer Jeans und warf sie aufs Bett, um dann nach einem Seidenhemd zu suchen, das er gern mochte.

„Wir sind beinahe vierzig, verdammt noch mal. Wir müssen diesen ganzen Mist machen, und noch mehr. Hast du in letzter Zeit mal in den Spiegel geguckt? Keiner von uns beiden ist fett, aber wir gehen trotzdem auseinander. Unsere Hintern werden breiter und unsere Beine dicker. Diese Skinny-Jeans, in die wir uns gezwängt haben, als wir jung waren, können wir nicht mehr tragen. Deshalb müssen wir alles zeigen, was wir noch zu bieten haben und die Jungs daran erinnern, dass ein paar mehr Jahre eine Menge mehr Erfahrung bedeuten."

Blaze sah immer gut aus und Thomas hatte noch nie irgendein Auseinandergehen an seinem Freund bemerkt.

Thomas hatte sich fertig angezogen und kam aus dem Schlafzimmer. „Hiermit einverstanden, Hoheit?", grinste er.

„Lieber Gott. Wir gehen aus, und zwar in einen Club, nicht zu einem Figurentanz." Blaze rauschte an ihm vorbei, direkt auf Thomas' Schrank los. „Zieh das Hemd hier an. Und diese Jeans sehen aus, als hättest du sie von Tattergreise R Us." Er wühlte den Schrank durch und warf ein Paar schwarze Jeans auf das Bett. „Zieh die an. Schwarz macht schlank."

„Aber das Hemd ist zu eng."

„Perfekt. Es muss eng sein, damit man deine Armmuskeln sieht." Blaze ging aus dem Zimmer und Thomas fragte sich, ob sich das hier wirklich lohnte.

Er zog sich noch einmal um. Die Jeans saßen wie eine zweite Haut auf seinen Hüften und das Hemd spannte sich über seine Brust. Als er in den großen Spiegel sah, musste er zugeben, dass er ziemlich gut aussah.

„Okay. Los geht's", sagte Thomas, als er aus dem Schlafzimmer kam. Blaze nickte und wandte sich zur Tür. Thomas holte sein Portemonnaie und seine Schlüssel, folgte Blaze nach draußen und schloss die Wohnungstür ab. Nachdem sie mit dem Lift ins Parterre gefahren waren, wurden sie vom Portier begrüßt und traten dann hinaus in die Nachtluft der Upper West Side.

8

„Ich kann nicht glauben, dass du all das hier aufgibst", sagte Blaze, während er versuchte, ein Taxi heranzuwinken. „Wo wirst du in Colorado Springs wohnen?"

Thomas zuckte die Schultern. „Weiß ich noch nicht. Ich habe noch kein Haus gekauft. Ich hab mir gedacht, ich wohne erst mal eine zeitlang zur Miete und ziehe dann um, wenn ich etwas gefunden habe, was mir wirklich gefällt." Er war nicht so dumm, sich irgendetwas unbesehen zu kaufen.

„Du ziehst das alles ganz schön flott durch." Blaze schaute die Straße hinauf und hinunter und schließlich gingen sie das kurze Stück Richtung Fifth Avenue zu Fuß.

„Collin hat mich vor ein paar Wochen angerufen und gesagt, dass Mom und Dad nicht mehr so gut zurechtkommen. Sie würden nie etwas sagen, aber Mom ist mit ihrem Rheumatismus nicht mehr so beweglich und Dad muss immer mehr für sie machen. Collin hilft, aber er hat ungünstige Arbeitszeiten im Restaurant, und, na ja …" Thomas zuckte mit den Schultern. „Ich bin fast vierzig und ich bin erschöpft." Er wich einem Hundehaufen aus und hoffte, dass der Besitzer dafür ein üppiges Bußgeld gezahlt hatte. „Ich habe Tag und Nacht gearbeitet, um meine Firma hochzuziehen und erfolgreich zu machen. Jetzt will ich Zeit mit meinen Eltern verbringen, bevor es zu spät ist."

Sie waren an der Straßenecke angelangt und Blaze pfiff schrill nach einem Taxi. „Nach Hause zu ziehen, um meine Eltern zu sehen, das ist echt das Letzte, woran ich je denken würde. Verdammt, ich würde lieber ein Bein verlieren, als auch nur eine Stunde mit meinem Vater in Georgia zu verbringen. Der Mann ist ein Fanatiker. Von dem Moment an, als er kapierte, dass ich vielleicht schwul bin, wollte er nichts mehr mit mir zu tun haben."

Ein Taxi hielt neben ihnen. Blaze öffnete die hintere Tür, um einzusteigen und Thomas folgte ihm. Es wäre besser gewesen, diese Fahrt mit seinem Limousinen-Service zu organisieren. Das hätte er auch gemacht, wenn Blaze ihm nur irgendeine Vorwarnung gegeben hätte wie ein normaler Mensch.

„Zum Brick", sagte Blaze zum Fahrer, der nickte und anfuhr.

„Willst du da wirklich hin?" Den Schwulenclub gab es schon seit Ewigkeiten.

„Die haben alles umgestaltet, das ist wieder trendy. Die Leute haben genug von diesem Techno-Scheiß und wollen gute, saubere … okay, vielleicht eher heiße und schmutzige Action. Das Brick ist der Club, wo jetzt alle angesagten Typen sind." Und Blaze musste es wissen. Es war sein besonderes Talent, immer darüber auf dem Laufenden zu sein, was in der Szene gerade angesagt war und wo er für sein Geld alles kriegen konnte, was er haben wollte.

Thomas wandte sich zu Blaze. „Hast du jemals darüber nachgedacht, dieses Leben irgendwann mal hinter dir zu lassen? Dir was Festes zu suchen?"

Blaze' Augen brannten im Halbdunkel des Wagens im Schein der vorüberziehenden Lichter. „Ich habe den ganzen Beziehungskram gemacht. Erinnerst du dich an Mathias? Er war …" Blaze schien keine Worte zu finden. „Du weißt, wie toll das alles gelaufen ist." Er schüttelte den Kopf. „Mir geht's sehr viel besser ohne all diese fürchterlichen Verwicklungen, die nur dazu führen, dass du dir verdammt noch mal wünschst, du hättest den Kerl nie in dein Herz gelassen … oder in deine Wohnung." Blaze fluchte leise. „Der Scheißkerl hat mich schamlos beklaut und ich habe eine Antibiotikatherapie gebraucht, um ihn restlos loszuwerden. Also, nein, ich denke nicht darüber nach, mir was Festes zu suchen. Ich werde mich durch die Clubs bumsen, bis ich zu alt und hässlich dazu bin. Und danach kauf ich mir den Sex."

Thomas kannte die ganze Geschichte von Mathias, aber ihm war nicht klargewesen, wie sehr der kleine Dreckskerl Blaze verletzt hatte. Was Thomas ärgerte, denn er hätte genauer hinsehen müssen. Er hatte nicht übel Lust, Mathias aufzuspüren, nur damit er dem Mistkerl einmal eine Lektion erteilen konnte. „Du solltest nicht zulassen, dass ein einziges Arschloch darüber bestimmt, wie du dein Leben leben willst."

Sie waren in Midtown angekommen und Blaze sah aus dem Fenster. „Quatsch. Ich hab noch andere Typen gedatet und es endete immer auf die gleiche Art." Er schaute Thomas nicht an, aber Thomas konnte den Schmerz in seiner Stimme hören. „Ich habe gute Freunde, denen ich vertraue, und wenn ich jemanden brauche, der mir für eine Nacht das Bett wärmt, gehe ich in Clubs oder Bars." Endlich drehte er sich wieder zu Thomas um. „Ich habe immer gedacht, dir geht es genauso. Ich meine, du warst doch nie in einer Beziehung, nicht wirklich."

„Stimmt, ich war nie in einer Beziehung … na ja, mit Ausnahme von Angus." Thomas verdrehte die Augen. Bei den wenigen Gelegenheiten, als er mit einem Mann ein zweites Mal ausgegangen war, war immer etwas in der Firma dazwischengekommen, und er hatte das Treffen abgebrochen oder abgesagt. Die Männer hatten ziemlich schnell kapiert, dass sein Job zuerst kam und sie weit dahinter. Es war nie zu einem dritten Date gekommen – außer mit Angus und das hatte ein katastrophales Ende genommen … für sie beide.

„Siehst du, ich habe mir schon gedacht, dass du von irgendeinem Deppen verletzt worden bist und es mir nie erzählt hast."

„Stimmt nicht. Ich hatte einfach nie Zeit." Thomas wandte sich ab und sah aus dem Fenster. Sie fuhren nicht mehr durch Wohngebiete, sondern an Geschäftshäusern und Clubs vorbei.

„Wünschst du dir ein Privatleben?", fragte Blaze, als das Taxi an den Rand schwenkte.

Thomas öffnete die Tür, dankbar, dass er der Frage ausweichen konnte. Er bezahlte den Fahrer und trat zu Blaze, während das Taxi davonfuhr.

„Du hast meine Frage nicht beantwortet."

Thomas betrachtete die Schlange von Männern, die darauf warteten, in den Club gelassen zu werden. Das hier war keine gute Idee. Es würde Stunden dauern, bis sie hineinkamen, und das Letzte, wozu er Lust hatte, war, an einem Freitagabend in einer verdammten Schlange zu stehen. „Vielleicht. Weiß nicht." Er wusste, dass er es leid war, seine Tage im Büro zu verbringen und die Nächte mit noch mehr Arbeit. „Es muss mehr im Leben geben als nur das hier." Er hob die Hand, aber er meinte nicht wirklich den Club, sondern alles.

„Mach dir keine Sorgen, mein Freund." Blaze marschierte auf den Türsteher zu, sprach ein paar Sekunden lang mit ihm und gab Thomas dann ein Handzeichen. Das Samtband hob sich vor ihnen und sie waren drinnen, einfach so.

Thomas hatte keine Zeit, darüber nachzudenken. Von einem Moment zum nächsten umfing ihn der stampfende Rhythmus der Musik und das Gedränge von Männern, viele ohne Hemd. Muskelbepackte, nackte Oberkörper, Waschbrettbäuche, die von Schweiß glänzten – Schönheit und Sex, zur Schau gestellt, wohin man auch sah.

„Wo willst du anfangen?", fragte Blaze, als schon ein Mann direkt auf ihn zusteuerte. Er war kleiner als Blaze – ein menschliches Minikraftwerk, den vielen Muskeln nach zu schließen. Er stellte sich auf die Zehenspitzen und flüsterte Blaze etwas zu, bevor er seinen Arm um Blaze' Taille legte. Blaze lächelte und ging mit ihm zur Bar, während Thomas sich wieder umsah. Er fühlte sich wie ein Junge, der beim Highschool-Ball an der Wand steht, während alle anderen tanzten.

Thomas war der Chef einer erfolgreichen Firma, die er selber aufgebaut hatte; es hätte kein Problem für ihn sein sollen, sich auf den Weg zu machen und Männer anzusprechen. Es war nichts dabei. Er redete den ganzen Tag lang mit Leuten, ohne die geringsten Schwierigkeiten. Aber gerade jetzt, hier, waren alle Jungs attraktiv, braun gebrannt, durchtrainiert … heiß.

„Geh los und lern Leute kennen", sagte Blaze, der zurückgekommen war, um ihm ein Bierglas in die Hand zu drücken. Er kippte seinen eigenen Drink herunter und verschwand wieder mit dem kleinen Muskelmann. Die beiden drängten sich zur Tanzfläche durch, wo Blaze den anderen Mann lässig in den Arm nahm und mit ihm einen superheißen Engtanz anfing. Sogar Thomas bemerkte, dass sie scharf zusammen waren, und ihm war schon oft gesagt worden, dass er von solchen Sachen ziemlich wenig Ahnung hatte. Seine eigenen Tanzkünste lagen irgendwo zwischen sterbendem Huhn und Vogelscheuche.

Thomas schob sich langsam zur Bar durch und fand einen leeren Platz, von dem aus er beobachten konnte, was vor sich ging. Er trank sein Bier aus und bestellte sich ein zweites.

„Hey", sagte ein Mann um die dreißig mit lackschwarzem Haar und stechenden Augen, der sich über den Tresen lehnte und zu Thomas herübersah.

„Hallo", sagte Thomas und setzte sein bestes Lächeln auf. Warum war er nur so nervös? Er suchte angestrengt nach etwas, das er sagen konnte, was nicht wie ein Spruch klang. „Möchtest du was trinken?"

„Danke, das wäre nett." Der Mann setzte sich neben ihn und lächelte, als Thomas den Barkeeper rief und einen Martini bestellte. „Ich war noch nie hier." Er drehte sich zur Tanzfläche um und Thomas folgte seinem Blick. „Ich hatte keine Ahnung, dass hier so viele alte Männer rumhängen, die einen jungen Typen aufgabeln wollen." Der Martini kam, und der Mann war weg.

Thomas schüttelte den Kopf und bezahlte den Drink. Abzublitzen, bevor er überhaupt einen Move gemacht hatte, war eine Sache, aber derart grob behandelt zu werden, das tat weh. Wenn Männer so drauf waren, dann begriff Thomas nicht, warum sich das irgendjemand überhaupt antat.

Er drehte sich auf seinem Hocker um, um Blaze und Muskelmann dabei zuzusehen, wie sie sich aneinanderschmiegten, während sie tanzten oder im Stehen fickten – was auch immer sie da genau taten. Er bestellte sich noch einen Drink und wartete, ob sich jemand finden würde, mit dem er ins Gespräch kommen konnte.

Thomas wurde bald klar, dass diese ganze Aktion ein Fehler gewesen war. Es zeigte nur noch einmal sehr deutlich, dass er eine Veränderung brauchte. Thomas schlängelte sich zu Blaze durch, erklärte, dass er nach Hause gehen würde und wünschte ihm viel Spaß. Dann drängte er sich durch die Menge nach draußen an die frische Luft. Diesmal rief er seinen Limo-Dienst an und bat um einen Wagen. Er wartete neben den Jungs, die in der Schlange standen. Als der Wagen kam, stieg er ein, ohne auf ihre neugierigen Blicke zu achten, und fuhr nach Hause.

Es war wirklich Zeit, New York zu verlassen.

2

BRANDON KONNTE nicht glauben, dass seine Großmutter sich schon wieder eingemischt hatte.

„Ich habe dir den Job nicht besorgt." Sie tätschelte seine Wange. „Ich habe nur für dich die Adresse beschafft, an die du deine Bewerbung schicken kannst." Sie reichte ihm den Zettel mit der E-Mail-Adresse. „Grace Stepford sagt, ihr Sohn kommt in die Stadt zurück und wird einen Assistenten brauchen. Er ist eine große Nummer aus New York und sehr beschäftigt."

„Ich brauche keinen Assistenten-Job", protestierte er.

„Du brauchst Arbeit und er hat viele Kontakte. Also. Wenn er dich mag, kann dir das nur helfen."

Es stimmte. Er suchte seit Monaten Arbeit, schon seit der Zeit, bevor er seinen MBA überhaupt in der Tasche gehabt hatte, und er hatte nichts gefunden.

„Ich weiß." Er hasste es, zugeben zu müssen, dass sie recht hatte. Brandon seufzte. „Ich werde gleich jetzt schreiben." Er ging in sein Zimmer und öffnete seinen Laptop. Er brauchte nicht lange, um eine passable E-Mail zu verfassen und seinen Lebenslauf anzuhängen. Langsam wurde er richtig gut in diesen Dingen.

„Bran", rief Grandma, gerade, als er die Mail abgeschickt hatte. „Das Mittagessen ist fertig."

Er sprang auf und ging in die Küche, um sich an den Tisch zu setzen. Seiner Großmutter ging es gut, aber manchmal brauchte sie ein bisschen Hilfe.

Er hatte nicht vorgehabt, nach seinem Abschluss an der Colorado State University zurückzukehren nach Colorado Springs, aber so wie die Lage auf dem Arbeitsmarkt zurzeit aussah, besonders für Uni-Absolventen, hatte er keine Wahl gehabt. „Bei welchem Stepford genau habe ich mich eigentlich gerade als Assistent beworben?" Er hätte wohl besser fragen sollen, bevor er die Bewerbung abgeschickt hatte.

„Thomas Stepford. Erinnerst du dich an ihn? Ich glaube, du hast früher bei ihm den Rasen gemäht, bevor er weggezogen ist und Karriere gemacht hat." Sie stellte einen Teller mit einem Sandwich vor ihn hin und setzte sich neben ihm an den alten, laminierten Küchentisch. Bei seiner Großmutter veränderte sich nie etwas. Der Tisch hatte in dieser Küche gestanden, seit Brandon denken konnte. „Er war immer ein sehr netter junger Mann. Allerdings mit einer ziemlich intensiven Ausstrahlung."

„Ich erinnere mich", sagte Brandon.

Und ob er sich an Thomas Stepford erinnerte. Mr Stepford, wie er ihn damals genannt hatte, hatte irgendein Unternehmen gestartet und war viel beschäftigt gewesen. Einmal hatte Brandon gesehen, dass er zu Hause war, und all seinen Mut zusammengenommen, um hinüberzugehen und zu fragen, ob er vielleicht jemanden zum Rasenmähen brauchte. Das Gras war lang geworden und Brandon hatte sich gedacht, dass nichts dabei war, zu fragen. Er hatte an der Tür geläutet. Mr Stepford hatte geöffnet, nur in einem Paar Jeans, und Brandon wusste noch, dass er sein Bestes getan hatte, um nicht zu glotzen. Der Mann war eine einzige Augenweide gewesen.

Irgendwie hatte er es geschafft, seinen kleinen Text aufzusagen und nach dem Job zu fragen. Mr Stepford hatte gelächelt, wodurch er noch heißer aussah, und gesagt, dass er ihm zwanzig Dollar pro einmal Rasenmähen und Kantenschneiden zahlen würde. Er hatte auch gesagt, dass er ihm fünfzehn Dollar die Stunde zahlen würde, wenn er im Vorgarten Unkraut jätete und die Büsche zurückschnitt. Das war eine gute Bezahlung – eine sehr gute Bezahlung – und Brandon hatte rasch zugestimmt und mit der Arbeit begonnen, sobald Mr Stepford die Tür geschlossen hatte. Aber sein sexy Anblick war in Brandons Kopf hängengeblieben und hatte ihm für den Rest seiner Teenagerzeit das Material für nächtliche Fantasien geliefert.

Jedes Mal, wenn Brandon sich sein Geld abholte, hoffte er, dass er noch einmal dasselbe zu sehen bekommen würde wie am ersten Tag. Aber er hatte nie Glück. Na ja, einmal war er hinübergegangen und hatte Mr Stepford im Hinterhof entdeckt, auf einem Liegestuhl liegend und in irgendwelche Akten vertieft. Er trug ein Paar Shorts und ein Tanktop, das seine muskulösen Arme sehen ließ. Näher war Brandon dem traumhaften Anblick vom ersten Tag nie mehr gekommen.

„Brandon. Bist du noch da?", scherzte Grandma. Ihre Stimme schreckte ihn aus seinen Tagträumen.

„Ja, klar." Er nahm einen Bissen von seinem Sandwich. „Ich dachte, ich kümmere mich heute Nachmittag mal um den Garten und mache ein bisschen Ordnung." Grandma konnte solche Dinge nicht mehr selber tun und es musste erledigt werden. Selbstverständlich half er ihr. Es war sehr nett von ihr gewesen, ihn bei sich aufzunehmen, sodass er nicht bei seiner Mutter und dem Idioten wohnen musste, den sie nach ihrer Scheidung geheiratet hatte. Verdammt, seine Mutter hatte sich unaufhörlich über seinen Vater beklagt, nur, um dann einen Deppen ersten Ranges zu heiraten.

„Das ist lieb von dir." Sie tätschelte seine Hand.

Seine Großeltern hatten es ihm immer so leicht gemacht, sie zu lieben. Ihr Haus war ein Ort der Stabilität für ihn gewesen, wenn seine Mutter und sein Vater mal wieder stritten, was sie oft getan hatten. Meistens wegen Geld. Welche Ironie. Mom hatte immer gemeint, dass sein Vater knauserig war. Schließlich hatte sie ihn verlassen – für einen Mann, der jeden Penny dreimal umdrehte.

„Kein Thema." Er aß sein Sandwich auf, nahm den Rest seines Eistees mit nach draußen zur Garage und warf den Rasenmäher an.

Er mähte im Vorgarten und im Garten hinterm Haus und nahm dann die vorderen Beete in Angriff. Sie waren ziemlich überwuchert, aber er beseitigte alles Unkraut und schnitt dann die Sträucher. Nach gut drei Stunden Arbeit sah der Vorgarten schon viel besser aus. Brandon beschloss, ein paar Blumen zum Pflanzen zu kaufen, wenn er das nächste Mal in die Stadt fuhr. Seine Großmutter liebte Blumen und sie würde sich darüber freuen.

Feierabend. Er räumte die Geräte weg und ging ins Haus, um sich zu waschen. Vorher wollte er nur kurz seine E-Mails checken. Er bekam fast einen Schock, als er eine Antwortmail fand, die erst vor einer halben Stunde geschickt worden war.

Mr Wilson,

Vielen Dank für Ihre Bewerbung. Ich bin Mr Stepfords Sekretärin und wir sind beeindruckt von Ihren Qualifikationen. Bitte rufen Sie mich so bald wie möglich an, damit wir einen Termin für ein Vorstellungsgespräch vereinbaren können.

Marjorie Westfield

Sie hatte eine Telefonnummer dazugeschrieben und Brandon überlegte, ob er gleich anrufen sollte. Er wollte nicht verzweifelt rüberkommen, aber er brauchte unbedingt eine Arbeit, damit er seine Großmutter unterstützen konnte, anstatt ihr weiter auf der Tasche zu liegen. Er entschied sich, erst einmal zu duschen. Dann, als er sauber war, prüfte er kurz die Uhrzeit und wählte die Nummer.

„Büro Thomas Stepford", meldete sich eine Frau. Ihre Stimme klang munter, aber geschäftsmäßig. „Marjorie am Apparat."

Er räusperte sich. „Ich bin Brandon Wilson. Ich habe Ihre E-Mail bekommen, und ..."

„Oh, sehr gut", sagte sie fröhlich. „Sie sind schnell. Das gefällt mir. Unsere Personalabteilung hat mir Ihre Bewerbung weitergeleitet, weil Sie sich für eine Stellung als Assistent von Mr Stepford interessieren und weil Sie in Colorado Springs sind. Mr Stepford zieht vorläufig dorthin. Er wird einen Assistenten brauchen und Ihre Qualifikationen sind recht eindrucksvoll."

„Was für Tätigkeiten werden genau verlangt werden?", fragte Brandon.

„Er wird Sie für Besorgungen brauchen und dafür, mit mir seine Termine abzusprechen. Ich werde seinen Hauptkalender führen, aber er benötigt jemanden, der vor Ort dafür sorgt, dass er alles hat, was er braucht. Sie werden direkt mit Mr Stepford arbeiten, aber unter mir."

„Ich verstehe", sagte Brandon.

„Das bezweifle ich." Sie lachte leise. „Ich bin seit zehn Jahren Mr Stepfords Sekretärin und er ist ein sehr beschäftigter Mann. Er hofft, mehr Zeit mit seinen Eltern verbringen zu können und dazu braucht er jemanden, der ihn vor Ort unterstützt. Ich werde mich um die geschäftlichen Termine kümmern und Sie werden hauptsächlich für private Besorgungen zuständig sein, sowie sicherstellen, dass er seinen Zeitplan einhält."

Sie schien recht nett zu sein, nach diesem Gespräch zu urteilen und definitiv sehr professionell. Was sehr gut war. Er kam gut zurecht mit professionellen Leuten. „Also werde ich quasi der Assistent der Assistentin sein?"

„Nein. Eher sein zweiter Assistent. Sie werden mehr mit ihm direkt zu tun haben als ich, aber wir werden die Dinge koordinieren müssen, damit alles glatt läuft und sich seine Termine nicht überschneiden oder er zu viel Stress bekommt." Sie machte eine Pause. „Mr Stepford hat jahrelang sehr hart gearbeitet, um seine Ziele zu erreichen. Er ist es gewohnt, viele Stunden am Stück in hohem Tempo zu arbeiten. Ich glaube, er möchte dieses Tempo in Colorado Springs reduzieren. Wenn irgendjemand das verdient hat, dann er. Es wird die Aufgabe seines Assistenten sein – unsere Aufgabe, wenn alles klargeht – dafür zu sorgen, dass das auch geschieht."

„Das kann ich auf jeden Fall tun." Brandon lächelte. „Welche Fragen haben Sie denn an mich?"

Sie redeten eine Stunde lang und Brandon beantwortete alle Fragen, die Marjorie auf ihn abfeuerte. Sie sprachen über seine Ausbildung, seine früheren Jobs und seine Erwartungen an die Zukunft. Dann fragte sie, wo er sich in fünf Jahren sehe.

„Nicht als Assistent von jemandem", antwortete Brandon. Gleich darauf wurde ihm klar, dass Marjorie das als Beleidigung empfinden könnte. Doch sie lachte.

„Gute Antwort. Wir sollten alle höhere Ziele haben. Sie sind gerade erst aus dem College heraus. Ich bin sicher, Sie haben Ihren MBA nicht gemacht, um Assistent zu werden. Wenn das Ihr Lebenstraum wäre, würde ich mir Sorgen machen." Sie schien eine coole Frau zu sein und Brandon dachte, dass er gern mit ihr arbeiten würde. Doch er durfte nicht vergessen, dass er den Job noch nicht hatte.

„Wann soll Mr Stepfords Assistent anfangen?"

„Mr Stepford wird morgen in Colorado Springs eintreffen und seine Eltern besuchen. Bis zum folgenden Montag hat er keine Termine, aber ich hätte gern, dass Sie ihn treffen und schon früher anfangen … am Donnerstag zum

Beispiel. Ich werde dafür sorgen, dass die Personalabteilung den Papierkram fertig macht. Die können Ihnen alles schicken, was auszufüllen ist. Dann sehen wir weiter."

„Klingt super." Brandon grinste. Es sah aus, als hätte er den Job. Es war vielleicht nicht das, was er sich erträumt und wofür er seinen Master gemacht hatte, aber es bedeutete, dass er ein bisschen Geld verdienen und Leute treffen würde und vielleicht ein paar Kontakte knüpfen konnte.

„Ich habe Ihre E-Mail-Adresse und Ihre Telefonnummer", sagte Marjorie und ratterte beides herunter. „Ist das Ihr Handy?"

„Ja. Darauf können Sie mich jederzeit erreichen." Er hielt seinen Tonfall neutral, als sie sich verabschiedeten, aber sobald er aufgelegt hatte, stieß er einen leisen Freudenschrei aus und ging dann seine Großmutter suchen.

Er fand sie am Herd, wo sie gerade einen großen Topf auf die Platte stellte. „Ich habe den Job! Das war Mr Stepfords Sekretärin aus New York und sie hat mich eingestellt, hier mit ihm zu arbeiten." Ihm war eine Last von den Schultern gefallen.

„Das ist gut." Sie klopfte ihm sanft auf den Rücken.

„Ich kann für ihn arbeiten und dabei weiter nach einem Job suchen, den ich wirklich machen will." Zumindest verschaffte ihm diese Stelle ein wenig Luft zum Atmen. Und er würde für Thomas Stepford arbeiten, den umwerfenden Typen, der immer noch manchmal seine Träume heimsuchte. Natürlich würde er sich professional verhalten. Er konnte nicht herumlaufen und seinen Boss anschmachten.

„Wann fängst du an?", fragte seine Großmutter, während sie ihre Zutaten zusammensuchte.

„Am Donnerstag. Sie werden mir alle Formulare zuschicken, die ich ausfüllen muss." Er berichtete ihr ausführlich von dem Interview.

„Ich bin froh, dass alles geklappt hat." Sie rührte weiter in dem Topf auf dem Herd. „Ich mache Soße. Sie hatten schöne Tomaten auf dem Markt und ich will sie gleich verarbeiten und dann einfrieren. Ich bin beschäftigt, du kannst also ebenso gut ausgehen und ein bisschen Spaß haben. Du brauchst nicht mit einer alten Frau hier herumzusitzen." Sie scheuchte ihn mit einem Lächeln aus der Küche.

Brandon ging in sein Zimmer. Er hätte wahrscheinlich schauen können, ob jemand von seinen Freunden Zeit hatte, aber stattdessen ging er ins Internet und spielte schließlich bis zum Abendessen *Warlords of Garu*. Danach half er seiner Großmutter mit dem Abwasch und räumte im Haus auf, bis es Zeit war, ins Bett zu gehen.

Er lag still da und schaute an die Decke, während er sich fragte, wie Mr Stepford jetzt wohl aussehen mochte. Er schloss die Augen und ließ, wie schon so viele Male, das Bild von Thomas ohne Hemd vor seinem inneren Auge erscheinen. Brandon atmete tief ein und schob das Bild weg. Er würde für Thomas arbeiten und das bedeutete, dass er zu jeder Zeit professional auftreten musste. Brandon würde nicht heimlich für seinen Boss schwärmen, denn das wäre einfach zu verdammt banal. Nicht nur das, er wusste ja nicht mal, ob Mr Stepford überhaupt schwul war und … Verflixt, er war Mr Stepford, er war, also, er war älter als Brandon.

Er stieß die Luft aus. Dies war ein Job, ein Job, den er einfach nur möglichst gut erledigen würde.

„Brandon … ist es okay, wenn ich Sie Brandon nenne?", fragte Marjorie, als sie ein paar Tage später anrief, während er gerade draußen in Grandmas Garten arbeitete.

„Natürlich", sagte er munter, während er sich die Stirn wischte und dabei zweifellos jede Menge Dreck auf seiner schweißnassen Haut verschmierte.

„Gut. Wir haben alles, was wir von Ihnen brauchen. Nochmals vielen Dank für die zügige Rückmeldung." Er hörte das Lächeln in ihrer Stimme. „Sie können sich nicht vorstellen, wie ich mich freue, dass ich mit Ihnen arbeiten werde."

„Ich freue mich auch, mit Ihnen zu arbeiten. Aber ich habe eine Frage. Wir haben nie über mein Gehalt oder meine Arbeitszeiten gesprochen. In den Informationen, die ich bekommen habe, stand nichts darüber. Ich wüsste gern …"

„Natürlich. Wie ich schon sagte, die Formalitäten sind erledigt, aber da ist noch eine Sache, bevor ich Sie einstellen kann. Mr Stepford ist derjenige, der die endgültige Entscheidung trifft. Ich habe alles in die Wege geleitet, weil ich überzeugt bin, dass Sie ihm sehr gefallen werden. Ich habe angerufen, um mit Ihnen einen Termin auszumachen, damit er Sie treffen kann." Im Hintergrund war das Geräusch einer Tastatur zu hören. „Ich weiß, dies ist unüblich, aber ich musste die Sache auf den Weg bringen. Lassen Sie mich schauen. Mr Stepford ist für ein paar Tage bei seinen Eltern, bis sein Haus bereit ist und er hat gesagt, dass er heute Nachmittag ab zwei Uhr frei ist. Ich werde Ihnen die Adresse mailen. Könnten Sie um halb drei dort sein? Geht das?"

„Ja. Ich werde da sein." Sein Handy vibrierte und eine Botschaft erschien oben auf dem Display. „Ich habe gerade Ihre Mail bekommen."

„Wunderbar. Sobald ich seine Zustimmung habe, werde ich Ihnen ein Firmentelefon und ein iPad schicken, dazu den Zugang zu seinem Kalender und allen anderen Dateien, die Sie benötigen werden."

Brandon räusperte sich. „Wird er mich auch als Fahrer brauchen?"

„Ich denke nicht. Er sagte, er würde selber fahren. Aber Sie haben ein Auto für Besorgungen und so weiter, oder? Schreiben Sie die Kilometer auf und wir werden das entsprechend abrechnen." Sie klang ein wenig zerstreut und Brandon wunderte sich darüber, aber er kannte sie nicht gut genug, um zu verstehen, was der Grund dafür war. „Wenn Sie sich mit ihm getroffen haben, werde ich mich um alle weiteren Einzelheiten kümmern."

„Kein Problem." Brandon lächelte.

Marjorie sagte, dass sie wieder sprechen würden, nachdem er sich mit Mr Stepford getroffen hatte, und legte auf.

Brandon ging ins Badezimmer und stellte die Dusche an. Er sprang hinein, um sauber zu werden und zog sich dann etwas Gepflegtes an. Er war nicht sicher, wie er sich für ein Interview für einen Assistentenjob kleiden sollte, aber er entschied, dass Business Casual wohl das Richtige war. Ein Anzug war höchstwahrscheinlich zu viel des Guten.

Trotzdem zog er ein Paar schöne Anzughosen an, dazu ein kurzärmliges, hellblaues Oberhemd und anstelle von Sneakern gute Schuhe. Und er kämmte sich das Haar, bis er fand, dass es gut aussah. Rasiert hatte er sich auch noch einmal. Er verließ den Raum und folgte dem Duft von Plätzchen in die Küche. Ein in Plastikfolie gewickelter Teller stand auf dem Tresen bereit.

„Wozu sind die denn?"

„Nimm sie mit. Grace liebt Süßes und sie hat es nicht leicht gehabt in letzter Zeit." Grandma reichte ihm den Teller und Brandon nahm ihn. Er fragte sich, wie es aussehen würde, wenn er zu einem Jobinterview Kekse von seiner Großmutter mitbrachte. Trotzdem küsste er sie auf die Wange, bevor er das Haus verließ und zu der Adresse fuhr, die Marjorie ihm gemailt hatte.

Brandon parkte auf der Straße vor dem Haus und ging zur Eingangstür, in der Hand die Kekse, die ihm Grandma mitgegeben hatte. Er klopfte leise und trat dann einen Schritt zurück, um zu warten. Von drinnen ertönte Hundegebell. Sofort verspannte er sich. Brandon reagierte allergisch auf alle Tiere, vor allem auf Hunde und Katzen und er merkte schon, wie allein die bloße Erwartung seine Nase kribbeln ließ. Wenn er vorher von den Hunden gewusst hätte, hätte er ein paar seiner Allergietabletten geschluckt.

Die Tür wurde geöffnet und das Kläffen wurde lauter. Zwei Lhasa Apso Hunde sprangen an der Insektengittertür hoch. Brandon schaute auf und da stand Thomas Stepford in der Tür. „Ich bin Brandon Wilson. Marjorie sagte, ich sollte herkommen und mit Ihnen darüber sprechen, ob ich hier in der Stadt Ihr Assistent werden kann."

„Ja", erwiderte Thomas schroff, zog die Hunde zurück und öffnete die Tür. „Sie hat mir gesagt, dass jemand vorbeikommen würde."

Brandon trat ins Haus, und sofort fingen seine Augen an zu tränen. Er zwinkerte, krampfhaft bemüht, seine Reaktion zu unterdrücken, aber es half nicht viel. Wegen der Klimaanlage waren alle Fenster im Haus geschlossen, sodass die Hundeschüppchen die Chance gehabt hatten, sich so richtig zu konzentrieren. Brandon konnte nur hoffen, dass er nicht allzu lange hier sein würde und wieder nach draußen kam, bevor seine Reaktion so stark wurde, dass er nur noch ein Häuflein niesendes Elend war.

Mr Stepford schloss die Tür. „Was ist das?", fragte er mit einem Blick auf den Teller in Brandons Hand.

„Die hat mir meine Großmutter für Ihre Mutter mitgegeben." Er wollte Mr Stepford gerade den Teller reichen, als er laut nieste.

Die Hunde japsten und der Teller rutschte ihm aus der Hand. Brandon stöhnte, als die Plastikfolie sich löste und Kekse in alle Richtungen flogen. Der Teller zerschellte auf dem Boden, und überall verteilten sich Kekskrümel.

Ja, so macht man natürlich einen ganz großartigen ersten Eindruck.

Brandon wäre am liebsten unter das Sofa gekrochen und hätte sich dort versteckt, aber davon wären seine Allergien erst richtig explodiert.

„Buddy, Clementine, geht ins andere Zimmer." Die Hunde ignorierten ihn und Mr Stepford hob beide auf die Arme und trug sie zur Hintertür, um sie hinauszulassen.

Brandon nieste wieder und fragte sich, wie er das Chaos, das er angerichtet hatte, wieder in Ordnung bringen sollte.

„Es tut mir wirklich leid." Er spürte geradezu, wie der Job, den er schon sicher zu haben geglaubt hatte, ihm aus den Händen glitt. „Lassen Sie mich helfen, das aufzufegen." Er nieste wieder. Das Geräusch hallte durch das Haus.

„Ist okay. Dauert nicht lange." Mr Stepford holte einen Mülleimer und warf alles hinein, einschließlich der Tellerscherben. Dann machte er sich ans Staubsaugen, wodurch nur noch mehr Hundehaare in die Luft gewirbelt zu werden schienen. Brandon verließ rasch den Raum und setzte sich in der Küche an den Tisch, bis Mr Stepford fertig war. „Okay. Ich schätze mal, Sie sind allergisch."

Brandon nickte. Er drehte sich zu den gläsernen Schiebetüren um, durch die zwei kleine Hundegesichter hereinschauten. „Bitte entschuldigen Sie. Ich wusste nichts von den Hunden, sonst hätte ich meine Tabletten genommen." Das Zeug machte ihn todmüde und trocknete ihn aus, bis er sich wie die Sahara fühlte, aber es half ihm, über die Runden zu kommen, wenn es nötig war.

„Wie wäre es, wenn wir nach draußen gehen?", fragte Mr Stepford.

Brandon nickte. Er konnte gar nicht schnell genug aus diesem Haus kommen.

Mr Stepford ließ die Hunde wieder herein und sie verließen das Haus. Brandon atmete tief durch und nieste noch ein paar Mal, während seine Augen langsam klarer wurden. Er wusste, dass es noch eine Weile dauern würde, bis seine Symptome vollständig abgezogen waren.

„Marjorie sagte, dass Sie kommen würden."

„Sie sagte mir, dass Sie mich treffen wollten und dass Sie mit mir die Dinge besprechen würden, die ich für Sie machen soll." Sie standen jetzt auf dem Bürgersteig vor dem Haus. Es war ein seltsamer Ort für ein Bewerbungsgespräch, aber Brandon war dankbar, dass er wieder atmen konnte. „Ich habe vor ein paar Monaten meinen MBA gemacht. Ich bin fleißig und wofür auch immer Sie mich brauchen, ich bin sicher, dass ich es leisten kann."

Brandon nutzte die Gelegenheit, sich Mr Stepford genau anzusehen und musste zugeben, dass er sogar noch attraktiver geworden war. Die Jahre hatten es gut mit ihm gemeint. Sein pechschwarzes Haar war nur an den Schläfen leicht ergraut, und sein Blick war so klar und intensiv wie früher. Er war breiter und kräftiger, stabiler irgendwie, und mindestens so heiß wie der Mr Stepford, den Brandon in Erinnerung hatte.

„Ein MBA, das ist sehr gut", sagte Mr Stepford. „Aber wenn Sie einen solchen Abschluss haben, warum wollen Sie dann mein Assistent sein?" Sein Blick lag auf Brandon, tiefbraun und durchdringend, und Brandon musste sich zwingen, konzentriert zu bleiben.

„Also … na ja …", sagte er unschlüssig und beschloss dann, einfach ehrlich zu sein. „Ich brauche einen Job. Ich habe meinen Abschluss und ich habe immer sehr gute Noten gehabt. Marjorie hat alle Zeugnisse und so weiter. Aber im Moment lebe ich bei meiner Großmutter und ich kann ihr nicht auf der Tasche liegen. Sie ist mit Ihrer Mom befreundet, dadurch habe ich davon erfahren, dass Sie jemanden suchen. Deshalb habe ich mich beworben."

„Ich verstehe", sagte Mr Stepford. Es klang skeptisch.

Brandon wusste, dass er nur diese eine Chance hatte, die Situation noch zu retten. „Ich habe die ganze Highschool-Zeit hindurch denselben Job gemacht und danach, im Studium, habe ich die gesamten vier Jahre lang gekellnert. Ich bin fleißig und wechsle nicht aus einer Laune heraus den Job. Es ist wichtig, die Geschäftswelt von Grund auf kennenzulernen, egal, was für einen Titel man hat. Wenn Sie jemanden wollen, der sein Bestes geben wird, um ein guter Assistent zu sein, dann bin ich der Richtige." Er trat von einem Bein aufs andere und erwiderte Mr Stepfords Blick, bis er von einem neuerlichen Niesen geschüttelt wurde und sich am liebsten irgendwo in einem Loch verkrochen hätte. „Danke,

21

dass Sie sich mit mir getroffen haben." Er streckte seine Hand nicht aus, weil er gerade hineingeniest hatte und ging zurück zu seinem Auto. Ihm war klar, dass er dieses Interview so dermaßen vergeigt hatte, dass es einfach nur noch erbärmlich war.

3

„Was hat er getan?", fragte Marjorie, als Thomas ihr erzählte, was geschehen war.

„Ja. Hat die ganze Zeit nur geniest." Thomas lachte in sich hinein.

Marjorie schnalzte mit der Zunge. „Und du hast nichts unternommen, um ihm zu helfen." Oh je, sie klang sauer. „Der arme Mann hatte eine allergische Reaktion auf die Hunde deiner Mom und du findest das witzig." Nein, sie war schon jenseits von sauer, sie war fuchsteufelswild. „Ich hätte mich wahrscheinlich genauso mies gefühlt wie er, aber ich hätte was gesagt."

Oh ja, das hätte sie ganz bestimmt.

„Du brauchst dort einen Assistenten. Ich kann deinen Terminplan und deinen Kalender managen, aber ich kann nicht deine Sachen von der Reinigung abholen und mich um all die Sachen kümmern, die immer plötzlich in der allerletzten Minute noch erledigt werden müssen." Marjorie war richtig in Fahrt und Thomas fragte sich, wer hier eigentlich der Chef war. „Dieser junge Mann hat tolle Qualifikationen und ich mochte ihn, als ich mit ihm telefoniert habe. Er ist lustig und er hat keine Hintergedanken wie all die anderen, mit denen ich gesprochen habe."

„All die anderen?", fragte Thomas, während er abwesend ein paar Akten durchsah.

„Ja. Ich habe mit acht Kandidaten gesprochen. Eine war eindeutig mehr daran interessiert, dass du Single bist als an dem Job. Zwei haben Kaugummi gekaut und während des ganzen Telefongesprächs immer wieder Blasen platzen lassen, als wären sie Teenager. Ich hätte ihnen am liebsten die Ohren langgezogen. Der nächste hatte weniger Hirn als ein Stück Holz und die restlichen waren komplett ungeeignet und haben bei mir alle Alarmglocken schrillen lassen. Brandon war nett, respektvoll und er ist interessiert … oder er war es, bis du ihn sabotiert hast mit diesen höllischen, bellenden Wollknäulen von deiner Mutter."

„Okay. Ich denke, das ist genug." Er schimpfte nicht, aber er war deutlich. Marjorie musste eine Laus über die Leber gelaufen sein.

„Du brauchst dort Hilfe. Nur, weil du nicht mehr in New York bist, wirst du jetzt nicht auf einmal nur noch herumsitzen. Ich kenne dich. Du wirst arbeiten und plötzlich über beide Ohren mit irgendeinem neuen Deal beschäftigt sein. Dann wirst du vergessen, dass du frische Wäsche brauchst, und verdammt, eines Abends wirst du merken, dass du am Verhungern bist und dass du nichts zu essen im Haus hast und ich werde nicht da sein."

„So schlimm bin ich nicht", protestierte er. „Ich bin erwachsen und kann mich um mich selbst kümmern."

„Wirklich? Dir ist klar, dass man Lebensmittel in Geschäften kauft? Sie tauchen nicht durch Zauberei im Kühlschrank auf. Genauso ist es mit Klempnern und Handwerkern. Jemand muss sie anrufen und da sein, wenn sie kommen. Damit hast du nie etwas zu tun gehabt. Und deine Kleider. Die werden nicht von Elfen gewaschen und landen dann wieder automatisch in deinem Kleiderschrank. Darum habe ich mich all die Jahre gekümmert. Ich und Darlene. Sie hat die Besorgungen gemacht, wenn ich im Büro sein musste. Aber es wurde erledigt, von deinen Assistenten, damit du so gut arbeiten konntest wie möglich."

„Darlene? Wer ist Darlene?" Thomas konnte sich nicht erinnern, diesen Namen jemals gehört zu haben.

Marjorie seufzte. „Deine Haushälterin. Sie hat deinen Haushalt geführt und bei dir sauber gemacht, wenn du nicht da warst. Ich habe sie vor Jahren eingestellt. Sie ist eine wunderbare Frau und du hast sie nie getroffen, weil das nicht nötig war. Wir haben uns um alles gekümmert. Und nur der Vollständigkeit halber, Darlene geht in Rente und wird zu ihrer Tochter ins Hinterland von New York ziehen. Du hast ihr einen großzügigen Bonus gezahlt und eine Karte geschickt."

„Jemandem, den ich nie getroffen habe … wieso habe ich das alles nicht mitbekommen?", fragte er leise. Thomas wusste, dass Marjorie sehr viele Dinge für ihn regelte, damit er sich auf das konzentrieren konnte, was wichtig war. Ihm war nur nicht klargewesen, wie sehr er von seiner Arbeit absorbiert worden war.

„Weil ich mich darum gekümmert habe. Und du wolltest deinen Assistenten in Colorado Springs treffen, also habe ich das möglich gemacht. Aber dieser junge Mann ist der einzige, der für den Job in Frage kommt. Willst du ihn wirklich abschreiben, nur weil er allergisch gegen Hunde ist?"

Thomas stöhnte. „Nein, nehme ich an."

„In Ordnung", zwitscherte Marjorie. „Wie viel wirst du ihm bieten? Du musst darüber nachdenken, welche Dinge er für dich erledigen soll. Wenn du grünes Licht gibst, regele ich hier alles und sorge dafür, dass er am Donnerstag auf der Matte steht. Zu dem Zeitpunkt sollte dein Haus zum Einzug bereit sein. Er kann dir mit den Möbelpackern helfen."

Er hörte sie tippen. Sie machte mal wieder Multitasking wie üblich. „Okay. Ich verlasse mich da ganz auf dich." Sie war der eine Mensch, der ihn nie im Stich ließ.

„Gut. Ich werde ihn morgen anrufen, die Details mit ihm klären und ihm sagen, wann und wo er zum Dienst antreten soll. Ich schicke dir seine aktuelle Telefonnummer. Ich werde ihm dann ein Handy und so weiter von der Firma schicken, damit er loslegen kann."

„Geht klar", stimmte Thomas zu.

„Okay. Warum all dieser Widerstand? So übel kann er doch nicht gewesen sein. Am Telefon hatte er Schwung und wirkte motiviert."

Thomas konnte beinahe vor sich sehen, wie Marjorie ihre perfekt gezupften Brauen hochzog. „War er auch."

„Was ist dann das Problem?", hakte sie nach.

Marjorie war nicht die Frau, die es auf sich beruhen ließ, wenn er sich komisch verhielt. Fast alle anderen waren zu beeindruckt von ihm; abgesehen von ihr war er mehr oder weniger von Jasagern und Beifallklatschern umgeben.

„Er ist …" Thomas schluckte. „Du hast ihn nie gesehen, oder?"

„Was, ist er hässlich oder wie?", neckte sie ihn, dann kicherte sie. „Ich habe ihn im Internet gefunden und fand ihn sehr süß. Und nach seinem Facebook-Account zu schließen, würde ich sagen, er ist schwul, auch wenn es nirgends ausdrücklich steht." Marjorie unterbrach sich und er hörte sie nach Luft schnappen. „Er ist also richtig süß und du stehst auf ihn!" Dann fing sie an zu lachen.

„Das ist nicht lustig. Er ist so viel jünger als ich und ich werde sicher nichts mit meinem Assistenten anfangen. Mein Gott, das ist so billig. Und außerdem dumm. Ich meine, also wirklich."

Marjorie kicherte immer noch. „Man stelle sich vor. Der große Thomas Stepford, verknallt in seinen Assistenten. Ich muss dich fragen, bist du sicher, dass du dich in Gegenwart dieses Jungen professionell verhalten kannst? Denn, wenn nicht, werde ich jemand anders finden müssen." Sie war für zehn Sekunden still, dann lachte sie wieder.

„Ich wüsste nicht, was daran so lustig ist." Er wartete, bis ihr Lachen verklang.

„Du. Ich kenne dich seit zwölf Jahren und die meisten davon habe ich für dich gearbeitet. Du hast nie auch nur das geringste Interesse an irgendwem gezeigt, bis auf einmal – und wir wissen beide, was Angus für ein Fehlgriff war. Es gab Männer, die hier in diesem Büro nonstop mit dir geflirtet haben, tolle Männer, und du hast nie einen von ihnen auch nur bemerkt. Deshalb, ja … Ich denke, du wirst Brandon professionell und mit Respekt behandeln."

„Du bist wirklich eine Nervensäge manchmal", schimpfte Thomas und seufzte.

„Ist das Marjorie?", fragte seine Mutter, die von den beiden Hunden gefolgt ins Zimmer trat. Buddy sprang auf Thomas' Schoß und machte es sich gemütlich.

„Ja. Willst du mit ihr sprechen? Sie macht mir nur gerade Vorhaltungen wegen meines neuen Assistenten." Er hielt ihr das Telefon hin, aber seine Mutter schüttelte den Kopf.

„Sag ihr einfach Hallo von mir." Sie setzte sich. „Oh, geht es um Thelmas Enkel?", fragte sie, griff nach ihrem Strickbeutel und begann, langsam zu arbeiten. Mit ihrem Rheumatismus konnte sie nicht mehr so schnell stricken wie früher, aber es war eine gute Therapie für sie und half, ihre Gelenke geschmeidig zu halten.

„Ja. Marjorie meint, dass er mir gefällt, und fragt sich, ob ich professionell bleiben kann." Er rollte mit den Augen und seine Mutter sah schulterzuckend zu ihm auf.

„Das solltest du allerdings. Er hat als Junge bei dir den Rasen gemäht."

Thomas fiel fast das Telefon aus der Hand. Er hatte sich gefragt, warum Brandon ihm bekannt vorkam und plötzlich wusste er es wieder.

„Marjorie, ich muss Schluss machen." Er spürte, wie er blass geworden war und er wollte nicht ihr Lachen hören, wenn sie das hier herausbekam. „Mach alles klar."

„Selbstverständlich."

Thomas steckte das Handy in die Hosentasche. „Wovon redest du?", fragte er seine Mutter. „Was hat er gemacht?"

„Brandon Wilson war der junge Mann, der deinen Rasen gemäht hat, als du noch hier gewohnt hast. Erinnerst du dich? Er hat das Gestrüpp von Rasen, das du hattest, in etwas Ansehnliches verwandelt. Das war, bevor deine Firma richtig in Schwung kam und du beschlossen hast, nach New York zu gehen."

„Wie alt war er damals?", fragte Thomas etwas atemlos.

„Etwa fünfzehn, würde ich sagen. Warum?"

Thomas bebte, während er versuchte, sich zu erinnern. Brandon war großgewachsen gewesen, schon damals, schlaksig und gut aussehend, mit tollen Augen. Nicht, dass Thomas viel Zeit darauf verwendet hatte, ihn zu beobachten. Ihm war bewusst gewesen, dass er noch ein Junge war und es wäre ihm nie in den Sinn gekommen, einem Minderjährigen hinterherzuglotzen.

„Nur so." Das hieß, dass der erwachsene Brandon ungefähr fünfundzwanzig war und verdammt, er war ein attraktiver Mann geworden. Daran gab es keinen Zweifel. „Marjorie kümmert sich um seinen Arbeitsvertrag und das Zeug."

Seine Mutter lächelte. „Das ist sehr nett von dir. Das wird beiden sehr helfen." Sie strickte weiter. Thomas setzte den Hund auf den Boden, stand auf und spazierte durch das Haus, in dem er aufgewachsen war, nach hinten in den Garten hinaus.

In dem Moment, als die Tür aufging, kamen beide Hunde angeflitzt und stürmten nach draußen. Sie drehten sich um, um zu sehen, wohin er ging.

„Ihr seid kleine Quälgeister", sagte er ohne echte Überzeugung. Sie waren im Großen und Ganzen gute Hunde und als er sich auf den Liegestuhl in den Schatten setzte, kamen sie beide angesprungen und legten sich zu ihm.

Er war hergekommen auf der Suche nach einem einfacheren Leben, er hatte vorgehabt, auch einmal seine Freizeit zu genießen und sich zu entspannen. Womit er nicht gerechnet hatte, waren Komplikationen wie ein Assistent, der so umwerfend gut aussah, dass sein Herz ins Stolpern geriet. Er hatte immer Frauen angestellt, um jede Form von Verlockung auszuschließen, wenn er jemanden in seiner Nähe brauchte. So hatte er Marjorie gefunden, und vor ihr Karen.

Thomas stöhnte, lehnte sich zurück und schloss die Augen. Die Hunde kuschelten sich an ihn heran, als ob sie spürten, dass er sich mit einem Problem herumschlug. Nicht, dass es eine Rolle spielte. Brandon würde sein Assistent sein und das hieß, er konnte ihn genauso behandeln wie Marjorie und jeden anderen, der für ihn arbeitete. Es spielte keine Rolle, dass Brandon Sex-Appeal auf zwei Beinen war oder dass er die blausten Augen und die längsten Wimpern besaß, die Thomas je gesehen hatte. All das war nicht wichtig. Er musste es ignorieren, ebenso wie die Art, wie sein Herz schneller klopfte, wenn Brandon auch nur neben ihm stand. Er würde sich das eine Million Mal sagen, wenn es sein musste. Alles das spielte überhaupt keine Rolle. Brandon würde für ihn arbeiten und allein darauf kam es an. Er hatte seine Erfahrung gemacht, er hatte mit einem Angestellten eine Beziehung gehabt und es war eine Katastrophe gewesen. Er würde es nicht noch einmal tun.

THOMAS VERBRACHTE den Rest des Tages und den nächsten fast ausschließlich mit Nichtstun, so, als wäre er im Urlaub. Nicht, dass er regelmäßig Urlaub machte. Er fühlte sich gut und sein Terminkalender war mehr oder weniger leer. Marjorie schickte ihm nur eine einzige Nachricht, um ihm mitzuteilen, dass Brandon den Job angenommen hatte und dass er am Donnerstagmorgen zu dem Haus kommen würde, das Thomas gemietet hatte, um die Möbelleute zu treffen und dabei zu helfen, das Ausladen zu überwachen. Offenbar hatte Marjorie auch Leute engagiert, die alles auspacken würden und einen Innendekorateur, um die Einrichtung zu planen. Thomas konnte natürlich alles umräumen, wie es ihm gefiel, aber der Einzug wäre erst einmal gemacht.

Am Donnerstagmorgen stand Thomas früh auf, zog sich an und fuhr hinüber zu seinem Haus. Marjorie hatte ihm geholfen, es zu finden. Er hatte eigentlich nach etwas Kleinerem gesucht, aber das Haus war frei und so hatte er es genommen. Als Mieter war er ja ungebunden. Sein Plan war, hier für etwa ein halbes Jahr zu wohnen, so lange, bis er sich in der Gegend eingelebt hatte und wusste, was er wollte. Dann konnte er entscheiden, ob es ihm hier gefiel und er bleiben wollte oder ob er nach New York zurückkehren würde.

In der Auffahrt stand schon ein Auto, also parkte er dahinter. Er ging hinein und fand Brandon im Hausflur.

„Guten Morgen, Mr Stepford", sagte Brandon, als Thomas hereinkam. „Ihre Mutter hat mir über meine Großmutter einen Schlüssel zukommen lassen. Ich hoffe, es ist in Ordnung, dass ich schon angefangen habe."

„Thomas, bitte", sagte er, ohne nachzudenken, während er sich umsah. Er hatte Bilder von dem Haus gesehen, aber dies war das erste Mal, dass er hier war.

„Okay. Thomas." Brandon lächelte und Thomas' Herz schlug schneller. Er ignorierte das aufflackernde Begehren und konzentrierte seine Gedanken auf das, worum es ging. „Marjorie hat offenbar eine Liste Ihrer Möbel und sonstigen Sachen an eine Innenausstatterin gegeben und die hat ein paar Vorschläge für die Einrichtung ausgearbeitet. Marjorie hat mir gestern alles geschickt und ich habe es mir angesehen."

„Und was halten Sie davon?"

„Jetzt, wo ich das Haus gesehen habe, denke ich, sie hatte einige gute Ideen, aber manche Sachen werden schwierig sein. Wir können alles nach Bedarf anpassen." Brandon schien begeistert bei der Sache zu sein und Thomas sah zu, wie er den Eingangsbereich verließ und ins Wohnzimmer hinüberging. „Sie hat den Fernseher hier vorgesehen, aber ich finde, er passt besser in den Raum hinter der Küche. Der ist gemütlicher, nicht so formell."

„Okay. Sie tun, was Sie für richtig halten", sagte Thomas, drehte sich um und verließ den Raum.

Brandon starrte ihm nach.

„Was ist los?"

„Ist Ihnen das alles egal? Das hier wird Ihr Zuhause. Vielleicht nur für so lange, wie Sie hier mieten, aber Sie werden hier wohnen. Ist es Ihnen egal, wo Ihre Möbel stehen?" Brandon kratzte sich am Kopf.

Thomas zuckte die Schultern. „Es ist ja nur für ein paar Monate. So wichtig ist es nicht." Sein Telefon klingelte und Thomas zog es aus der Tasche. „Hey, Blaze."

„Na, vermisst du schon New York?"

Thomas lachte. „Nicht wirklich. Ich bin in dem Haus, das ich gemietet habe, und gleich kommen die Möbelleute. Keine Ahnung, was ich mit all diesem Platz machen soll." Er wandte sich um und betrachtete die großzügigen Räume. „Ich habe einen kleinen Esstisch. In dieses Zimmer hier würde ein Tisch für zwölf Leute passen."

„Echt?", fragte Blaze. „Verdammt, manchmal vergesse ich völlig, dass der Rest der Welt gar nicht in winzigen Wohnungen lebt und sich als vierköpfige Familie hundert Quadratmeter teilt. Ich nehme an, du wirst mit dem ganzen Platz überhaupt nichts anfangen können."

„Mir wird schon was einfallen." Er drehte sich um und beobachtete Brandon, der die Einrichtungspläne studierte, wobei er gelegentlich zu Thomas herübersah, um dann wieder zurück auf die Pläne zu schauen. „Wie geht's dir? Wie läuft's?"

„Wie immer. Ich meine, du bist noch nicht so lange weg und alles ist in bester Ordnung. Der Swanson Deal ist auf dem Weg, da gibt's keine Probleme und für das Hell's Kitchen Haus sind gerade die letzten Genehmigungen gekommen, also kann der Bau losgehen. Es läuft alles glatt."

„Gut." Thomas seufzte leise. Er hatte Befürchtungen gehabt, dass es ohne ihn Schwierigkeiten geben würde und spürte jetzt, wie etwas von der Anspannung von ihm abfiel. „Freut mich."

„Tut es nicht", sagte Blaze. „Du wärst glücklicher, wenn ohne dich alles drunter und drüber gehen würde und du zurückkommen und hier alles retten müsstest." Er lachte. „Verarsch mich nicht. Ich kenn dich zu gut. Du lebst für diese Firma."

Thomas unterdrückte ein Stöhnen. „So war es früher." Er versuchte, die Enttäuschung in seiner Stimme zu unterdrücken, aber es gelang ihm wohl nicht ganz.

„Warum bist du so bedrückt? Gibt es etwas, was du mir nicht erzählt hast?" Blaze hatte offenbar auf einmal seine Einfühlsamkeit entdeckt.

„Vielleicht." Thomas wandte sich zu Brandon um, der die Eingangstür geöffnet hatte, um die Möbelleute hereinzulassen. Er führte sie durch den Flur und war dann außer Sichtweite. „Es ist nichts Ernstes. Es ist nur, die Ärzte haben mir gesagt, ich bräuchte eine Pause von all dem Stress. Sie machen sich Sorgen wegen meines Blutdrucks und außerdem …" Er wollte nicht über diese Sache reden. Die Ärzte waren besorgt gewesen wegen seiner Verdauungsprobleme und seiner Magenschmerzen.

„Dann solltest du am besten gut auf dich aufpassen. Wir haben hier alles im Griff. Vielleicht fliege ich in ein paar Wochen mal rüber, um dich zu besuchen. Wenn der Swanson Deal durch ist."

„Das wäre schön." Thomas lächelte bei der Vorstellung, seinen besten Freund wiederzusehen.

„Gut. Nun lass es ruhig angehen und, verdammt, ich wünschte, du hättest früher was gesagt." Blaze klang ziemlich verärgert.

„Es ist nichts weiter. Mom und Dad brauchen mich hier und ich brauche eine Pause und ein bisschen Entschleunigung. Es schien einfach für den Moment das Richtige zu sein, hierherzukommen. Ich werde versuchen, mich etwas zu entspannen, und mich um meine Eltern kümmern." Er zuckte mit den Schultern. Die Möbelpacker hatten begonnen, Kisten hereinzutragen. Brandon stand in der Tür wie ein süßer Verkehrspolizist, gab Anweisungen und lachte mit den Männern, die an ihm vorbeigingen.

„Thomas, bist du noch da?", fragte Blaze. „Hörst du mir zu?"

„Entschuldige. Ich war abgelenkt." *Ja, und zwar genau auf die Art abgelenkt, die du unbedingt vermeiden wolltest. Es ist nicht nötig, dass du Brandon bei jeder Gelegenheit anglotzt.*

„Hab ich gemerkt. Mach weiter und ruf mich wieder an, wenn du Zeit hast, okay? Dann können wir weiterreden." Blaze legte auf und Thomas steckte das Handy ein und ging zu Brandon an die Tür.

„Alles unter Kontrolle?"

Brandon drehte sich zu ihm um und ihre Blicke trafen sich für ein paar Sekunden. Ein Kribbeln lief Thomas' Wirbelsäule entlang. Er schluckte und trat einen Schritt zurück. Aber die Spannung, die plötzlich zwischen ihnen aufgekommen war, ließ nicht nach.

„Ja." Brandon wandte sich ab und räusperte sich. „Das ist echt ein Riesenteam von Möbelleuten." Er trat zurück, um Platz zu machen, während weitere Kisten hereingetragen und im Haus verteilt wurden. „Das da kommt in das Zimmer neben der Küche, nicht ins Wohnzimmer", wies Brandon die Möbelpacker an.

Als er an die Tür zurückkehrte, drang sein Duft in Thomas' Nase, sehr sauber und sehr maskulin, mit einem Hauch von Aftershave, der seine männliche Ausstrahlung noch verstärkte. Thomas musste sich zusammennehmen, um nicht tief einzuatmen. „Im Möbelwagen befinden sich zwei große Holzkisten. Die kommen ins Wohnzimmer und sollen geschlossen bleiben. Ich will sie fürs Erste nicht auspacken." Er würde sich in Ruhe überlegen, wo er die Bilder haben wollte, und sie dann fachgerecht aufhängen lassen.

„Geht klar." Brandon machte sich eine Notiz und trat aus dem Weg, als die Möbelleute das Sofa hereinbrachten. Er entschuldigte sich und folgte ihnen, um ihnen zu sagen, wo es hingehörte. Dann kam er zurück. Brandon schien effektiv und gründlich zu sein, was ein Plus war. Aber jedes Mal, wenn er Thomas ansah, mit diesen Augen … Thomas hatte diese Farbe einmal in seinem Leben gesehen, in der Karibik. Das Blau des Meeres, wenn die Sonne darauf schien. Die Farbe war atemberaubend und Thomas hätte sie den ganzen Tag lang betrachten können.

„Ich muss ein paar Anrufe machen", sagte er und verließ den Raum, nur um von Brandon wegzukommen. Mann, oh Mann. Er war so was von in Schwierigkeiten. Seine Willenskraft war dabei, sich in Nichts aufzulösen, nach nur einer Stunde mit Brandon. Er musste sich zusammenreißen und mit diesem Mist aufhören. Brandon arbeitete für ihn, also war er tabu.

Und außerdem: Wie sollte ein attraktiver, junger Typ wie er sich für einen alten Mann interessieren, der schon fast vierzig war?

4

BRANDON WUSSTE immer, wo Thomas im Haus gerade war. Es war sein Job, vorherzusehen, was Thomas brauchte und so behielt er ihn im Auge. Es war keine harte Aufgabe. Thomas war ein mehr als angenehmer Anblick und Brandon fühlte sich genauso zu ihm hingezogen wie damals, als er für ihn den Rasen gemäht hatte. Nicht, dass er irgendetwas unternehmen würde. Gleichgültig, wie anziehend sein Boss war, er würde professionell bleiben.

„Thomas", sagte Brandon so sanft wie möglich, als er seinen Chef hinter dem Haus im Verandaliegestuhl fand, einem der wenigen Möbelstücke, die die Vormieter zurückgelassen hatten. Thomas' Augen waren geschlossen und er sah entspannt aus wie jemand, der sich wohlfühlte … und außerdem umwerfend attraktiv. Die Linien um seine Augen und seinen Mund hatten sich geglättet und sein Haar war ein bisschen zerzaust. Seine Brust bewegte sich in ruhigem Rhythmus auf und ab, und seine Jeans spannten sich auf genau die richtige Weise um seine Oberschenkel. Er sah fantastisch aus, milde ausgedrückt. Brandon hasste es, ihn stören zu müssen, aber er hatte einige Fragen. Als Thomas sich nicht regte, berührte er ihn an der Schulter und Thomas öffnete die Augen. „Entschuldigung."

Thomas setzte sich auf und rieb sich übers Gesicht. „Alles gut." Er blinzelte ein paar Mal und schaute sich um, offenbar darum bemüht, zu sich zu kommen.

„Es gibt da ein paar Unklarheiten wegen des Schlafzimmers. Es gibt drei große Räume mit angeschlossenem Badezimmer. Welchen davon möchten Sie?" Brandon kam sich wie ein Idiot vor.

„Ist egal", grummelte Thomas.

„Sicher?", fragte Brandon.

Thomas stand stöhnend auf und Brandon folgte ihm, wobei er sein Bestes tat, nicht zu glotzen, als er hinter Thomas die Treppe hinaufstieg. Es war hart, Wortspiel beabsichtigt, Thomas' Hintern in diesen Jeans zu sehen.

Oben angekommen, deutete Brandon auf eines der Zimmer. „Dies ist das alte Schlafzimmer, aber es geht nach vorn raus." Er öffnete eine weitere Tür. „Dieses Zimmer ist genauso groß. Der einzige Unterschied ist der Schrank. Aber es geht nach hinten zum Garten und ist ruhiger. Genau wie das hier." Er wies auf den dritten Raum. „Was meinen Sie?"

Thomas schaute sich die Räume an. „Es ist nicht wirklich wichtig nach all den Jahren in New York. Da ist es niemals ruhig. Aber nehmen Sie den Raum zum Garten." Er öffnete eine Schranktür. „Das hier geht gut."

„Okay. Wie groß ist Ihr Bett?", fragte Brandon und Thomas drehte sich zu ihm um. Wieder trafen sich ihre Blicke.

„Kingsize", antwortete er in schroffem Ton.

Brandon schluckte und nickte, während kurz seine Fantasie mit ihm durchging und er sich vorstellte, wie Thomas sich auf einer dunkelgrünen Kingsize-Bettdecke räkelte. Nach zwei Sekunden schüttelte er leicht den Kopf und klopfte sich an die Schläfe, um in die Wirklichkeit zurückzufinden. „Dann können wir das Bett hier an die Wand stellen und die Kommode hierher. Es gibt eine Truhe, die laut Plan für eines der Gästezimmer vorgesehen ist, die könnten wir ans Fußende Ihres Bettes stellen, wenn Sie mögen."

„Gut." Thomas lächelte und klopfte Brandon leicht auf die Schulter. Eine Welle der Erregung durchströmte Brandon. Es war eine neutrale Berührung und Brandon kämpfte seine Reaktion nieder. Er musste sich besser in den Griff kriegen.

„Ich werde die Möbelleute alles hochbringen lassen. Haben Sie sich schon überlegt, wo Sie die Bilder haben wollen? Oh, und diese beiden großen Kisten stehen unten. Sie scheinen alles gut überstanden zu haben."

„Danke. Ähm, lassen Sie die Bilder erst mal, bitte."

Thomas sah aus, als würde es ihm guttun, noch etwas weiterzuschlafen, also schickte Brandon ihn hinaus und dirigierte die Möbelleute mit dem Bett nach oben. Nachdem das Bett und die Matratze am Platz waren, suchte er in den Kisten nach Decken und Kissen und machte das Bett für Thomas. Dann schloss er die Tür und ging wieder nach unten.

Der Möbelwagen war beinahe leer; die letzten Möbelstücke wurden gerade an ihren Platz geräumt. Die Räume wirkten kahl, aber daran konnte er nichts ändern. Die Küche und der kleine offene Wohnbereich wirkten einigermaßen gemütlich. Einer der Möbelleute hatte die Küche eingerichtet und die anderen trugen noch die restlichen Sachen herein oder brachten leere Kisten und Verpackungsmaterial nach draußen.

„Thomas", sagte Brandon, als er ihn wieder auf der Veranda hinter dem Haus fand. „Ich habe schon mal Ihr Schlafzimmer für Sie bereitgemacht." Die Schatten unter Thomas' Augen verrieten ihm, dass er nicht geschlafen hatte. „Ich kann den Rest hier für Sie erledigen, falls Sie ein bisschen Ruhe brauchen." Er würde nicht vorschlagen, dass Thomas sich zum Schlafen hinlegen sollte, obwohl das genau das zu sein schien, was Thomas brauchte.

„Danke." Als Brandon fortging, um den Rest des Umzugs zu beaufsichtigen, klingelte Thomas' Handy. Wenn Thomas sich nicht die Zeit nahm, ein paar Minuten Pause zu machen, obwohl er das ganz offensichtlich nötig hatte, dann konnte Brandon wenig dagegen tun, außer ihm so viel wie möglich abzunehmen.

Eine Stunde später waren die Möbelleute dabei, die letzten Kisten und Möbelschutzdecken zusammenzupacken. Im Wohnzimmer standen nur wenige Möbel, weil Brandon die meisten in den offenen Wohnbereich hatte stellen lassen, damit Thomas sich dort entspannen konnte, wie er wollte. Brandon dachte sich, dass Thomas für das Wohnzimmer kaufen konnte, was er sich vorstellte. Sein Ziel war gewesen, alles so bequem und gemütlich wie möglich zu machen.

Er unternahm gerade einen letzten Gang durch das Haus, als Marjorie anrief.

„Wie läuft der Umzug?"

„Großartig. Die meisten Sachen sind ausgepackt und ich habe Thomas' Zimmer für ihn fertiggemacht und seine Kleider in den Schrank gehängt. Die Sachen, die in die Kommode kommen, legt er, denke ich, besser selber hinein. Die Vorschläge der Inneneinrichterin waren teilweise nicht so toll, zum Beispiel was Farben angeht, und am Ende habe ich ziemlich viel umorganisiert. Thomas hat es aber anscheinend gefallen, was ich gemacht habe."

„Und darauf kommt es an", sagte Marjorie. „Ruht er sich auch aus? Wenigstens ein bisschen?"

Brandon verdrehte die Augen. „Am Nachmittag hat er sich kurz hingelegt, aber ansonsten war er heute die meiste Zeit am Telefon. Mir kommt es so vor, als ob er ungefähr alle zehn Minuten angerufen wird. Er ist auch jetzt schon wieder am Telefonieren." Brandon biss sich auf die Lippe, um nicht damit herauszuplatzen, dass ihm nicht gefiel, wie Thomas aussah. Thomas war ein erwachsener Mann und wollte sicher nicht, dass er über ihn tratschte.

„Ich werde sehen, was ich machen kann."

„Aber er ist der Boss. Würde er den Leuten nicht einfach sagen, dass sie ihn nicht anrufen sollen, wenn er das nicht will?"

Marjorie seufzte. „Nein. Thomas ist ein wirklich guter Mensch und ein großartiger Chef. Er würde nie jemandem sagen, dass er nicht anrufen soll. Stattdessen versucht er, für die Leute ihre Probleme zu lösen und jeder hier in dieser verdammten Firma ruft ihn an, anstatt mal ein bisschen nachzudenken und selber eine Lösung zu finden." Oh Mann, sie schien wirklich aufgebracht zu sein. „Ich werde mit ein paar Leuten hier reden und sehen, ob sie vielleicht helfen können."

„Okay." Er hatte das Gefühl, dass er sich in diese Angelegenheit besser nicht einmischte. „Gibt es sonst noch etwas, was ich heute tun soll?"

„Nein. Ich habe Ihnen ein Handy und ein iPad geschickt, das Sie benutzen können, und ich werde Ihnen den Zugangscode für seinen Kalender mailen, damit Sie sich einloggen können." Sie tippte etwas und dann läutete ein Telefon. Marjorie bat ihn, kurz zu warten, und nahm den anderen Anruf entgegen.

Er hielt dem letzten Möbelpacker, der das Haus verließ, die Haustür auf. Einer der Männer kehrte noch einmal mit einem Zettel zurück, den Brandon unterschreiben sollte. Brandon las kurz durch, was darauf stand, unterschrieb und schloss dann hinter den Möbelleuten die Tür. Das Haus war still und Brandon ging ins Wohnzimmer, um auf Marjorie zu warten.

„Entschuldigung", sagte sie, als sie wieder am Apparat war. Sie tippte immer noch. „Nein, es gibt nichts mehr zu tun für Sie. Sie sollten noch einmal mit Thomas sprechen und dann nach Hause gehen. Wenn Sie ihn in seinem Haus untergebracht haben, haben Sie Ihren Job für heute gemacht."

„Danke, Marjorie."

„Es war ein wichtiger Job." Sie schien zufrieden und Brandon freute sich darüber. „Ich rufe Sie morgen wieder an, außer es gibt irgendetwas Außerplanmäßiges." Sie verabschiedete sich und legte auf.

Brandon steckte sein Handy wieder ein und machte sich auf die Suche nach Thomas. Er fand ihn in der Küche. Das Geschirr war eingeräumt, aber es gab keinerlei Lebensmittel und der Kühlschrank war leer. Thomas machte gerade die Tür zu, als Brandon hereinkam.

„Können Sie schnell noch einkaufen gehen?"

Brandon nickte. „Was soll ich mitbringen?" Er machte sich bereit, alles aufzuschreiben, aber Thomas schaute ihn an, als hätte er zwei Köpfe. „Ich kann ja nicht Gedanken lesen."

„Das macht Marjorie immer, und …" Thomas unterbrach sich, als wäre er überrascht. „Ich hab nie wirklich drauf geachtet, was im Haus war. Ich habe das gegessen, was da war oder bin losgegangen und hab mir schnell was geholt."

„Ich kann etwas bestellen. Möchten Sie Pizza? Ich denke, eines von diesen Chinarestaurants wird einen Lieferservice haben." Brandon zog sein Handy hervor und suchte nach einem Take-away-Restaurant in der Gegend. „Wenn Sie mir eine Liste machen, kann ich die Sachen besorgen. Was möchten Sie gern?"

„Sushi vielleicht", sagte Thomas.

„Okay." Brandon fand eine Sushi-Bar und rief die Speisekarte auf. „Sagen Sie mir, was Sie möchten, dann gebe ich die Bestellung auf und hole es." Thomas diktierte ihm seine Bestellung. Brandon gab sie auf und orderte für sich selbst noch etwas dazu. „Bin gleich wieder da."

Er fuhr in die ein paar Kilometer entfernte kleine Einkaufsmeile und wartete, während die Bestellung fertiggemacht wurde. In der Zwischenzeit schickte er Marjorie eine Nachricht, um zu fragen, was Thomas am liebsten trank und als er das Sushi hatte, kaufte er noch bei Starbucks einen Latte und einen Macchiato und fuhr schnell zurück zum Haus.

„Thomas, ich habe Ihr Essen", rief er, als er wieder hereinkam und zur Küche ging. Es kam ihm merkwürdig vor, einfach in ein Haus hineinzuspazieren, das jemand anderem gehörte. Er fand Thomas im offenen Wohnbereich vor dem Fernseher. Er schaute ESPN. Brandon gab ihm seinen Kaffee. Anscheinend hatte das Haus einen aktiven Kabelanschluss. Brandon nahm sich vor, Marjorie danach zu fragen.

„Sie sind ein Lebensretter", sagte Thomas und griff nach dem Kaffee.

Brandon brachte das Sushi auf einem Teller herein und stellte es auf den Couchtisch. Dann ging er in die Küche und zog sich einen Stuhl an den Tresen.

„Was machen Sie?", fragte Thomas, sich zu ihm umwendend.

„Ich wollte Sie nicht stören", sagte Brandon.

„Bitte setzen Sie sich zu mir, wenn Sie möchten." Thomas rollte mit den Augen.

Brandon nahm seinen Kaffee und sein Päckchen mit Sushi, trug es in den Wohnbereich und setzte sich auf einen Stuhl. Vorsichtig legte er sein Essen auf dem Couchtisch ab. „Danke." Er biss ein Stück California Roll ab und nahm dann einen Schluck von seinem Getränk. „Sind Sie mit allem zufrieden?"

„Ja." Thomas aß und schaute dem Tennismatch auf dem Bildschirm zu. „Sie haben einen guten Job gemacht. Danke." Er sah nicht vom Fernseher weg, also aß Brandon und ließ Thomas in Ruhe. Das hier war schließlich sein Haus. Allerdings, wenn er nicht allein essen wollte, warum ignorierte er Brandon dann, sobald er sich zu ihm gesetzt hatte? Es kam ihm irgendwie unhöflich vor.

Das Spiel ging weiter und Brandon aß auf und warf dann den Müll weg. Nachdem auch Thomas fertig war, kümmerte Brandon sich um sein Geschirr und ging aus dem Zimmer, Thomas mit seinem Tennismatch zurücklassend. Er rief Marjorie an, ließ sich eine Lebensmittelliste geben und fuhr schnell noch einmal zum Laden, damit Thomas nicht verhungerte.

„Wenn sonst nichts weiter anliegt, würde ich jetzt nach Hause fahren. Sie haben meine Nummer, rufen Sie also an, wenn Sie etwas brauchen."

Thomas' Telefon klingelte und er nahm es mit einem Nicken und einem Winken in Brandons Richtung ans Ohr. Brandon nahm an, dass er entlassen war, und verließ den Raum. Er schloss hinter sich die Eingangstür und ging dann zu seinem Auto, um zurück zum Haus seiner Großmutter zu fahren. Es sah aus, als ob er seinen ersten Tag ohne Blamage überstanden hatte.

„WIE WAR dein erster Arbeitstag?", fragte Grandma, die am Herd stand, als er nach Hause kam.

Brandon atmete den Duft, der aus dem Topf stieg, tief ein und lächelte. Grandmas Chili war schon immer eines seiner Leibgerichte gewesen. „Gut. Auch wenn ich nie gedacht hätte, dass ich meinen MBA eines Tages dazu nutzen würde, für jemanden den Einzug in sein Haus zu managen." Er hatte sich seinen ersten Job wirklich anders vorgestellt.

Grandma klopfte ihren Löffel an der Seite des Topfes ab und hängte ihn an den Halter. „Aber du hast ihm geholfen?"

Brandon nickte. „Ja, ich denke schon. Ich habe ihm das Haus fertig eingerichtet, Essen geholt und für ihn eingekauft. Aber dann kamen all diese Anrufe und für den Rest des Tages hatte er das Telefon am Ohr." Es war wirklich ein Problem. Thomas musste doch auch einmal für einen Augenblick Ruhe haben. Brandon zog sich einen der alten Küchenstühle heran und setzte sich. Seine Großmutter stellte einen Teller mit Keksen vor ihn hin und er fühlte sich plötzlich schuldig. Er hatte ihr nichts von der Niesattacke beim Jobinterview erzählt und auch nichts von der Kekskatastrophe. Sollte sie fragen, würde er sagen, dass der Teller kaputtgegangen war, und es dabei belassen.

„Dann musst du tun, was du kannst, um für ihn da zu sein. Dafür hat er dich eingestellt." Grandma setzte sich ebenfalls hin und seufzte leise.

„Du tust zu viel", sagte Brandon sanft. Es machte ihm Sorgen, dass sie niemals Pause zu machen schien und dass sie ebenso müde aussah wie Thomas.

„Mir geht's gut. Ich koche und backe. Es ist ja nicht so, als wäre ich ein Hafenarbeiter." Sie tätschelte seine Hand und Brandon stand auf und bereitete den koffeinfreien Kaffee zu, den seine Großmutter immer trank. Brandon fand, dass das Zeug ziemlich eklig schmeckte, aber er nahm an, dass selbst er sich daran gewöhnen würde, wenn er nie etwas anderes trank und keinen Vergleich hatte. „Was machst du morgen?"

Brandon stellte den Kaffeebecher vor sie hin. „Weiß ich noch nicht. Ich muss noch rausfinden, was genau ich alles zu tun habe. Ich werde morgen einfach rüberfahren und sehen, was er braucht. Marjorie wird wahrscheinlich etwas für mich haben, was ich tun kann." Brandon nahm einen Keks. „Ich werde wohl eine Haushälterin für ihn finden müssen." Er legte den Keks wieder hin und fragte sich, was Thomas gern aß. Thomas hatte das Sushi ziemlich heruntergeschlungen. „Ich muss die Mahlzeiten für ihn organisieren."

„Rede mit ihm und schau, ob er nicht ein wenig offener wird. Ich wette, er wird dir erzählen, was er mag."

Brandon nickte. „Hast du Erinnerungen an ihn aus der Zeit, bevor er weggegangen ist? Ich habe bei ihm den Rasen gemäht, aber sonst weiß ich nicht viel. Er war schon damals ständig beschäftigt."

„Er war ein tatkräftiger Typ, das auf jeden Fall. Hat immer gearbeitet und gespart. Seine Eltern hatten nicht viel. Nachdem er in die Schule gekommen war, hat Grace im Büro von Crawford's Kaufhaus in der Stadt gearbeitet, bis das Geschäft geschlossen wurde. Sein Dad hat in der Mühle vor der Stadt gearbeitet. Sie führten das beste Leben, das sie sich leisten konnten, aber Grace hat mir immer erzählt, dass sie das Gefühl hatte, nicht genug für Thomas zu tun. Dass es ihr immer so schien, als ob er mehr wollte."

„Ich glaube, da ist was dran. Er hätte nie so viel Erfolg gehabt, wenn er nicht genau gewusst hätte, was er will." Brandon hatte das in vielen der Fallstudien gesehen, mit denen er sich im Studium beschäftigt hatte. Leute, die eine starke innere Motivation hatten, hatten oft auch Erfolg.

„Er hat für Leute den Rasen gemäht, seit er ungefähr zwölf war, und immer gute Arbeit geleistet, genauso wie du." Sie lächelte ihn an. „Grace hat mir mal gesagt, dass er zu viel arbeitete und mehr zu tun hatte, als er schaffen konnte." Grandma nippte an ihrem Becher. „Ich erinnere mich, dass er an manchen Abenden draußen gearbeitet hat, bis die Sonne unterging. Irgendwann hat er einen anderen Jungen angestellt, der für ihn gearbeitet hat. Er hatte eine Art System." Sie schüttelte den Kopf. „Es hat nicht lange gedauert, da hatte Thomas ein richtiges Unternehmen und mähte die meisten Gärten in der Nachbarschaft, mit zwei oder drei Jungen als Mitarbeitern."

„Wow." Brandon war beeindruckt.

„Das ging so, bis er aufs College kam, glaube ich. Ich weiß nicht, was er als Student gemacht hat, aber Grace sagte mal, dass er in der Zeit ein Unternehmen gegründet hat, um so seinen Lebensunterhalt zu bestreiten." Grandma zuckte die Schultern. „Danach gab es für ihn kein Zurück mehr. Ein paar Jahre nach dem College hat er sich hier ein Haus gekauft und als Immobilienmakler gearbeitet. Später, als er nach New York zog, hat er es verkauft. Ich war überrascht, dass er weggezogen ist, wegen Grace und Harold, aber er hatte immer den Drang, mehr zu erreichen als das, was hier möglich war." Sie klopfte sanft auf den Tisch, als ob das Thema damit beendet war.

Brandon sagte sich, dass sein Interesse an Thomas, sein Wunsch, zu verstehen, was für ein Mensch er war, nur damit zu tun hatte, dass er seinen Job möglichst gut machen wollte. Aber tatsächlich war er einfach neugierig. Thomas faszinierte ihn. „Bist du froh, dass er wieder da ist?"

Sie tippte nervös auf die Tischplatte. „Grace freut sich und ich freue mich für sie."

Brandon fiel auf, dass sie nicht lächelte und dass ihr Blick skeptisch war.

„Ich denke ... Ich weiß nicht. Es wird Grace und Harold hart treffen, wenn es Thomas hier nicht gefällt und er wieder wegzieht. Sie waren so glücklich, als er ihnen erzählt hat, dass er kommt." Sie trank ihren Kaffee aus und stand auf, um wieder an den Herd zu gehen und in ihrem Topf zu rühren. „Du kannst nicht mehr tun, als dein Bestes zu geben."

„Ich weiß, Grandma", sagte Brandon, aß seinen Keks auf und stellte sein Geschirr in den Geschirrspüler.

Er ging in sein Zimmer und fuhr seinen Computer hoch, um seine Mails zu checken. Bevor er den Job bei Thomas bekommen hatte, hatte er so viele Bewerbungen verschickt, dass es schon fast peinlich war. Er war tagelang auf *Monster* und anderen Job-Seiten unterwegs gewesen, immer auf der Suche. Wenigstens verdiente er jetzt etwas und er wurde sogar recht gut bezahlt.

Sein Telefon klingelte und er griff danach. „Ja, Thomas", sagte er, als er die Nummer sah. „Brauchen Sie etwas?"

„Ich habe eine Liste von Sachen für Sie, die Sie bitte einkaufen sollen ...", sagte Thomas und Brandon machte sich eine Notiz in seiner To-do-Liste. „Könnten Sie das gleich morgen früh erledigen?"

„Selbstverständlich. Ich nehme an, Sie haben Wäsche und andere Dinge, die gemacht werden müssen ... und ich wollte fragen, möchten Sie, dass ich Ihnen helfe, eine Haushälterin zu finden?"

„Das wäre großartig." Thomas seufzte. „Ich bekomme gerade einen anderen Anruf. Ich sehe Sie morgen früh." Die Verbindung wurde unterbrochen und Brandon starrte auf sein Handy.

Was zum Teufel war da los? Thomas hatte nichts gesagt, was nicht auch bis zum Morgen Zeit gehabt hätte. Vielleicht war es Thomas gerade eingefallen und er hatte angerufen, um es nicht zu vergessen? Schließlich bekam er immer noch die ganze Zeit diese Anrufe.

GRANDMAS CHILI war fantastisch gewesen wie immer und Brandon fühlte sich voll und ein bisschen gelangweilt. Er überlegte, ob er ein wenig fernsehen sollte, aber das würde bedeuten, neben seiner Großmutter zu sitzen, während sie ihre Serien schaute. Nicht, dass die schlecht waren oder so, aber wenn er noch eine Wiederholungsfolge von *The Big Bang Theory* angucken musste, dann würde sein Kopf explodieren. Besonders, wenn es eine aus diesen frühen Staffeln war, die er schon ungefähr achtzehn Mal gesehen hatte.

Sein Handy vibrierte in seinem Zimmer und er lief schnell hin für den Fall, dass es wieder Thomas war. Auf dem Display leuchtete der Name George Hansen auf. Brandon grinste und hob das Handy ans Ohr. „George", sagte er munter, „was gibt's?"

„Nichts. Ich sitze hier nur herum und versuche, mir etwas auszudenken, wie ich für eine Weile von Maureen wegkomme", flüsterte er.

„Was ist los? Eheglück schon vorbei?" Brandon musste ihn einfach aufziehen. Es machte viel zu viel Spaß, um es zu lassen. Maureen und George waren so verliebt, dass man davon Zahnschmerzen bekommen konnte. Maureen war das dritte Mal schwanger und sie unternahmen immer irgendwas als Familie mit ihren Kindern.

„Gar nichts ist los. Sie ist hier zu Hause bei den Kindern, und ich dachte mir, dass es ziemlich lange her ist, dass wir zwei etwas zusammen unternommen haben." Er senkte seine Stimme noch mehr. „Es ist eine schwierige Schwangerschaft und ich tue, was ich kann, um zu helfen, aber ich kann ihr nicht alles abnehmen. Sie liegt mit Jason und Lacy im Bett und ich habe ihr schon so viele Fußmassagen verabreicht, dass ich einen Krampf in den Händen habe. Also, hast du Lust auf einen Drink mit mir? Ich könnte wirklich einen brauchen."

„Du kannst doch Maureen nicht einfach so allein lassen!"

„Sie ist mit den Kindern im Bett und hat gesagt, dass ich aus dem Haus verschwinden soll, weil sie es im Moment nicht ertragen kann, mein Gesicht zu sehen. Das fasse ich als Erlaubnis auf, mir für ein paar Stunden frei zu nehmen. Wir können uns in einer halben Stunde im Whitehall's treffen, wenn du dabei bist."

„Klar." Brandon war schon auf dem Weg zu seinem Schrank. „Ich komme."

„Super. Du rettest mir echt das Leben, Mann."

„Okay, aber du darfst nicht so viel trinken, weil ich nämlich nicht deinen Arsch nach Hause tragen und ins Bett stecken werde wie damals, als wir Zimmergenossen waren." Das war vielleicht eine Tour gewesen. George hatte nie viel getrunken, aber Mann, wenn er es getan hatte, dann gründlich.

„Haha. Maureen würde mir schön was erzählen, wenn ich besoffen nach Hause käme. Ich brauche einfach nur ein paar Stunden ohne Kinder. Danke."

Sie verabschiedeten sich und Brandon zog sich etwas Frisches an. „Ich treffe mich für eine Weile mit George", sagte er zu seiner Großmutter, die gemütlich in ihrem Lieblingssessel saß und die Füße hochgelegt hatte. „Es wird nicht allzu spät werden." Er beugte sich hinunter, um sie zu umarmen, dann ging er hinaus zu seinem Auto und fuhr in die Stadt.

Whitehall's war eine Kneipe im Western-Stil. Keine Bar für Touristen, sondern eine echte Kneipe an der Ecke, die es schon seit Ewigkeiten gab. An den Wänden hingen Bilder von Pferden und Cowboys, weil die früher mal hier Gäste gewesen waren – nicht die Pferde, sondern die Reiter. Vor vielen Jahren waren die Wände mit Holz vertäfelt worden und nun waren sie dunkel von Jahrzehnten von Rauch, Händen und Menschen. Es roch nach Bier und einem Hauch von noch nicht verflogenem Zigarettenqualm. Brandon sah sich um und entdeckte George an einem der langen, abgenutzten Tische mit Bänken zu beiden Seiten.

„Hey", sagte Brandon, als George aufstand. Sie umarmten sich fest und setzten sich wieder hin. George hatte schon ein Bier vor sich stehen und Brandon ging kurz an die Bar, um sich auch eins zu bestellen, und kam dann zurück. „Also, was ist wirklich los bei euch?"

George nahm einen großen Schluck von seinem Bier. „Maureen geht es diesmal echt schlecht. Die letzten zwei Schwangerschaften sind eigentlich ziemlich glatt gelaufen. Sie hatte ein paar Beschwerden, aber sie hat einfach immer weiter gemacht. Diesmal ist sie dauernd müde und hat Schmerzen. Nachts kann sie nicht schlafen und muss alle fünf Minuten zur Toilette. Und sie hat immer abwechselnd einen Riesenhunger und dann will sie doch nichts essen und sagt, dass ihr schon vom Geruch schlecht wird." Er setzte sein Bierglas so heftig auf dem Tisch ab, dass es knallte.

„Na ja. Nicht jede Schwangerschaft ist einfach. Vielleicht hat sie bei den letzten beiden einfach Glück gehabt." Nicht, dass er viel Ahnung gehabt hätte. Was Schwangerschaften und Geburten betraf, reichte es ihm prinzipiell, das Baby halten zu dürfen, nachdem es nach Hause gebracht worden war. „Meine Güte, Mann, du musst einfach nur für sie da sein."

„Ich weiß." George sah sich um. „Ich brauch nur ein bisschen Zeit, dann geht's schon wieder. Manchmal können all die Sorgen und der Stress ein bisschen viel werden." Wenigstens war er nicht dabei, sich zu betrinken und sofort das nächste Bier zu bestellen. Das war ein sehr gutes Zeichen.

„Möchtet ihr etwas zu essen haben?", fragte die Kellnerin, Shirley. „Oh, hallo, Brandon." Sie lächelte ihm zu. „Wie geht's denn so?"

Brandon erwiderte die Begrüßung und stand auf, um sie zu umarmen. „Nicht schlecht. Lange nicht gesehen." In der Highschool war Shirley eine gute Freundin von ihm gewesen. Sie hatte gewusst, dass er schwul war, obwohl er es ihr nie gesagt hatte. Shirley hatte es erraten und sie war eine zeitlang zum Schein mit ihm gegangen. Sie waren sogar gemeinsam zum Abschlussball gegangen und hatten eine Menge Spaß gehabt.

Sie nickte, als er zurücktrat. „Wie geht's deiner Familie?", fragte sie und Brandon zuckte mit den Schultern. „So schlimm?"

„Ja. Seit wann arbeitest du hier?"

„Seit sechs Monaten." Sie grinste und zeigte einen Ring vor.

„Gratulation!", sagte Brandon und umarmte sie noch einmal.

„Ashton Martin und ich sind jetzt schon ein paar Jahre zusammen und er hat mich gefragt, ob wir heiraten wollen. Ich arbeite nur ein paar Nächte pro Woche hier, damit wir das Geld für die Hochzeit zusammen kriegen." Sie wippte auf den Fersen.

„Das ist ja toll. Kennst du George?", fragte Brandon und stellte die beiden einander kurz vor. „Seine Frau erwartet ihr drittes Kind und das hier ist sein freier Abend, deshalb braucht er noch ein Bier und ganz viel Junk Food."

Shirley grinste. „Ashton sagt, er möchte gern sofort Kinder, aber ich habe ihm gesagt, wir warten lieber noch ein bisschen."

„Kluge Frau", sagte George, um dann die Hände zu heben. „Versteh mich nicht falsch. Ich liebe meine Frau und meine Kinder, aber wenn wir noch mal von vorn anfangen müssten, würden wir wahrscheinlich ein bisschen länger warten."

Brandon grinste in sich hinein. Das sagte er jetzt so locker, aber Maureen war eine strenge Katholikin, und keine Kinder war gleichbedeutend mit kein Sex. Und irgendwie hatte Brandon das Gefühl, dass das nicht wirklich eine Option für George war. Obwohl, nach Nummer drei …

Er und George sagten Shirley, was sie essen wollten.

„Ich gebe eure Bestellung an die Küche und bringe euch noch was zu trinken." Sie eilte davon und Brandon lehnte sich zurück und nippte an seinem Bier.

„Die ist ja nett."

„Ich kann gar nicht fassen, dass ihr euch noch nie begegnet seid", sagte Brandon, während er sich in der Kneipe umschaute, um zu sehen, wer noch alles da war. In einer Stadt wie dieser, in der er die längste Zeit seines Lebens gewohnt hatte, traf er immer auf Leute, die er kannte.

„Wer ist der Typ, der da irgendwie so verkrampft an der Bar hockt? Er sieht aus, als ob er gerade *GQ* entstiegen ist und keine Ahnung hat, wo er gelandet ist", sagte George und deutete mit dem Kopf nach rechts.

Brandon folgte seinem Blick und unterdrückte ein Keuchen. „Das ist mein neuer Chef." Brandon fragte sich, was Thomas hier machte. Das hier war sicher nicht seine Art von Lokal. Aber natürlich gab es nicht gerade sehr viele schicke Cocktailbars in der Stadt.

„Chef?" George zog die Brauen hoch.

„Seine Mom und meine Großmutter kennen sich. Thomas ist gerade hergezogen und brauchte einen Assistenten. Und da anscheinend niemand Lust hat, mir auch nur einen zweiten Blick zu gönnen, habe ich den Job genommen. Er ist ein netter Typ, wenn auch insgesamt ein bisschen ahnungslos." Brandon lehnte sich zu George herüber. „Er geht nie einkaufen und wäscht nicht mal seine Wäsche selber."

George zuckte die Schultern. „In New York City gibt's ja auch keine Safeway-Supermärkte. Ich nehme an, er ist einer von diesen Workaholics?" Er schüttelte den Kopf. „Das würde mir nicht passieren. Ich mag meine Arbeit, aber noch lieber bin ich zu Hause." Er nahm noch einen Schluck und zog dann sein Handy hervor. Brandon wusste, dass er jetzt eine Reihe von Kinderfotos zu sehen bekommen würde. Soviel George auch meckern mochte, er war ein begeisterter Vater.

„Vielleicht ist das der Unterschied zwischen dir und ihm. Er hat mehr Geld, als er brauchen kann, und sonst niemanden. Und du hast eine Familie und bist immer pleite." Brandon beobachtete, wie Thomas mit einem Bier an der Theke lehnte, und stand auf. „Ich werde ihn fragen, ob er sich zu uns setzen möchte."

„Gut. Vielleicht gibt er eine Runde aus."

„George!", zischte Brandon. „Das ist stillos."

George rollte mit den Augen. „Ich habe drei Kinder und kein Geld. Ich freu mich über jeden, der mir einen Drink spendiert, und meinen Stolz habe ich schon lange vergessen, das kann ich dir sagen." Er setzte sein Glas ab und Brandon seufzte und machte sich auf den Weg zu Thomas hinüber.

„Sind Sie zum Abendessen hier?", fragte Brandon.

Thomas wirkte erschrocken, so als überraschte es ihn, dass jemand mit ihm redete. Seit Brandon ihn bemerkt hatte, hatte niemand außer dem Barkeeper sich irgendwie um ihn gekümmert. „Brandon. Ja. Ich hatte kein Essen im Haus und ich dachte …" Er zuckte mit den Schultern.

„Mein Freund und ich sitzen da drüben am Tisch. Sie können gern zu uns rüberkommen, anstatt hier allein zu sitzen." Brandon trat zurück, damit Thomas sich nicht unter Druck gesetzt fühlte. „Haben Sie etwas zu essen bestellt?"

„Ja. Schon vor einer Weile. Die bräuchten vermutlich mehr Personal in der Küche." Thomas umfasste sein Bierglas. „Ich komme gern mit, wenn das wirklich in Ordnung ist."

Brandon winkte dem Barkeeper. „Stan, kannst du sein Essen zu dem Tisch dort rüberschicken?" Er zeigte zu ihrem Tisch und Stan hob die Hand und nickte, um dann weiter Bier zu zapfen. Die Kneipe war im Laufe des Abends immer voller geworden. „Kommen Sie." Er gab Thomas ein Zeichen und Thomas stand auf und folgte ihm an den Tisch.

„George Hanson, Thomas Stepford", sagte Brandon und die beiden gaben einander die Hand.

Thomas setzte sich und Brandon setzte sich neben ihn auf die Bank.

„Sind Sie neu in der Stadt?", fragte George.

„Wieder neu in der Stadt, muss es wohl heißen. Ich bin von New York hergezogen, aber ich bin hier aufgewachsen", erklärte Thomas.

„Cool. Haben Sie hier Familie?"

„Meine Eltern und meinen Bruder. Das ist einer der Gründe, warum ich zurückgekommen bin. Meine Eltern werden älter und brauchen Hilfe. Das meiste von dem, was ich in New York gemacht habe, kann ich auch von hier aus tun, dem Internet sei Dank."

„Gefällt es Ihnen?" George nahm einen Schluck aus seinem Glas.

„Bis jetzt ganz gut." Thomas leerte sein Glas und hob es hoch. Shirley kam herüber und nahm seine Bestellung auf. Thomas erklärte, dass er vorher an der Bar gesessen hatte, und sie sagte, sie würde sich darum kümmern, dass mit der Rechnung alles klarging. „Es ist recht nett hier, aber anders. Fast zu ruhig."

George schnaufte leise. „Dann kommen Sie mal bei mir vorbei. Ich habe zwei Kinder, eines achtzehn Monate alt, das andere knapp über drei Jahre. Maureen erwartet unser drittes und es gibt nie einen Moment, wo es ruhig ist, außer vielleicht mitten in der Nacht. Und sogar dann kommen die Kinder und wollen irgendwas. Glauben Sie mir, Sie können hier allen Lärm haben, den Sie sich nur wünschen können."

Thomas lachte. „Nein danke." Die beiden stießen miteinander an. „Lieber Sie als ich. Wenn man schwul ist, hat man den Vorteil, dass man sich keine Gedanken über ungewollte Schwangerschaften machen muss. Andererseits, wenn ich Kinder möchte, dann muss ich dafür durch die Hölle." Thomas schüttelte den Kopf.

„Möchten Sie Kinder?", fragte Brandon und Thomas hielt inne, als hätte ihm noch nie vorher jemand diese Frage gestellt.

„Ich glaube nicht", sagte Thomas leise. „Ich habe nie wirklich darüber nachgedacht."

„Warum nicht?", fragte George.

Brandon war kurz davor gewesen, dasselbe zu fragen, aber er war froh, dass George es an seiner Stelle getan hatte. Brandon war sehr neugierig, was die Antwort sein würde. Verdammt, er war neugierig auf alles, was mit Thomas zu tun hatte. Der Mann hatte sein Interesse geweckt. Mehr als das. Brandon fiel es schwer, ihn nicht andauernd anzusehen und nicht gespannt auf jedes seiner Worte zu warten. Es war albern und das wusste er. Thomas war sein Chef und er musste den professionellen Abstand wahren. Thomas hatte vielleicht gerade gesagt, dass er schwul war, aber das hieß nicht, dass er sich für Brandon interessierte. Verdammt, er durfte nicht anfangen, zu spinnen.

„Na ja", sagte Thomas, „ich hatte große Pläne und Kinder passten da nicht rein." Er trank sein Bier in großen Schlucken aus und Brandon fragte sich, ob er dabei war, sich für irgendetwas Mut anzutrinken.

Shirley kam mit dem Essen und fragte, ob er noch ein Bier wollte, und Thomas nickte.

„Wir hatten nicht viel, als ich klein war. Als ich ein Teenager war, wünschte ich mir ein Auto … wie die meisten Jugendlichen, wenn sie ihren Führerschein haben. Mom und Dad konnten mir keines kaufen. Damals nicht. Sie mussten schon sehr viel arbeiten, damit wir überhaupt über die Runden kamen. Also bin ich arbeiten gegangen und habe mir selbst ein Auto gekauft."

„Grandma hat mir von Ihrem Rasenmäh-Unternehmen erzählt", sagte Brandon. „Sie war echt beeindruckt."

Thomas lächelte, als sein Bier kam, und nahm einen Schluck. „Ich merkte, dass ich gut darin war, ein Geschäft aufzuziehen und damit Geld zu verdienen. Ich fing an, von meinem Spind in der Schule aus Süßigkeiten zu verkaufen und bald auch andere Dinge. Nach meinem Highschool-Abschluss habe ich von meinem Ersparten ein paar billige Häuser gekauft und an Studenten vermietet. Mit den Einnahmen habe ich neue Häuser gekauft. Es kam viel Geld rein und ich konnte mich ernähren. Bald habe ich größere Geschäfte gemacht und noch mehr verdient. Klar, jedes Geschäft hat viel Zeit gekostet und ich musste sehr viele Leute treffen. Aber ich liebte es und schließlich bin ich nach New York gezogen. Da bin ich dann ins ganz große Geschäft eingestiegen und habe richtig verdient." Thomas grinste. „Ich war so stolz auf mich und meine Eltern waren auch stolz – alle waren stolz." Er sah auf seinen Teller herunter und wurde still, dann fing er an zu essen. „Ich sollte nicht so angeben."

„Haben Sie nicht", sagte George. „Sie haben eine Geschichte erzählt."

Brandon machte sich ein bisschen Sorgen um Thomas. Er wirkte irgendwie durcheinander, wie er so sein Bier herunterkippte und gleich schon wieder ein neues bestellte. Er würde sich bremsen müssen, sonst würde er einen richtigen Rausch bekommen. Aber es sah beinahe so aus, als ob er genau das wollte.

„Naja, New York und das Geschäftsleben dort, das ist wirklich mörderisch und verschlingt sehr viel Zeit. Ich habe mich da kopfüber hineingestürzt und sehr viel Geld gemacht und sehr viele Häuser gebaut. Aber …" Thomas schaute von seinem Teller auf und wischte sich die Finger an seiner Serviette ab. „Leute, es gibt nichts umsonst. Glaubt mir."

„Ja, ich weiß …", sagte George.

Brandon kicherte. „Wer wüsste das besser als du? Jedes Mal, wenn du Sex hast, wird deine Frau schwanger und du hast ein neues Kind."

„Haben Sie schon mal was von Verhütung gehört?", fragte Thomas.

„Maureen ist sehr religiös." Brandon nahm einen Chickenwing auf seine Gabel und wedelte kurz damit herum.

„Religiös oder nicht, es geht ihr einfach zu schlecht gerade", sagte George. „Nein, ich werde die Sache von jetzt an selbst in die Hand nehmen."

45

Brandon schaute zu Thomas und beide fingen an zu lachen. Brandon ließ seinen Hühnerflügel auf den Teller fallen und lachte so sehr, dass er sich fast nicht mehr halten konnte. „Dir wird wohl nichts anderes übrigbleiben." Er bekam kaum noch Luft und auch George musste lachen, als ihm klarwurde, was er gesagt hatte.

„Ich meinte eine Vasektomie." Er rollte mit den Augen, und Thomas schnaubte amüsiert, worauf Brandon neuerlich in Gelächter ausbrach. Liebe Güte. Er fragte sich, ob sie alle zu viel getrunken hatten und beschloss, nach diesem Glas auf Mineralwasser umzusteigen. So, wie die anderen unterwegs waren, würde er sie alle nach Hause bringen müssen.

„Klar meinten Sie das", scherzte Thomas.

„Er wird drei Kinder unter vier Jahren haben, zwei davon in Windeln. Ich denke, das wird zur Verhütung reichen." Brandon hatte aufgehört zu lachen.

„Manchmal wünschte ich, ich hätte Kinder", sagte Thomas, plötzlich ziemlich düster. „Ich bin fast vierzig und habe viel Zeit damit verbracht, zu arbeiten. Das ist auch ein Grund, warum ich hergekommen bin. Ich will wieder ein Leben haben." Thomas trank in einem Zug sein halbes Bier aus. Er schien so richtig in Schwung zu kommen. Er bat Shirley um ein weiteres Bier. Sie brachte es, zusammen mit einem Glas Wasser. Zum Glück trank Thomas aus beiden Gläsern etwas und machte sich für eine Weile wieder über das Essen her.

Brandon tauschte einen Blick mit George, der nicht besorgt zu sein schien. „Sie können alles machen, was Sie wollen. Das wissen Sie. Zum Teufel, Sie sind der beste Beweis dafür", sagte Brandon zu Thomas. „Sie haben sich auf den Weg gemacht und haben Sachen getan, von denen andere nur träumen, während sie vorm Fernseher sitzen und Shows gucken, in denen reiche Leute sich zanken."

„Maureen liebt diese *Real Housewives* Shows. Sie sagt, da sieht man, dass reiche Leute genauso sind wie wir … oder irgend so einen Quatsch. Ich finde, dass sich da alle nur lächerlich machen. Ich kann mir das nicht angucken. Aber sie liebt es."

„Da sehen Sie es. Sie haben dieses Leben gehabt und etwas aus sich gemacht", sagte Brandon. Ein Teil von ihm wünschte, er wäre an Thomas' Stelle, erfolgreich und so wohlhabend, dass er seine Großmutter versorgen konnte, anstatt dass sie ihm helfen musste.

„Ja, habe ich." Thomas wandte sich zu ihm um. Sein Blick brannte. „Ich hatte Ziele und ich habe sie erreicht. Mehr als das. Ich habe richtig Erfolg gehabt." In Thomas' Augen war keine Spur von Freude und Brandon verspürte ein Frösteln. Es war, als ob da in Thomas irgendwie nur Leere war … oder als ob er das selber glaubte.

46

„Okay, wenn man sich einen Traum erfüllt hat, muss man sich einen neuen suchen", sagte Brandon und wurde sofort rot, denn er hatte sich wie ein naives kleines Kind angehört. Er wandte sich ab und aß ein wenig von seinen Chickenwings. So lange er mit Essen beschäftigt war, konnte er zumindest nichts Albernes mehr sagen. Aber verdammt, er konnte es nicht lassen, immer wieder zu Thomas hinüberzusehen, der schon wieder ein Bier ausgetrunken und nach kürzester Zeit schon das nächste bestellt hatte.

„Ich verschwinde mal eben", sagte George, stand auf und ließ Brandon mit Thomas allein.

„Waren sie gut?", fragte Brandon mit einem Blick auf die restlichen Chickenwings.

„Ja." Thomas ließ die Knochen auf den Teller fallen, wischte sich die Hände ab, trank noch etwas von seinem Bier und stellte dann das Glas zur Seite. „Ich glaube, ich habe genug getrunken. Blaze, ein Freund von mir aus New York, sagt immer, dass ich weinerlich werde, wenn ich zu viel trinke. Ich fürchte, es ist soweit." Er trank das Glas Wasser leer und wischte sich mit der Hand über den Mund.

„Ich fahre Sie nach Hause. Ihr Auto kann ich morgen früh hier abholen." Brandon war gerade mit dem Essen fertig, als George zurück an den Tisch kam. Er winkte Shirley und sie brachte Kaffee und noch ein Mineralwasser.

„Ich zahle", sagte Thomas, zog einen großen Schein heraus und reichte ihn Shirley, als sie wiederkam. „Vielen Dank für alles." Er stopfte ihr den Geldschein in die Hand und stand auf. Brandon fragte sich, wie lange genau Thomas schon an der Bar gesessen hatte, als sie gekommen waren. Er war ziemlich wackelig auf den Beinen.

„Reicht das?", fragte Brandon Shirley, während Thomas dem Ausgang zuwankte.

„Ja. Es ist mehr als genug …"

„Okay. Behalt das Wechselgeld." Brandon lächelte. „Leg es für die Hochzeit zurück." Sie tauschten ein Lächeln. „Bis bald", sagte er zu George.

„Ja, ich muss zurück zu Maureen." Er zog Brandon in seine Arme. „Es war gut, mit dir zu reden."

„Kannst du fahren?"

„Ja, ich bin okay", sagte George und Brandon schaute ihm prüfend in die Augen. George lachte. „Ich habe die Biere, die ich bestellt habe, gar nicht alle getrunken. Thomas hat zwei davon heruntergekippt, bevor ich überhaupt eine Chance hatte, sie mir zu schnappen. Er ist derjenige, um den du dir Sorgen machen musst. Ich hatte nur zwei Bier und sehr viel zu essen. Mir geht's gut." George ging zu seinem Auto. Er schien wirklich okay zu sein.

Brandon eilte zu Thomas, der fahrig an seinem Hemd herumnestelte. „Hier entlang." Er führte Thomas zu seinem Auto und half ihm hinein. „Geben Sie mir Ihre Schlüssel", sagte Brandon und Thomas gehorchte. „Sie können nicht fahren."

„Ich würde ja ein Taxi nehmen", grummelte Thomas. „Sind keine da."

„Man muss sie nur bestellen." Irgendwie bezweifelte Brandon, dass Thomas klar genug denken konnte, um auch nur ein Taxi zu rufen. „Ist schon in Ordnung. Ich werde Sie nach Hause bringen." Er schnallte Thomas an und fuhr dann vom Parkplatz herunter.

„Ich hab hier gar keine Freunde", sagte Thomas, während er aus dem Fenster starrte. „Ich bin hier aufgewachsen, aber ich kenne niemanden. Nicht richtig." Er wandte den Kopf zu Brandon und schien zu versuchen, seinen Blick zu fokussieren. „Ich habe Leute angerufen, die ich früher mal kannte, aber vieles ist anders geworden … alles ist jetzt anders."

„Hier ist alles beim Alten geblieben. Sie sind es, der sich verändert hat."

„Weiß ich", blaffte Thomas und zuckte sofort zusammen. „Es tut mir leid. Ich weiß, dass ich mich verändert habe. Ich bin einer von diesen New York Typen geworden." Er ließ den Kopf hängen, sodass er bei jedem Schlagloch nickte. „Als ich noch im College war, bin ich ständig ins Whitehall's gegangen. War meine Lieblingskneipe. Hab jeden gekannt." Das erklärte wenigstens, warum Thomas dort gewesen war. „Die Dinge ändern sich, nehme ich an."

Ein paar Minuten später lenkte Brandon den Wagen in Thomas' Auffahrt und fuhr bis zur Tür vor. Er schaute zu Thomas hinüber, der sich seufzend zurückgelehnt hatte. „Wie viel haben Sie getrunken?" Thomas wirkte sehr betrunken und das machte Brandon Sorgen.

„Nur was Sie gesehen haben", lallte Thomas. „Hab nie viel vertragen."

Brandon stieg aus und ging um das Auto herum, um Thomas heraus und ins Haus zu helfen. Die Treppen stellten eine ganz besonders interessante logistische Herausforderung dar. „Kommen Sie, Thomas. Sie schaffen es bis nach oben." Thomas war bereits am Einschlafen und Brandon klopfte ihm sacht auf die stoppelige Wange. „Sie müssen nach oben." Er schob ihn und Thomas bewegte sich langsam weiter. Brandon brachte ihn in das Zimmer, das er heute vorbereitet hatte, schlug die Decken zurück und half Thomas, sich auf den Bettrand zu setzen. „Können Sie Ihre Schuhe und so weiter ausziehen? Ich hole Aspirin und ein Glas Wasser für Sie, damit Sie sich morgen früh nicht so schlecht fühlen." Brandon eilte ins Badezimmer, um zu holen, was er brauchte.

Thomas hatte sich rücklings aufs Bett fallen lassen und schnarchte schon, als Brandon zurückkam. Brandon zog ihn wieder hoch und brachte ihn dazu, die Pillen zu schlucken und mit etwas Wasser herunterzuspülen. Dann fiel Thomas auf die Matratze zurück und Sekunden später schnarchte er so laut, dass er Tote hätte aufwecken können.

Brandon zog Thomas die Schuhe und die Socken aus und hob seine Beine hoch auf das Bett. Dann öffnete er Thomas' Hemd und rollte ihn vorsichtig von links nach rechts, um es ihm ausziehen zu können. Er keuchte auf vor Schreck. Von Thomas' Schulter bis zur Brust herunter verlief eine lange, gerade Narbe. Sie war alt und hellrosa. Brandon fragte sich, was wohl passiert war. Er musste an sich halten, um nicht mit dem Finger darüberzustreichen, aber er ließ den Blick gierig über den Rest von Thomas' bloßem Oberkörper gleiten.

Thomas war schön. Er sah anders aus als das erste Mal, als Brandon ihn ohne Hemd gesehen hatte. Er sah älter aus, aber auf eine gute Art. Man sah, dass sein Körper gelebt hatte. Da war die Narbe und auch andere kleine Unregelmäßigkeiten, aber Thomas wirkte immer noch einfach nur stark und sogar noch kräftiger gebaut als damals. Brandon sehnte sich danach, ihn anzufassen. Natürlich wäre das nicht richtig gewesen. Er hatte keine Erlaubnis, das zu tun. Aber zum Teufel, er hätte gern gewusst, wie sich diese Muskeln unter seinen Händen anfühlen würden.

Thomas rollte sich langsam und mit einem Stöhnen auf den Bauch und Brandon trat zurück. Er zog die Decke über Thomas, verließ dann den Raum, schloss das Haus hinter sich ab und fuhr zurück zu seiner Großmutter.

„Bıst du noch wach?", fragte Brandon, als er seine Großmutter im Wohnzimmer fand, unter einer Decke in ihrem Lieblingssessel sitzend, die Füße hochgelegt. Der Fernseher lief.

„Ich kann nicht schlafen." Sie wandte sich zu ihm. „Werde bloß nicht alt – es macht keinen Spaß. Die Hälfte der Zeit bist du zu müde, um irgendwas zu machen, und den Rest der Zeit kannst du nicht schlafen." Sie zog ihre Decke hoch und Brandon setzte sich auf das Sofa. „Hast du dich gut amüsiert?"

„Schon. Ich war im Whitehall's mit George und Thomas war auch da."

„Thomas, dein Chef?", fragte sie und Brandon nickte.

„Ich glaube, er ist echt einsam." Brandon sah runter auf seine Schuhe.

„Na ja, er wird hier nicht mehr viele Leute kennen, vermute ich."

Brandon nahm ihre Hand. „Ich glaube, das, was ich gesehen habe, geht tiefer als nur die paar Tage, die er jetzt hier ist. Ich glaube, er ist einsam und das schon seit Längerem. Na ja, jedenfalls haben wir uns alle unterhalten und Thomas hat so viel getrunken, dass ich ihn nach Hause und ins Bett gebracht habe." Er seufzte. „Was soll ich tun?"

Seine Großmutter antwortete nicht gleich, sondern dachte erst einmal nach, wie sie es immer tat, wenn es um wichtige Fragen ging. „Du bist sein

Assistent und du kannst ihm helfen, sein Leben gut zu organisieren und es einfacher zu machen, aber ich denke nicht, dass es deine Aufgabe ist, sich um seine seelische Gesundheit zu kümmern." Sie beugte sich ein wenig vor.

„Das weiß ich. Aber soll ich ihn morgen früh darauf ansprechen?" Brandon fragte sich, ob er Marjorie anrufen und fragen sollte.

Seine Grußmutter leckte sich über die Lippen. „Wohl nicht. Ich denke, du solltest nichts zu ihm sagen. Es könnte ihm peinlich sein und er hat ein Recht auf seine Privatsphäre. Mach deine Arbeit. Wenn du ein wenig auf ihn achten willst, einfach um sicher zu sein, dass es ihm gut geht, mach das. Der Mann hat seinen Stolz und er war mit euch Jungs auf einen Drink. Er hat ein bisschen Dampf abgelassen und hat vielleicht Sachen gesagt, für die er sich jetzt schämt. Ich denke, ein guter Assistent behält so etwas für sich und macht einfach weiter seinen Job." Sie setzte sich in ihrem Sessel zurück, als hätte sie alles gesagt, was zu sagen war. „Du solltest zu Bett gehen. Der nächste Morgen kommt schnell genug, wenn man zur Arbeit muss."

Brandon zuckte die Schultern, gab seiner Großmutter einen Gutenachtkuss und ging in sein Zimmer. Obwohl er keine Nachricht von Thomas erwartete, schaute er noch einmal auf sein Handy, wusch sich dann und stieg ins Bett. Er hoffte, schnell einzuschlafen. Aber er wusste schon, dass diese Nacht von alten Träumen erfüllt sein würde.

5

THOMAS ÖFFNETE mühsam die Augen und stöhnte, als er den Kopf vom Kissen hob. Er hörte leise Geräusche im Haus und ihm stieg der Duft von Kaffee in die Nase, was ihm den Magen umdrehte. Er fühlte sich, als ob er für den Rest seines Lebens nie mehr würde essen können. „Lasst mich einfach sterben", stöhnte er, obwohl niemand da war – und genau da lag ja der eigentliche Grund, weshalb er sich betrunken hatte. Manchmal war er einfach jämmerlich.

Er zog sich das Kissen über den Kopf, um sich vor dem Tageslicht zu schützen, und schloss wieder die Augen. Sein Mund schmeckte, als hätte er an einem Auspuff gesaugt und sein Atem roch so, dass ihm davon übel wurde.

„Thomas." Die Stimme war leise, aber sie dröhnte in seinen Ohren. „Ich habe Ihnen etwas zu trinken gebracht."

„Gehen Sie einfach weg", raunzte er und drehte sich langsam um, mit dem Gefühl, dass sein Kopf jeden Moment explodieren würde.

„In Ordnung. Sie sind der Boss. Aber ich denke, ich sollte Sie vorwarnen, dass heute Morgen diese Männer kommen, die die Kisten im Wohnzimmer auspacken sollen, und sie werden Werkzeuge mitbringen. Es wird richtig zur Sache gehen."

„Zum Henker", sagte Thomas, schob die Decke zurück und setzte sich auf, ohne die Augen aufzumachen.

Brandon gab ihm ein Glas Saft in die Hand und er trank einen Schluck. Ihm wurden Pillen in die Hand geschoben und er nahm sie und schluckte sie mit dem Saft. Wenigstens wurde sein Mund davon etwas frischer.

„Gehen Sie, nehmen Sie eine Dusche. Hier ist etwas Wasser. Ich stelle es neben Ihr Bett. Trinken Sie es aus – die Flüssigkeit wird Ihnen helfen." Brandon ging aus dem Zimmer und Thomas trank erst den Saft und dann das Wasser aus, und stolperte dann ins Badezimmer.

Er drehte das Wasser auf, ließ aber das Licht aus und stieg in die Dusche. Er hielt sich an den Fliesen fest, um sich aufrecht zu halten. Jeder Tropfen fühlte sich auf seiner Haut an wie ein Kieselstein, zumindest zuerst. Dann entspannten seine Muskeln sich langsam, und er seufzte und ließ sich von der Wärme überfluten. Schließlich seifte er sich ein und shampoonierte sich die Haare, spülte alles gut aus und stieg aus der Dusche. Der Raum war kalt und er zitterte, bis er endlich abgetrocknet war. Er putzte sich die Zähne. Danach fühlte er sich wieder halbwegs menschlich und ging sich anziehen.

Die Augen immer noch halb geschlossen, schleppte er sich die Treppe herunter und in die Küche. Brandon schob ihm einen Becher Kaffee über den Tresen. „Danke. Gott, bitte erinnern Sie mich, nie wieder etwas zu trinken." Er hielt sich den Kopf und setzte sich an den Küchentisch. „Ich fühle mich, als wäre ich von einem Laster überfahren worden."

„Sie haben Ihr Bier gestern Abend ziemlich flott heruntergeschüttet." Brandon ging weg, hinüber in das andere Zimmer, und kam dann wieder. „Ich fahre jetzt zum Supermarkt, um ein paar Lebensmittel zu kaufen und heute Nachmittag habe ich einige Interviewtermine mit Haushälterinnen." Er wandte sich zu Thomas. „Wir könnten es uns einfach machen und *Merry Maids* nehmen. Die schicken jemanden nach Terminplan, der dann erledigt, was immer zu tun ist."

Thomas nippte an seinem Kaffee und stöhnte. „Ja, gut, nehmen Sie die. Ich mache nicht viel Dreck und es ist wichtig, jemand Verlässlichen zu haben. Schauen Sie zu, dass sie auch für Extra-Jobs bereitstehen. Wenn ich mal Gäste habe oder so."

„Kein Problem. Ich kümmere mich darum und wir besprechen die Einzelheiten später." Brandon ging und Thomas wünschte sich zum tausendsten Mal, er hätte am Abend zuvor nicht so viel Alkohol getrunken, besonders, als sein Telefon klingelte. Er hielt sich den schmerzenden Schädel. Hätte er das Handy doch nur auf Vibrieren gestellt.

„Blaze", sagte er grantig.

„Verdammt, du klingst ja schlimm. Was hast du gemacht?" Blaze wirkte schrecklich munter.

„Na ja, ich bin essen gegangen, weil ich nichts im Haus hatte. Und … mein neuer Assistent und ein Freund von ihm waren auch da und haben mich gefragt, ob ich mich zu ihnen setze, und dann habe ich zu viel getrunken." Er trank in kleinen Schlucken seinen Kaffee und ließ die Stille des Hauses und das Koffein auf sich wirken.

Blaze lachte. „Warum hast du das gemacht? Du hast doch seit Jahren nicht mehr über den Durst getrunken."

Thomas seufzte. „Ich nehme an, ich habe mich allein gefühlt und mir gestern Abend selber ein bisschen leid getan. Und das Trinken hat es noch schlimmer gemacht."

„Das tut es doch immer." Blaze machte eine Pause. „Bist du sicher, dass das alles ist?" Manchmal war Blaze so hellsichtig, dass man Angst bekommen konnte. „Ich habe gehört, dass Marjorie für dich einen Assistenten engagiert hat, und dass er süß ist, und …"

Thomas' Kater verflog, zumindest für den Moment. „Manchmal ist die Frau echt eine Gefahr, das schwöre ich."

Blaze lachte laut. „Das sage ich doch schon seit Jahren. Sie weiß alles. Zum Glück behält sie das meiste für sich."

„Verflixt noch mal", schimpfte Thomas.

„Also gibt es ein Problem mit deinem Assistenten?", fragte Blaze und Thomas knurrte. „Das nehme ich mal als ein Ja. Also. Entweder sagst du mir jetzt, warum du so gestresst bist oder ich werde es aus dir rauskriegen, indem ich dir dauernd Nachrichten schicke und dich immer wieder an diesen Kater erinnere. Tu dir einen Gefallen und erzähl mir einfach alles."

„Es gibt kein Problem. Brandon sieht gut aus und ich denke, er wird seinen Job sehr gut machen." Thomas kratzte sich am Hinterkopf und wünschte sich nichts mehr, als aus diesem Gespräch herauszukommen. Vielleicht würde jemand Blaze' Handymast in die Luft sprengen ... nicht schön, aber besser, als wenn Blaze ihm jetzt alles aus der Nase zog.

„Thomas ...", redete Blaze ihm zu. „Ich komme auch allein drauf, wenn du nicht darüber reden willst."

„Du bist echt ein Schwanz, weißt du das?", blaffte Thomas.

„Schwanz mag ich, das passt", witzelte Blaze und Thomas verdrehte die Augen.

„Blödmann", gab er zurück, weil er zu verkatert war für einen guten Spruch. „Ich will nicht darüber reden."

„Es gibt also was zu reden." Blaze konnte so stur wie ein Maulesel sein, so stur wie ... Thomas selbst. „Spuck's einfach aus."

„Also gut ...", schnaubte er. „Brandon war der Junge, der früher bei mir den Rasen gemäht hat."

„Du warst scharf auf den Gärtnerjungen?" Blaze hatte eindeutig zu viel Spaß an dieser Sache. „Das ist ziemlich krank, Mann."

„War ich überhaupt nicht. Er war fünfzehn. Ich habe ihn damals kaum wahrgenommen, aber jetzt ist er ein Mann, der fantastisch aussieht und er guckt mich immer so an, so ... ja, als ob er Interesse hat." Thomas schluckte und trank noch etwas Kaffee.

„Das ist doch kein Problem, außer ..." Blaze lachte so, dass es schon wie ein Gackern klang. „Hast du auch Interesse?"

„Ich bin noch nicht tot, okay? Brandon sieht toll aus und er hat ein gutes Herz, und ..." Thomas wünschte, er hätte sich nie auf dieses Gespräch eingelassen. „Er lebt bei seiner Großmutter und hat diesen Job angenommen, damit er sie unterstützen kann. Wie viele Fünfundzwanzigjährige sind so selbstlos und fürsorglich?"

„Du magst diesen Jungen ... und deshalb hast du dich betrunken?", fragte Blaze.

„Ja und nein. Ich mag ihn, aber mehr ist da nicht und mehr wird da auch nie sein." Thomas stand auf und sein Kopf drehte sich. Er setzte sich langsam wieder hin und wartete, dass der Raum aufhörte zu kreisen. „Es ist ganz gleichgültig, welche Gefühle ich habe … oder wie er mich anschaut … Es wird niemals was daraus werden."

„Also bitte. Wir leben nicht in den verdammten Fünfzigern. Es gibt niemanden, bei dem du dich entschuldigen oder den du um Erlaubnis fragen müsstest. Du bist der Boss und wenn du deinen Assistenten daten willst und er einverstanden ist, dann mach es."

„Nein. Ich mache nicht noch mal dasselbe wie damals mit Angus. Das kommt für mich nicht infrage!" Er sprach so laut, dass es ihm Kopfschmerzen bereitete. „Ich habe gestern getrunken, weil ich mich ein wenig einsam fühlte, und dann kam Brandon zu mir und –"

„Und du hast weiter getrunken, weil du ihn attraktiv findest und zu feige warst, etwas zu sagen, und lieber versucht hast, deine Gefühle in deinem Bierglas zu ersäufen. Und was hast du davon gehabt?"

„Verdammt, Blaze!" Er hatte viel zu viel Spaß auf Thomas' Kosten.

„Hör zu. Du musst damit aufhören, alle Gefühle, die du vielleicht für jemanden hast, zu unterdrücken, nur wegen dem, was damals mit Angus war. Ich weiß, das Arschloch hat dir sehr wehgetan, aber du kannst nicht nur wegen ihm niemals wieder jemandem eine Chance geben. Der Mann war ein kompletter Idiot und er zahlt jetzt den Preis für das, was er getan hat. Wird er auch noch für eine ganze Weile tun. Es ist mir egal, ob du dich für deinen Assistenten interessierst oder für den Typen von nebenan. Aber als dein Freund kann ich es nicht länger mit ansehen, wie du dich hinter deiner Arbeit und allem Möglichen verschanzt, nur damit du kein Risiko läufst, noch einmal verletzt zu werden."

„Ich war immer zu beschäftigt für eine Beziehung", sagte Thomas.

„Das sagst du dir immer. Aber ich glaube, diese Entschuldigung klingt langsam ein bisschen hohl, selbst für dich." Blaze unterbrach sich und Thomas hörte im Hintergrund Papier rascheln. „Wie auch immer, ich habe angerufen, um dir kurz ein Update zu geben. Hier ist alles in bester Ordnung. Die Projekte laufen nach Plan und man hat mir gesagt, dass die Genehmigungen in der Post sind. Alles klar."

„Das ist gut. Was sind unsere nächsten Projekte?", fragte Thomas.

„Es gibt eine Reihe von Vorschlägen und ich habe für später in der Woche ein Meeting angesetzt, wo wir alles besprechen werden. Marjorie hat es auf deinen Kalender gesetzt – sie schickt dir noch die Details. Entspann dich und stress dich nicht. Deshalb bist du doch weggegangen."

„Wem sagst du das." Thomas konnte nicht ewig herumsitzen und fernsehen. Wenn er sich nicht stressen und die Arbeit für eine Weile vergessen wollte, dann brauchte er etwas, das seine Zeit ausfüllte. Doch er hatte noch nichts gefunden. Nicht, dass er sich bisher wirklich Gedanken gemacht hätte.

„Frag deinen Assistenten, ob er Ideen hat, was du machen könntest. Er wohnt doch dort", schlug Blaze vor und Thomas verdrehte die Augen.

„Kümmere du dich um die Sachen im Büro und überlass mein Privatleben mir", sagte er kurz angebunden. Je mehr Druck Blaze machte, um so bärbeißiger wurde Thomas.

„Ich bin dein Freund, nur zur Erinnerung. Mir ist alles wichtig, was dich angeht, okay?" Blaze' Stimme war hart geworden. Wenn sie im selben Zimmer gewesen wären, würden sie sich wahrscheinlich direkt gegenüberstehen, beide die Arme überkreuzt, und sich so lange anstarren, bis einer wegschaute.

„Okay. Sag mir Bescheid, wenn du irgendwas brauchst." Thomas beendete das Gespräch und ließ sein Handy auf den Tresen rutschen. Er hatte Glück, dass es nicht herunterfiel und auf dem Boden zersprang. Nicht, dass es ihm im Moment etwas ausgemacht hätte. Er war sauer auf Blaze und wenn er ehrlich sein sollte auch auf sich selbst. Warum musste er sich immer für Leute interessieren, die nicht infrage kamen?

Natürlich spielte es gar keine Rolle. Er würde sich *nicht* in seinen Assistenten verlieben. Das wäre einfach unbeschreiblich klischeehaft. Thomas trank seinen Kaffee aus. Inzwischen fühlte er sich schon wieder halbwegs wie ein Mensch. Er ging nach oben, um sich für den Tag anzuziehen.

„Thomas", rief Brandon von der Tür her, als Thomas die Treppe herunterkam. „Ich habe eingekauft. Und ich habe mir Ihre Schlüssel ausgeliehen. Ein Freund hat mir geholfen, Ihr Auto abzuholen."

Thomas traf in der Küche auf ihn, wo Brandon dabei war, die Einkäufe wegzuräumen.

„Ich habe einfach mal losgelegt und Ihnen ein paar Grundnahrungsmittel besorgt, und außerdem alles, was Sie mir aufgetragen haben. Ich hoffe, das ist Ihnen recht." Brandon räumte alles weg, was in den Einkaufstüten war, und eilte dann nach draußen, um mit weiteren zurückzukommen.

„Wie viel haben Sie eingekauft?", fragte Thomas und spähte in die Tüten.

„Es war überhaupt nichts da, also habe ich einige Basics gekauft, die nicht schlecht werden. So werden Sie zumindest nicht verhungern." Brandon lächelte und Thomas hielt inne, weil verdammt noch mal die Sonne aufging, wenn er das tat.

Thomas zwang sich, sich abzuwenden. Er hatte gerade zu Blaze gesagt, dass er nichts mit seinem Assistenten anfangen würde und nun hatte er das alles innerhalb von Sekunden schon wieder vergessen, wegen eines Lächelns.

„Ich habe Ihnen etwas Eiscreme mitgebracht. Ich wusste nicht genau welche Sorte, also habe ich Schokolade und verschiedene Sorbets ausgesucht, falls Sie das mögen." Während er redete, räumte Brandon weiter ein. „Ich habe auch Nudeln mitgebracht und Sachen für Soße. Ich wusste nicht, ob Sie das mögen, aber es ist einfach zu machen." Er reckte sich, um die Nudeln in den Schrank zu legen.

Thomas' Blick blieb an dem Streifen Haut hängen, der über Brandons Gürtel sichtbar geworden war. Er trat einen Schritt näher und der Wunsch, Brandon dort zu berühren, war plötzlich so stark, dass ihm die Finger kribbelten. Er hielt inne, blinzelte und wandte sich ab.

„Thomas, alles okay mit Ihnen?", fragte Brandon sanft und schloss die Schranktüren. „Vielleicht sollten Sie sich ein wenig hinlegen, bis der Alkohol abgebaut ist. Sie wirken ziemlich zerfahren."

„Entschuldigung", sagte Thomas, der nicht zugehört hatte. „Was sagten Sie?"

Brandon räusperte sich. „Ich habe gefragt, ob Sie kochen können." Er drehte sich um, um die restlichen Sachen in den Kühlschrank zu stellen. „Ich habe beim Haushaltsservice angerufen, während ich unterwegs war, und die waren sehr nett. Sie sagten, sie würden morgen jemanden vorbeischicken. Ich kann das Gespräch übernehmen, wenn Sie möchten. Ich habe auch ein bisschen herumtelefoniert wegen einer Reinigungskraft, aber wenn es Ihnen recht ist, können wir erst einmal schauen, wie es mit dem Haushaltsservice klappt."

„Gut." Thomas zuckte die Schultern. Es war ihm einerlei. „Das geht in Ordnung mit dem Haushaltsservice und was das Kochen angeht, nein, das kann ich nicht wirklich. In New York habe ich mir mein Abendessen meistens gekauft oder mir etwas aufgewärmt. Ich hatte nicht die Zeit, mir groß was zu kochen oder so. Ich lasse kein Wasser anbrennen, aber ich habe nie gelernt, richtig zu kochen."

„Okay." Brandon schloss die Kühlschranktür, nahm einen Notizblock vom Tresen und klappte ihn auf, um auf seine handgeschriebene Liste zu schauen. „Die Leute, die diese Kisten auspacken sollen, werden bald hier sein. Darf ich mal fragen, was da drin ist?"

„Zwei Kunstwerke, die mir sehr wichtig sind. Vielleicht können Sie mir helfen, den richtigen Platz für sie zu finden. Ich will keines davon über den Kamin hängen. Das ist der schlechteste Ort, wegen der Hitze und der Kälte."

Brandon sah sich um. „Ich würde den offenen Wohnbereich vorschlagen, aber der ist zur Küche hin offen, das bedeutet Dampf vom Kochen und so weiter. Wie ist es mit dem Esszimmer? Oder dem Wohnzimmer, weit genug weg vom Kamin? Sie werden ja nicht so bald ein Feuer machen."

„Okay. Ich hätte sie gern irgendwo, wo ich sie sehen kann."

„Ich verstehe", sagte Brandon und ging aus dem Zimmer.

Thomas stand vom Tisch auf und ging ihm nach. Er fand Brandon im Wohnzimmer.

„Wir könnten eines hier aufhängen, aber dann würde es wohl direkter Sonneneinstrahlung ausgesetzt sein und das wäre nicht gut. Es könnte verblassen." Brandon ging durch das Zimmer und besah sich jede Wand. Er schüttelte den Kopf. „Mir gefällt es hier nicht."

Thomas lachte. „Mir auch nicht. Der Raum ist ungemütlich und mit den großen Fenstern fühlt man sich wie in einem Aquarium."

„Und diese Gardinen." Brandon schauderte. „Sind viel zu schwer und rüschig. Wenn Sie das Haus kaufen würden, würde ich Ihnen helfen, was anderes zu finden, aber es macht nicht viel Sinn, Geld auszugeben, wenn Sie nur ein paar Monate hier sind." Er seufzte und marschierte ins Esszimmer hinüber.

„Ich dachte, der de Kooning könnte vielleicht hier hängen. In meiner Wohnung in New York hatte ich ihn immer in der Nähe dieses Tisches." Er begutachtete den leeren Platz. Die Maße würden genau passen. Er nickte und stellte sich die leuchtenden Farben an der Wand vor.

Brandon wirbelte herum. Sein Mund stand offen und seine Augen waren aufgerissen. „Ein echter? Wow. Wahnsinn." Er biss sich auf die Lippe und riss sich sichtlich zusammen. „Sie könnten das andere Bild vielleicht in den Hausflur hängen, aber so nah bei der Eingangstür vielleicht lieber doch nicht." Sie gingen weiter in den offenen Wohnbereich. „Wir könnten es hier aufhängen." Brandon wies auf die Wand hinter dem Sofa. „Das ist weit genug weg von der Küche und Sie könnten es von den Sesseln aus sehen. Entweder dort oder da drüben, gegenüber vom Fernseher. Beides sind Innenwände und direkte Sonne gibt es auch nicht."

„Ich denke, beides würde gehen." Thomas gefiel die Vorstellung, das Bild in einem Raum hängen zu haben, in dem er sich oft aufhalten würde. Beide Bilder hatten großen emotionalen Wert für ihn. „Wenn sie einmal ausgepackt sind, können wir uns entscheiden."

„Großartig. Sie sagten, sie seien wertvoll, deshalb habe ich eine Galerie hier vor Ort kontaktiert. Sie schicken morgen jemanden vorbei, der die Bilder für Sie aufhängen kann." Brandon schien wirklich auf Zack zu sein. „Ich habe mir gedacht, Sie wollen wohl nicht, dass wir das mit ein bisschen Draht und einem Nagel selber machen."

„Das ist sehr gut." Thomas lächelte und drehte sich zu Brandon um, als der sich selbst gerade zu ihm umwandte. „Sie scheinen manchmal schon vor mir zu wissen, was ich brauche." Er stockte und Brandon hielt ebenfalls inne.

Brandon leckte sich über die Lippen und Thomas unterdrückte ein Stöhnen. Zur Hölle. Marjorie hatte einen sechsten Sinn dafür, was er brauchte, aber das hatte sich über Jahre des Zusammenarbeitens so entwickelt. Und Brandon hier konnte es innerhalb von Tagen. Zwischen ihnen fühlte sich alles schon jetzt so vertraut an. Nicht nur das; das blanke Begehren in Brandons Blick – ja, es hatte nur einige Sekunden gedauert, aber dennoch – ließ Thomas' Knie weich werden.

„Danke." Thomas wandte sich ab und ging mit großen Schritten aus dem Zimmer zur Treppe. Er musste einige Zeit allein sein, um seinen verdammten Kopf klarzubekommen und diese Gedanken an Brandon daraus zu verbannen.

Oben ging er direkt ins Badezimmer, um sich kaltes Wasser ins Gesicht zu spritzen. Am liebsten hätte er eine kalte Dusche genommen, damit sein verwirrter Schwanz aufhörte, in seinen Jeans vor Sehnsucht zu schmerzen. Er konnte verdammt noch mal nur hoffen, dass Brandon die Wölbung nicht gesehen hatte. Das Letzte, was er wollte, war, dass Brandon seine Erregung bemerkte und sie entweder als Einladung auffasste oder geschockt war und beschloss, dass er nicht mehr für ihn arbeiten wollte.

Zwei verdammte Tage. Länger hatte es nicht gedauert. Zwei Tage und er hatte schon Gedanken über Brandon, die er nicht haben sollte, wie die Frage, wie er unter seinem Poloshirt aussah. Diese verlockenden Hautblitzer waren einfach …

Nein. Thomas rieb sich das Gesicht und versuchte, an etwas Unerotisches zu denken. Er schloss die Augen, atmete gleichmäßig und richtete seine Gedanken auf Geschäftsabschlüsse und den Papierkram, den Blaze ihm zur Durchsicht geschickt hatte. Das half ihm, seinen Kopf freizubekommen und diese Bilder von Brandon loszuwerden.

Der Klingelton, der den Eingang einer neuen Nachricht auf seinem Handy anzeigte, unterbrach seine Gedanken. *Der Mann, der die Kisten auspacken soll, ist da.*

Thomas antwortete, dass er in ein paar Minuten unten sein würde und trocknete sich das Gesicht ab, bevor er das Badezimmer verließ.

„Seien Sie vorsichtig und lassen Sie sich Zeit", hörte er Brandon sagen. Das Heulen eines elektrischen Werkzeugs drang an Thomas' Ohren und verstärkte sich, als er ins Zimmer kam. Ein Mann kniete im Wohnzimmer auf dem Boden und entfernte die Schrauben aus der ersten Kiste.

„Sehr gut, vielen Dank", sagte Thomas zu dem Mann im Overall. Er war ungefähr in seinem Alter.

„Kein Problem", sagte der Mann, ohne von seiner Arbeit hochzuschauen. „Wie viel soll ich machen?" Er zog die letzte Schraube heraus und hob den Holzdeckel ab. Darunter kam Papier und Blisterfolie zum Vorschein. „Ich kann weiter auspacken, wenn Sie wollen."

Brandon zog den Deckel weg und lehnte ihn an die Wand.

„Ich denke, das reicht. Wir lassen die Bilder morgen aufhängen, also können sie bis dahin so bleiben. Ich weiß, das hier ist kein toller Job, aber ich hatte das nötige Werkzeug nicht." Er wandte sich zu Brandon, der bestätigend nickte.

„Ist schon in Ordnung." Der Mann öffnete die zweite Kiste und packte das Werkzeug wieder ein. „Wenn Sie noch etwas brauchen, rufen Sie einfach an." Er lächelte und nickte, bevor er hinausging und die Haustür hinter sich schloss.

„Ich würde sie sehr gern wiedersehen, aber ich will kein Risiko eingehen", sagte Thomas. Er fühlte sich ein wenig wie ein aufgeregtes Kind. Schließlich ließ er die Kisten, wo sie waren, und wanderte erneut durchs Haus. Er hatte keine Meetings und wusste nicht so recht, was er tun wollte. Er war es nicht gewohnt, Zeit zu haben und hatte keine Ahnung, wie er damit umgehen sollte. Am Ende stand er wieder vor den noch verpackten Gemälden, ohne wirklich etwas zu sehen, und überlegte immer noch.

„Ähm … ich sollte durchs Haus gehen und sehen, was Sie sonst noch brauchen." Brandon verließ den Raum und Thomas folgte ihm mit seinem Blick, um sich gleich darauf dafür zu schelten.

„Wie viele Sachen stehen auf dieser Liste, die Sie haben?", fragte Thomas.

„Nicht viele", sagte Brandon innehaltend. „Ich muss Marjorie anrufen und hören, ob sie etwas für mich zu tun hat. Außerdem wollte ich ein paar Ladungen Wäsche machen. Das wird auch Teil des Vertrags mit dem Haushaltsservice sein, aber ich dachte mir, ich kümmere mich darum, bis sie anfangen. Sagen Sie mir, gibt es irgendetwas, das ich erledigen soll?"

„Ein paar Sachen müssen zur Reinigung gebracht werden." Thomas folgte Brandon. „Sie sind in meinem Zimmer. Ich werde sie runterbringen. Ich lasse meine Hemden gern professionell reinigen, damit sie schön frisch sind."

„Kein Problem." Brandon ging in die Küche und Thomas hörte, wie der Geschirrspüler angestellt wurde. Als er hinaufging, nachdem er sein Telefon aus dem Büro geholt hatte, kam ihm im Badezimmer Brandon entgegen, der die schmutzigen Handtücher wegtrug. „Ich versuche nur, alles für Sie sauber zu halten."

Thomas holte seine Hemden und brachte sie in den Wäscheraum, wo Brandon sie übernahm, der gerade mit Marjorie sprach.

„Das klingt gut. Ich ordne hier gerade ein paar Dinge. Dann muss ich noch mal kurz zum Supermarkt, um Vorräte zu kaufen. Ich habe ihm Lebensmittel gekauft, aber noch kein Putzzeug und solche Dinge. Das Haus ist weitgehend eingerichtet. Die meisten Bilder werden wir nicht aufhängen, außer Thomas ändert seine Meinung." Brandon lächelte und errötete leicht, wahrscheinlich, weil er über Thomas sprach. Thomas hob die Schultern. Brandon sprach mit Marjorie und die kannte die meisten seiner Geheimnisse. „Morgen kommt jemand, um die Gemälde aufzuhängen ... Wann hat er Meetings?"

Thomas legte den Kopf schräg, während Brandon zuhörte.

„Okay. Dann weiß ich Bescheid. Heute Nachmittag werde ich ihm ein paar Sachen kochen, die er sich aufwärmen kann, damit er ein paar Mahlzeiten im Haus hat." Brandon hörte wieder zu, dann lächelte er und legte auf.

„Was hat Marjorie gesagt?" Thomas verschränkte die Arme vor der Brust.

„Dass ich sehr nett zu Ihnen bin und dass Kochen weit über meine Pflichten hinausgeht." Brandon lächelte. „Ich glaube, sie mag mich."

Thomas lachte amüsiert. „Das glaube ich auch." Er betrachtete die aufgereihten Kartons mit Waschmittel. „Ich frage mich, was ich hier machen kann. Ich habe Zeit und weiß nicht, wie ich mich beschäftigen soll." Thomas stützte die Hände auf die Hüften. „Ich bin hier aufgewachsen, aber wir haben nie viel gemacht. Es gibt hier eine Reihe von Touristenattraktionen, aber wir sind nie dort gewesen."

„Na ja ... Da ist Pikes Peak, aber das ist ein Ganztagsausflug, wenn man bis zum Gipfel will. Dann gibt es Cripple Creek. Das ist vielleicht eine Stunde Fahrt von hier. Das ist die alte Goldgräberstadt, und man kann dort eine Menge machen – sie haben Besichtigungstouren, Läden, sogar ein paar Shows und dann gibt es noch einen Saloon und Aufführungen, wo historische Ereignisse nachgespielt werden. Es ist Wilder Westen pur, so richtig authentisch ... also, mehr oder weniger authentisch. Ich glaube, es gibt auch einen Zug, der durch die Stadt fährt. Ich war seit meiner Schulzeit nicht mehr dort, aber ich kann nachschauen und sehen, wofür man Tickets braucht." Brandon wurde geschäftig und fing an, auf seinem Handy zu tippen. „Es gibt noch viele Tickets, besonders für eine Person."

„Zwei", sagte Thomas. „Ich möchte nicht allein den ganzen Weg dort hinausfahren, wenn es Ihnen also nichts ausmacht, können Sie mitkommen. Also, wenn Sie Lust haben." Klar, er wollte etwas unternehmen und war nicht unbedingt scharf darauf, den ganzen Tag allein zu verbringen, aber er hätte versuchen sollen, jemanden zu finden, für den er keine Gefühle hatte, die er nicht haben sollte. Gott, Brandon brachte sogar seine Gedanken total durcheinander.

„Klingt super." Brandons Lächeln war echt und warm.

„Wunderbar."

„Ich kann zwei Fahrkarten für den Zug bestellen. Wegen der anderen Sachen müssen wir uns schlau machen, wenn wir dort sind. Wann wollten Sie fahren?"

„Wir können gleich losfahren", sagte Thomas. Er hatte die Einladung ausgesprochen, also würde er jetzt nicht zurückrudern.

„Ich habe die Wegbeschreibung auf meinem Handy gespeichert und ich werde uns etwas Wasser und ein paar Snacks besorgen. Ich kann heute Abend noch zum Supermarkt fahren." Es war bemerkenswert, wie Brandon seinen Tag umorganisierte, aber dabei die Dinge, die er erledigen musste, nicht aus den Augen verlor.

Thomas holte eine Jacke und Brandon folgte ihm mit einer kleinen Kühlbox in der Hand aus dem Haus. Sie gingen zu Thomas' Auto, schnallten sich an und fuhren aus der Stadt hinaus in die Berge.

„Was machen Sie?", fragte Thomas, als Brandon in sein Telefon tippte.

„Ich informiere Marjorie, dass wir für eine Weile nicht zu erreichen sein werden. Sie kann wahrscheinlich Textnachrichten schicken, aber das Handynetz dürfte etwas löchrig sein." Er machte nur seinen Job gründlich, aber Thomas war nicht sicher, ob er wollte, dass Marjorie allzu viel erfuhr. „Ich schreibe ihr keine Einzelheiten, nur dass wir vielleicht nicht erreichbar sein werden."

Als er fertig war, legte Brandon sich das Handy auf den Schoß und gab die Richtung an, wann immer es nötig war. Sie brauchten ungefähr eine Stunde, um ans Ziel zu kommen. Der Weg führte durch eine großartige Berglandschaft.

„Manchmal vergesse ich ganz, wie atemberaubend es hier sein kann", sagte Thomas, während er in einer Kurve an einem steilen Abgrund abbremste. „So etwas gibt es in New York nicht."

„Nein." Brandon lächelte. „Ich habe es hier immer gemocht. Als Teenager bin ich oft in die Berge gefahren, einfach wegen der Aussicht. Bei einem Ausflug in der Highschool bin ich auf dem Gipfel von Pikes Peak gewesen. Ich hatte tolle Lehrer, die klug genug waren, die Schönheit der Natur hier in den Unterricht einzubauen."

Thomas schaute Brandon an und sein Atem stockte beim Anblick der Schönheit und reinen Freude in Brandons Augen. Er sah wieder nach vorn und lenkte das Auto die Gebirgsstraße entlang, bis sie in die alte Bergbaugegend mit der Stadt unten im Tal kamen. Vielfarbige Schlackenhaufen von stillgelegten Minen färbten die Abhänge um die Stadt herum bunt. Es war eine pittoreske Erinnerung daran, wie man an das Gold in den Rocky Mountains gekommen war. Thomas fuhr auf einen Parkplatz, bezahlte und stieg, nachdem er einen freien Platz gefunden hatte, aus dem Auto aus.

„Wow, cool ist es hier", sagte Thomas halb zu sich selbst. „Es ist, als wäre man aus der Zeit gefallen." Er drehte den Kopf, um alles in sich aufzunehmen. „Möchten Sie durch die Stadt gehen?"

„Klar", antwortete Brandon und sie verließen den Parkplatz. Die Stadt sah wirklich aus wie aus einer vergangenen Zeit mit den alten Häuserfronten und Saloons. „Oh", sagte Brandon leise. „Das sind ja Casinos. Richtig viele." Er klang enttäuscht. „Ich habe ganz vergessen, dass es hier inzwischen eine richtige Spielhallenindustrie gibt. Früher gab es auch schon einige, aber nicht so viele." Er seufzte. Sein Ausdruck hatte sich verdüstert. „Dies hier war immer ein ruhiger Ort, so was wie ein lebendiges Museum." Brandons Augen hatten aufgehört zu leuchten und er biss sich auf die Lippen.

Thomas war beinahe ebenso enttäuscht wie Brandon. „Vielleicht können wir zum Bahnhof gehen und mit dem Zug fahren, so wie wir es geplant hatten?"

„Ja." Brandon gab sich einen Ruck und ging voraus.

Der Bahnhof sah aus wie aus dem neunzehnten Jahrhundert und als der bunt bemalte Zug einfuhr, musste Brandon lächeln. Thomas merkte, dass ihn jede von Brandons Reaktionen völlig in Anspruch nahm. Er hätte das nicht zulassen dürfen, aber er konnte sich nicht dagegen wehren. Es fiel ihm immer schwerer, die gebotene Distanz zu wahren.

„Lassen Sie mich die Fahrkarten holen", sagte er, ging auf das Fenster zu und sagte seinen Namen. Er zahlte für die Tickets, die Brandon reserviert hatte, und sie warteten in der Schlange aufs Einsteigen, gemeinsam mit einem Pulk Touristen. „Viele Leute hier."

„Es ist Reisezeit", sagte Brandon und stieß Thomas leicht an die Schulter. „Ist doch okay. Für heute können wir beide auch Touristen sein und ein bisschen Spaß haben." Er war schon wieder voller Schwung und Thomas konnte nicht anders, als sich von seiner Begeisterung anstecken zu lassen.

Sie stiegen in den Zug ein und fanden zwei Plätze nebeneinander, während der Waggon sich rasch füllte. Der Zug ließ die Stadt und die Casinos hinter sich und schlängelte sich langsam aufwärts durch die Berge, wo verlassene, geisterhafte Überbleibsel aus der Zeit der Goldgräber an den Fenstern vorbeizogen.

„Die Schlackenhaufen", sagte Brandon und zeigte darauf.

„Ja. Sie haben den Dreck einfach draußen vor den Minen abgeladen", sagte Thomas, während die Tonbandaufnahme aus dem Lautsprecher davon berichtete, wie Unternehmen in den alten Schlackenhaufen Überreste von Gold gesucht und manchmal auch gefunden hatten. „Es ist so friedlich da draußen." Thomas atmete die kühle Bergluft tief ein, während etwas von der Spannung, die er über Jahre aufgebaut hatte, von ihm abfiel.

Der Waggon schaukelte ein wenig und Brandon stieß leicht gegen ihn. Er wandte sich um und ihre Blicke trafen sich wieder. Brandon blinzelte. Seine dichten Wimpern umrahmten seine unglaublich blauen Augen. „Ja, das stimmt. Es ist, als ob Dinge wie Jobsuche und Termine und Meetings und all das überhaupt nicht existieren. Zumindest für eine Weile."

„Nach was für einer Arbeit haben Sie eigentlich gesucht?", fragte Thomas. „Mir ist klar, dass es nicht Ihr Ziel war, Assistent zu werden." Er schluckte schwer, als ihm klar wurde, dass er Brandon mit seinem Organisationstalent und seiner Kompetenz nur so lange um sich haben würde, bis der einen anderen Job fand.

Brandon lachte und sah wieder aus dem Fenster. Der Zug fuhr an einem Berghang entlang, mit dem Gipfel auf der einen und der Schlucht mit dem Fluss auf der anderen Seite. Es war eine überwältigende Aussicht, aber Thomas achtete kaum darauf. Er sah nur, wie die Sonne auf Brandons Haar schien und es aufleuchten ließ wie einen goldenen Heiligenschein.

„Ich hätte gern einen Job in der Film- und Unterhaltungsindustrie gehabt. Nicht als Schauspieler oder so was, aber ich habe ein wenig Erfahrung – wirkliche Erfahrung, mit Ergebnissen – und ich hatte gehofft, dass ich damit vielleicht eine Chance bekomme." Brandon zuckte mit den Schultern, aber Thomas spürte, dass er eine Enttäuschung zu verbergen suchte, die tiefer ging.

Thomas legte den Arm um Brandons Schulter und Brandon drehte sich vom Fenster weg, um ihn anzusehen. Diese Augen … Thomas wollte sich in diesen Augen verlieren, die so groß waren wie der Himmel über den Bergen und zweimal so schön. „Du wirst einen tollen Job finden und irgendjemand wird dich mir direkt wegschnappen." Er warf Brandon selbst ein Lächeln zu, obwohl sein Magen sich bei diesem Gedanken zusammenzog. Aber er musste vernünftig sein. „Manchmal braucht man etwas Glück, aber Durchhaltevermögen zahlt sich fast immer aus."

Brandon lehnte sich kurz an ihn und setzte sich dann wieder gerade hin. „Danke, Thomas. Ich versuche es weiter." Er seufzte und lehnte sich nach vorn, und Thomas ließ seinen Arm von Brandons Schultern heruntergleiten. Wenn seine Berührung nicht willkommen war, würde er sich sicher nicht aufdrängen. Er hatte wahrscheinlich sowieso schon eine Grenze überschritten.

„Entschuldigung", murmelte Thomas, zog seinen Arm weg und legte die Hände in seinen Schoß.

Brandon ließ seine Augen zu ihm herüberblitzen. „Wofür? Ich bin es, der sich entschuldigen sollte", sagte er leise. „Ich habe mich an dich gelehnt und …" Brandons Augen glühten für einen Moment auf, dann kräuselten sich seine Lippen zu einem Lächeln und sein Ausdruck wurde lebhaft. Er lachte leise.

„Ich kapiere nicht, was so lustig ist", sagte Thomas brummig und wünschte sofort, er hätte geschwiegen.

„Wir." Brandons Lachen verstummte. „Du hast dich entschuldigt, dass du deinen Arm um mich gelegt hast, und ich habe mich entschuldigt, weil ich mich an dich gelehnt habe." Er blinzelte und lehnte sich ein wenig näher. „Und ich mochte beides. Es war nett." Er setzte sich zurück und nun war es an Thomas, verwirrt zu sein, aber nur für eine Sekunde. Denn schon wieder lehnte sich Brandon gegen ihn, während der Zug in die Kurve ging und in einer großen Schleife durch alte Goldfelder fuhr.

Das Tonband lief weiter, aber Thomas hörte kaum zu. Er konnte sich nur noch darauf konzentrieren, wo Brandon ihn überall berührte. Sein Herz schlug schneller und ihm wurde mit jeder Sekunde wärmer. Er hätte sich ganz einfach zurückziehen und diese sanfte Intimität damit beenden können, aber tatsächlich hatte er Angst, sich zu bewegen, falls Brandon dadurch erst realisieren würde, was mit ihm los war. Es fühlte sich so gut an – zu gut – auf diese einfache Weise berührt zu werden und sanft im Rhythmus des Zuges zu schaukeln, der langsam die Gleise entlangfuhr.

„Ja, das war es." Thomas wartete darauf, dass die Schuldgefühle in ihm aufstiegen, zusammen mit den üblichen Selbstvorwürfen. So war es immer, besonders, wenn er an Angus dachte und das tat er … viel zu oft. Aber diesmal nicht. Ja, er dachte an seinen Ex für vielleicht zwei Sekunden, aber dann überflutete ihn Freude, Glück und Zufriedenheit. Er hatte ein Recht darauf und er würde jetzt nicht an die Vergangenheit denken.

Die Zugfahrt dauerte eine Stunde und als sie wieder am Bahnhof ankamen, blieb Thomas einfach sitzen. Die anderen Passagiere stiegen aus, lachend und schwatzend. Sie sprachen über die Fahrt und darüber, was ihnen am besten gefallen hatte. Eine ganze Minute lang bewegten sich weder er noch Brandon. Dann stand Thomas langsam auf. Der Traum war vorüber. Er blinzelte und ging den Gang hinunter, hinter Brandon her. Sie stiegen aus dem Zug und gingen zum Ausgang. Um ihn herum redeten und lachten die Leute durcheinander und Thomas stand mitten auf der Straße, ohne sich zu rühren.

„Thomas", sagte Brandon und zupfte ihn leicht am Arm. „Wir müssen Platz machen."

Thomas nickte und ging hinüber zum Bürgersteig. „Hast du jemals in einer Menschenmenge gestanden und dich völlig allein gefühlt?", fragte er beinahe flüsternd.

„Oh ja. Fast die ganze Highschool Zeit hindurch. Ich habe meine Freunde und meine Großmutter. Meine Mom und mein Dad spielen keine große Rolle in meinem Leben. Sie können nicht akzeptieren, dass ich schwul bin, und wollen nicht viel mit mir zu tun haben. Ich gehöre nicht mal wirklich zu meiner eigenen

Familie." Brandon zuckte mit den Schultern. „Ich weiß, es ist hart, an einen neuen Ort zu ziehen, aber du wirst Leute kennenlernen. Es wird passieren. Es braucht nur etwas Zeit. Frag deine Mom und deinen Dad. Die kennen doch anscheinend jeden." Brandon lächelte, aber Thomas schüttelte den Kopf.

„Das ist es nicht. Ich habe Freunde in New York, aber ich kann dort trotzdem in einem Raum stehen und völlig allein sein. Ich bin der Chef – ich sehe jeden Tag hunderte von Leute, aber es ist praktisch alles nur geschäftlich. Wir treffen uns, einigen uns auf etwas und sie gehen zurück in ihr Leben und ich gehe nach Hause."

„Ich bin sicher, das ist nicht wahr. Du hast gesagt, du hast Freunde. Also ruf sie an und rede mit ihnen," schlug Brandon vor. Thomas wurde klar, dass er sich nicht wirklich verständlich gemacht hatte. Es waren nicht seine Freunde oder seine Geschäftspartner oder seine Eltern, die das Problem waren; er selbst war das Problem.

„Sie können nichts für mich tun." Thomas ging ein paar Schritte weiter, dann wurde ihm bewusst, dass er bereits viel zu viel gesagt hatte, und zu jemandem, den er erst vor zwei Tagen kennengelernt hatte. Zu jemandem, bei dem er trotzdem schon jetzt das Gefühl hatte, er könnte ihm alles sagen. „Gott, ich werde langsam verrückt."

„Nein, wirst du nicht", sagte Brandon hinter ihm und Thomas wirbelte herum. Er hatte gar nicht bemerkt, dass er das laut ausgesprochen hatte. Brandon kam auf ihn zu. „Du versuchst, deinem Leben eine neue Richtung zu geben und das ist für niemanden einfach." Er nahm Thomas' Hand in seine, einfach so, mitten auf der Straße. „Einen neuen Weg einzuschlagen, braucht viel Vertrauen und etwas von diesem Durchhaltevermögen, von dem du eben gesprochen hast."

Thomas hustete. Seine Kehle war trocken. Verdammt, wie war Brandon so ein kluger und feinfühliger Mensch geworden? „Es ist absolut schrecklich, nichts weiter. Ich hatte ein Leben, das ich verstanden habe und das auf seine Weise einigermaßen vorhersagbar war. Ich habe bestimmt, wo es lang geht, ich habe die Dinge unter Kontrolle gehabt."

Brandon ging die Straße hinunter und Thomas folgte ihm. „Na und? Jetzt liegt die Sache anders. Das hier ist nicht New York. Das hier ist Colorado Springs. Die Leute sind anders, aber ich denke, du wirst merken, dass man sie viel leichter kennenlernen kann."

„Okay", stimmte Thomas zu. Das war wahrscheinlich richtig. „Aber davon rede ich nicht."

Brandon blieb auf dem Bürgersteig stehen. „Ich weiß, wovon du sprichst. Aber du solltest von allen Leuten am besten wissen, dass du alles erreichen kannst, was du wirklich willst. Du hast in New York Hochhäuser gebaut, verdammt noch mal. Du kannst alles tun, was du tun willst."

Alles, außer die Einsamkeit hinter sich zu lassen, die ihn schon so lange begleitete. Thomas hatte sie einfach immer ignoriert und war zur Arbeit gegangen. Aber jetzt, nachdem er umgezogen war, hatte er mehr Zeit, und das mit dem Ignorieren klappte nicht mehr. „Genug davon." Dieses Thema machte ihn nur noch deprimierter und er war hierhergekommen, um Spaß zu haben. Er ging voraus die Straße hinunter. „Wir sind jetzt hier, also, lass uns Spaß haben."

„Wir könnten in die Mine runtergehen", schlug Brandon vor. „Es gibt eine, da ist man dreihundert Meter unter der Erde und kann Goldadern und so was sehen. Es soll ziemlich cool sein."

„Du hast das noch nie gemacht?", fragte Thomas.

Brandon hielt inne. „Nein. Eigentlich sollten wir das in der Schule machen, aber ich hasse geschlossene Räume, deshalb habe ich meine Mom gebeten, mir eine Entschuldigung zu schreiben und einer der Lehrer musste draußen mit mir warten."

„Wenn du keine geschlossenen Räume magst, warum schlägst du dann vor, dass wir das machen?"

Brandon zuckte die Schultern. „Ich wollte nicht, dass du enttäuscht bist, wenn du das vielleicht gern gemacht hättest."

Thomas verdrehte die Augen. „Komm. Lass uns richtige Touristen sein und schauen, was für Souvenirs es gibt. Wir können einen Haufen Scheiß kaufen und an Marjorie und Blaze schicken. Sie werden denken, dass ich komplett den Verstand verloren habe." Er merkte, dass ihm die Vorstellung gefiel.

Brandon lachte. „Was mag Marjorie? Sammelt sie irgendwas?"

Thomas schüttelte den Kopf. „Nein. Mit Kitsch und Plunder kann sie nichts anfangen. Zu Weihnachten bringt sie immer einen winzigen Weihnachtsbaum mit und stellt ihn auf einen Aktenschrank. Mehr hat sie noch nie gemacht in Sachen Dekoration. Sie ist wunderbar, versteh mich nicht falsch, aber in New York ist nichts kostbarer als Platz, also …" Er hob die Schultern.

„Okay. Wie wäre es also, wenn wir versuchen, das kitschigste Souvenir zu finden, das es gibt, und ihr das schicken?" Brandons Vorschlag brachte Thomas zum Grinsen.

„Super. Wir könnten ihr jeder eins schicken und dann sehen, über welches sie sich mehr beschwert." Darüber mussten sie beide noch lachen, als sie auf den ersten Laden zusteuerten.

Die Dame hinter dem Ladentisch drehte sich zu ihnen um, als sie kichernd hereinplatzten. Thomas ging an den goldgeäderten Quarzsteinen und Flaschen mit Goldstaub vorbei, geradewegs auf das Regal mit den Souvenirs zu.

„Was, um Himmels willen, ist das hier?", fragte Brandon flüsternd und hielt einen Flaschenöffner in Delfinform in die Höhe, auf dem *Cripple Creek* stand.

Thomas lachte und hielt sich die Seite. „Was hat ein Delfin mit Cripple Creek zu tun? Wir sind hier auf über zweitausend Metern Höhe." Er schüttelte den Kopf. „Der kommt definitiv in die engere Wahl."

„Jep." Brandon hielt den Flaschenöffner fest und suchte weiter. „Oder das hier vielleicht?" Es war ein kleines, ovales Glas in Form eines Felsbrockens. „Ist das ein Eierbecher? Für extraharte Eier?", scherzte er und Thomas musste schon wieder lachen.

Die Dame hinter dem Tresen drehte sich um und warf ihnen beiden böse Blicke zu.

Am Ende kaufte Brandon das Glas und Thomas nahm ein Päckchen Pflaster mit Speckschwartendesign mit.

„Verstehe ich nicht", sagte Brandon, als Thomas es ihm zeigte.

„Marjorie ist Vegetarierin, aber sie liebt Speck. Seit ich sie kenne, war sie immer praktisch zu hundert Prozent Vegetarierin, aber sie isst Speck, weil sie einfach nicht darauf verzichten kann." Thomas warf das Päckchen in die Luft und fing es wieder auf. „Was machen wir als Nächstes?"

„Essen?", schlug Brandon vor.

Sie hatten die Snacks, die Brandon mitgenommen hatte, während der Zugfahrt aufgegessen und Thomas wurde langsam hungrig. Sie gingen in einen Saloon und setzten sich an einen der groben Tische. Der Kellner, der westerntypisch gekleidet war, brachte die Speisekarten und sie bestellten Nachos, die auf einem Blechteller serviert wurden.

„Sie brauchen echt Hilfe hier mit ihrer Authentizität", flüsterte Brandon.

„Ja, aber kannst du dir vorstellen, was es dann zu essen geben würde? Bohnen, Bohnen, Bohnen und Pökelfleisch. Das wäre mal eine echt interessante Mahlzeit." Thomas machte nur Spaß, aber er hatte Brandon wieder zum Lächeln gebracht. Er war dabei, süchtig zu werden nach diesem Lächeln, und er würde alles tun, um es öfter zu sehen zu bekommen.

Sie aßen und tranken viel Wasser dazu, woran Thomas sich erinnern musste, da er noch nicht an die Höhe gewöhnt war. Als die Rechnung gebracht wurde, zahlte Thomas.

„Was jetzt?" Brandon lehnte sich in seinem Stuhl zurück. „Authentisch oder nicht, es war lecker."

„Glaubst du, dass du heute Glück hast?", fragte Thomas und wandte sich zu dem Casino auf der anderen Straßenseite. „Wir könnten mal schauen, ob die Glücksgöttin uns gewogen ist."

„Ich kenne die Spiele alle nicht und die Einarmigen Banditen sind echt Geldverschwendung." Brandon zuckte die Schultern. „Ich hatte nie viel Lust auf Spielen."

„Ich bringe es dir bei. Es gibt auch Spiele, bei denen es ebenso auf Geschicklichkeit ankommt wie aufs Glück." Thomas ging über die Straße, hinein in das Double Eagle Casino. Er sah sich um. Mit Vegas verglichen war es klein, mit einer Reihe von Spielautomaten und ein paar Tischen. „Wir können unser Glück beim Black Jack versuchen. Wir müssen ja nicht viel ausgeben."

Brandon war offensichtlich nicht ganz überzeugt, aber Thomas spazierte auf einen der Spieltische zu, an dem zwei Plätze frei waren. Er zog einen Hunderter heraus und kaufte Chips. Die Hälfte davon schob er zu Brandon hinüber. „Viel Spaß."

„Bist du sicher?", fragte Brandon.

„Ja", sagte Thomas schulterzuckend und setzte zehn Dollar. Brandon setzte fünf und der Dealer verteilte die Karten.

„Black Jack", sagte der Dealer, als Brandon ein Ass und einen König hatte. Er bekam sein Geld und sie spielten weiter.

Thomas verlor und setzte erneut. Diesmal verlor der Dealer und Brandon und Thomas gewannen. Die nächsten paar Runden liefen ziemlich schlecht und sie verloren. Ihre Chips wurden schnell weniger.

„Vielleicht sollten wir Schluss machen?", schlug Brandon vor und Thomas nickte. Er setzte für die letzte Runde alles und bekam einen Black Jack. Brandon gewann auch und als sie ihre Chips einsammelten, hatten sie fünf Dollar gewonnen. Thomas ließ sich das Geld auszahlen, bevor sie das Casino verließen.

„Hattest du Spaß?"

„Es war lustig. Aber ich musste immer zu hart für mein Geld arbeiten, um damit spielen zu können. Ich weiß, es klingt dumm, und wenn man es als Unterhaltung betrachtet und vorsichtig ist, kann es sicher Spaß machen. Aber ich hatte immer zu viel Angst, dass ich das bisschen, was ich hatte, verlieren könnte. Deshalb habe ich nie gespielt."

Sie gingen auf dem Bürgersteig weiter und kamen an einem Süßwarengeschäft vorbei, aus dem es himmlisch nach Schokolade roch. Thomas steuerte direkt hinein und inhalierte den köstlichen Duft. Das Wasser lief ihm im Mund zusammen. „Ich habe eine Schwäche …", gestand er Brandon. „Schokolade ist mein Kryptonit. Ich habe nur selten etwas im Haus, weil ich mich sofort hinsetze und alles aufesse." Während er begierig in die Truhe voller Schokolade schaute, zeigte Brandon auf eine Tüte mit Karamellpopcorn.

„Die kriege ich", sagte Brandon und Thomas grinste und legte eine große Tüte Karamellpopcorn auf den Ladentisch. Er holte noch ein paar

Pfefferminzbonbons und Kokosklumpen. Dann zahlte er für all die sündigen Leckereien und sie verließen den Laden. Es war spät geworden und sie beschlossen, dass es Zeit war, zurückzufahren.

„Ich hasse so was."

„Was?"

„Das hier hat richtig Spaß gemacht. Aber jetzt ist es vorbei und es ist wieder Zeit, zu arbeiten." Brandon seufzte. „Vielen Dank für einen tollen Tag. Ich fand es sehr, sehr schön."

Sie kamen beim Auto an und stiegen ein. Thomas startete den Motor und wandte sich zu Brandon, um zu prüfen, ob er richtig angeschnallt war. Brandon sah ihn an. In seinen Augen war wieder dieses Brennen. Nur ein paar Sekunden lang, dann war es wieder verschwunden. Thomas sah nicht weg. Es war eine halbe Herausforderung an Brandon, es auch nicht zu tun. Im Auto wurde es erstickend warm. Thomas zog an seinem Kragen, um sich Erleichterung zu verschaffen, aber die Hitze blieb. Nicht mal die Klimaanlage half. Dieses Spiel wurde langsam ein bisschen viel. Thomas kämpfte die Spannung nieder und zwinkerte, um die Verbindung zu unterbrechen. Dann legte er den Rückwärtsgang ein und lenkte das Auto aus der Parklücke.

„DANKE, DASS du mich heute mitgenommen hast. Es hat Spaß gemacht und es wäre nicht nötig gewesen. Ich meine, du bezahlst mich ja nicht dafür, dass ich Ausflüge mache." Brandon schloss das Haus auf und ging hinein. Thomas folgte ihm in die Küche. Brandon nahm seine To-do-Liste in die Hand. „Es hat wirklich viel Spaß gemacht." Er sah seine Liste durch und Thomas lehnte am Tresen und betrachtete ihn. „Was?"

„Nichts. Ich schaue dich nur an."

Brandon schnaubte leise. „Das tust du ziemlich oft."

Thomas' Augen weiteten sich. Mann, Brandon sagte wirklich, was ihm durch den Kopf ging. „Ich sollte hochgehen und mich umziehen." Vielleicht sollte er für eine Weile verschwinden. Brandon würde sicher bald gehen und ihm die Chance geben, ein wenig Luft zu schöpfen.

„Ich muss noch ein paar Sachen für dich erledigen." Brandon verließ den Raum und das Geräusch der Türen von Waschmaschine und Trockner, die geöffnet und geschlossen wurden, drang an Thomas' Ohren, gefolgt vom Brummen des Trockners. Dann kehrte Brandon zurück. „Ich muss ein paar Sachen besorgen, sonst wirst du im Badezimmer auf dem Trockenen sitzen." Er zwinkerte Thomas zu und Thomas nickte. Offenbar war Brandon wieder voll auf seinen Job konzentriert. Und so sollte es ja auch sein. „Sieh mal, heute, das war toll, aber ich weiß, das war eine einmalige Sache. Es hat trotzdem sehr viel Spaß gemacht und ich freue mich schon darauf, Marjorie unser Zeug zu schicken." Er lachte leise und Thomas tat dasselbe, als er daran dachte, wie lustig es in dem Laden gewesen war.

Es war lange her, dass er so gelacht hatte. Ja, er hatte manchmal Spaß, aber nicht diese Sorte von Lach-laut-heraus-und-vergiss-alles-und-sei einfach-du-selbst-Spaß. Er musste richtig seine Erinnerung durchforsten, so lange war es her. „Ja, es hat Spaß gemacht. Das war was Besonderes heute." Er stieß sich vom Tresen ab und erstarrte dann, als Brandon seinen Blick auffing und festhielt. Thomas hatte sich schon seit Tagen vorgestellt, wie Brandons Lippen wohl schmeckten und er fragte sich, ob er es gleich herausfinden würde.

Thomas hatte Angst, sich zu rühren. Wenn er es tat, würde er vielleicht kneifen. Andererseits, wenn er sich nach vorn beugte, machte Brandon vielleicht das gleiche und dann würden sie sich küssen, und er würde die Antworten auf all die Fragen bekommen, die er sich jedes Mal gestellt hatte, wenn er einen Blick auf die nackte Haut unter Brandons Shirt hatte werfen können.

Zur Hölle, er sollte diese Gedanken überhaupt nicht haben. Brandon arbeitete für ihn und Thomas sollte die nötige Distanz wahren. Aber das war schwer, nachdem sie gerade einen ganzen Tag miteinander verbracht und dabei so viel Spaß gehabt hatten. Und auch das war sein Fehler. Er hätte es besser wissen müssen. Er hatte sich in den Bann von Brandons blauen Augen ziehen lassen, in den Bann dieser vollen Lippen, die geradezu darum bettelten, geküsst zu werden. Thomas blinzelte und Brandon schien ein Stückchen näher herangekommen zu sein. Thomas hielt den Atem an und machte einen winzigen Schritt nach vorn in der Hoffnung, Brandon würde dasselbe tun.

Und er tat es. Zwischen ihnen waren nur noch ein paar wenige Zentimeter und der Trockner und alle anderen Geräusche im Haus verstummten, bis auf das Klopfen des Herzens in seinen Ohren. Wenn er ehrlich war, wollte er das hier.

Alle seine Bedenken lösten sich in nichts auf und er wollte Brandon an sich ziehen.

Sein Handy klingelte in seiner Tasche. Thomas versuchte, es nicht zu beachten, aber Brandon war schon zurückgewichen. Thomas riss das Telefon heraus und schnaubte beim Anblick von Marjories Namen auf dem Display. „Ich sollte besser rangehen", sagte er beinahe knurrend.

Brandon nickte und wandte sich ab. „Wir sehen uns morgen", sagte er leise und eilte aus dem Zimmer.

Thomas seufzte unterdrückt, als er den Anruf entgegennahm. Wenn sie doch nur etwas später angerufen hätte. Sehr viel später.

6

AM NÄCHSTEN Morgen stand Brandon vor Thomas' Haustür, in der Hand Tüten mit Toilettenpapier und anderen Dingen. Er war nervös. Die halbe Nacht hatte er wachgelegen. Thomas war nahe daran gewesen, ihn zu küssen. Brandon war sich ziemlich sicher, denn er war selbst ebenso nahe daran gewesen, Thomas zu küssen. Thomas mochte ihn und verspürte dieselbe Anziehung zwischen ihnen wie Brandon, was toll war. Es gefiel ihm, dass er Thomas gefiel. Okay, ihm schwirrte der Kopf. Er war so verstört und durcheinander wie ein Teenager.

Ja, er hätte sich gefreut, wenn Thomas ihn geküsst hätte, aber dieser verdammte Anruf ... Ja, der hatte ihm die Gelegenheit gegeben, zu kapieren, wie absolut lächerlich die bloße Vorstellung war. Thomas war mega-erfolgreich und Brandon war sein Assistent, der ihm auf dem Nachhauseweg Klopapier besorgte. Es spielte keine Rolle, dass schon allein der Gedanke, von Thomas geküsst zu werden, sein Herz rasen ließ, und auch nicht, dass er die halbe Nacht die wildesten Fantasien gehabt hatte. Jetzt war Brandon nervös und unsicher, wie er sich verhalten sollte. Vermutlich war es das Beste, so zu tun, als wäre das Ganze nie passiert. Dann konnte Thomas dasselbe machen und Brandon konnte einfach ganz normal wieder an die Arbeit gehen.

Er schloss die Tür auf und ging leise ins Haus. Er stellte die Einkaufstaschen auf den Küchentresen und ging dann in den Wäscheraum, wo er die Handtücher aus dem Trockner nahm, zusammenfaltete und auf den Trockner legte. Er würde sie später in den Schrank legen, wenn Thomas aufgestanden war.

Brandon sah nach, was im Kühlschrank war und stellte die Kaffeemaschine an. Schon bald erfüllte der Duft von Kaffee den Raum. Wenn er sich nicht sehr täuschte, würde das Thomas sehr rasch aus seinem Zimmer locken.

Gerade, als der Kaffee fertig war, läutete die Türglocke und Brandon ging zur Tür. „Guten Morgen", sagte er und führte die Dame vom Haushaltsservice in den Wohnbereich. „Ich bin Brandon, Mr Stepfords Assistent."

„Helen Gracos." Sie gaben sich die Hand und Brandon bot ihr an, sich zu setzen. Helen wirkte sehr kompetent und kam gleich zum Thema. „Welche Art von Unterstützung braucht Mr Stepford für seinen Haushalt?"

„Nun, ich denke, er braucht zweimal die Woche jemanden zum Saubermachen und für die Wäsche und so weiter. Das Haus ist ziemlich groß. Allerdings sind zurzeit nicht alle Räume in Benutzung."

„Ich verstehe. Braucht er auch jemanden für die Einkäufe?", fragte sie, während sie sich in einem kleinen Buch Notizen machte.

„Nein. Das werde ich übernehmen. Sie werden das Putzen und die Wäsche machen. Um die Sachen, die in die Reinigung müssen, kümmere ich mich." Es war eigentlich alles ziemlich klar und sie schien erfreut.

„Wir würden uns sehr freuen, Mr Stepford als Kunden gewinnen zu können." Sie sah sich um und machte sich noch ein paar Notizen. „Ich werde Ihnen einen Vertrag zuschicken, in dem unsere Pflichten und alle Entgelte festgehalten sind. Mir scheint, dass einmal pro Woche wahrscheinlich reicht." Sie summte leise vor sich hin, während sie überlegte. „Eine Einzelperson wird kaum viel Unordnung machen, aber wir könnten mit zweimal die Woche anfangen und das dann nach Bedarf anpassen. Wir könnten einmal pro Woche eine gründliche Reinigung machen und für das zweite Mal kleinere Arbeiten einplanen."

„Klingt sehr gut. Thomas mietet dieses Haus hier zwar nur, aber ich glaube, er wird sich einen festen Wohnsitz hier in der Gegend suchen. Ich gehe also davon aus, dass dies nicht nur ein kurzfristiges Arrangement ist." Zumindest nahm er das an. Natürlich war es auch möglich, dass Thomas einfach nach New York zurückging, wenn der Mietvertrag auslief. Aber er hoffte, dass Thomas sich hier ein gutes Leben aufbauen konnte und bleiben würde.

Sie nickte. „Ich verstehe. Wie gesagt, ich werde einen Vertrag schicken. Ich bin der Meinung, es ist das Beste, wenn beide Seiten genau wissen, worum es geht. Bitte sorgen Sie dafür, dass er den Vertrag durchsieht und wenn er mit allem einverstanden ist, können wir anfangen." Sie stand auf und sie schüttelten sich wieder die Hände. Dann begleitete Brandon Helen zur Tür und ging zurück in die Küche.

Er trank eine Tasse Kaffee, räumte die Sachen weg, die er eingekauft hatte, und sah auf die Uhr. Es war nach neun. Er hatte Thomas' Auto in der Einfahrt gesehen, also nahm er an, dass er zu Hause war. Doch normalerweise war Thomas um diese Zeit schon wach. Sogar an dem Tag, als er den Kater gehabt hatte, war er vor neun auf gewesen.

Leise ging Brandon nach oben. Thomas' Tür war geschlossen und er klopfte vorsichtig. Als keine Antwort kam, öffnete er die Tür einen Spaltbreit. „Thomas ...", sagte er leise. Die Luft war verbraucht und er rümpfte die Nase. „Alles okay?"

„Ja", stöhnte Thomas.

„In einer halben Stunde hast du ein Telefongespräch. Soll ich dir etwas bringen?" Er sprach leise, da er den Verdacht hatte, dass Thomas wieder unterwegs gewesen war und getrunken hatte.

„Gibt es Kaffee?", murmelte er.

„Ja. Schon fertig. Im Medizinschrank ist Aspirin, falls du was brauchst, und ich kann dir etwas Wasser bringen oder ..."

„Nein." Thomas setzte sich vorsichtig auf und die Decke rutschte von seiner Brust. „Mir geht's gut. Ich bin nur dumm." Er blinzelte und stand auf. Er trug nichts als ein Paar karierte Boxershorts, die eng um seine Hüften saßen.

Brandon ging rückwärts aus der Tür und schloss sie. Er ging die Treppe hinunter ins Büro, um den Computer anzustellen und zu überprüfen, dass alles bereit war für das Telefon-Meeting. Es war nicht wirklich nötig, aber Brandon musste *irgendetwas* tun.

Er rief Marjorie an und ging mit ihr die Termine für den Tag durch. Es standen zwei Meetings auf dem Programm und Brandon schnappte sich Thomas' Laptop, um seinen Kalender aufzurufen. Marjorie schickte ihm auch noch eine Reihe von Dokumenten, die Brandon ausdrucken musste. Er überlegte, dass er Thomas vorschlagen sollte, einen Drucker für sein Büro zu besorgen.

Brandon lud die Dateien auf einen USB-Stick und steckte ihn in die Tasche, um ihn mit zum Copyshop zu nehmen. Er war gerade fertig, als er Thomas in der Küche hörte. Er ging zu ihm. Thomas sah aus, als sei er gerade von einer sehr langen, sehr anstrengenden Reise zurückgekommen. Brandon wollte wissen, was er gemacht hatte und warum, aber er hielt den Mund. Es ging ihn nichts an. Aber verdammt, wie Thomas da am Tresen saß und von seinem Becher auf den Boden starrte und zurück – überall hin, nur nicht zu ihm –, das war ziemlich unheimlich.

„Ich habe ein paar Dateien, die ich für dich ausdrucken muss, und ich wollte fragen, ob ich einen Drucker für dein Büro besorgen soll."

„Ich werde einen bestellen und schicken lassen", sagte Thomas knapp. Lieber Gott, was für ein Kontrast zu dem glücklichen, lachenden Mann vom letzten Nachmittag. „Geh einfach und druck die Sachen für mich aus. Ich werde am Telefon sein, wenn du zurückkommst, also sei leise."

„Ja, Eure Majestät", murmelte Brandon, sodass Thomas es nicht hören konnte. Er fragte sich, ob er den Tag gestern nur geträumt hatte und ob der Thomas von heute die Realität war. Brandon wusste nicht, was er denken sollte, aber der Idiot, der eben den Raum verlassen hatte, war jedenfalls nicht sehr liebenswert ... ganz im Gegenteil.

Wie auch immer, er hatte einen Job zu erledigen, also fuhr er schnell zum Copyshop, machte einen Ausdruck von jedem Dokument und fuhr zurück. Die Bürotür war geschlossen, aber er öffnete sie, legte die Unterlagen auf den Schreibtisch und ging rasch wieder.

Thomas sah kaum von seinem Anruf auf.

Brandon überlegte, ob er Marjorie anrufen und fragen sollte, ob Thomas zu Stimmungsschwankungen neigte. Er glaubte das nicht, trotz Thomas' merkwürdigem Verhalten. Nein, Brandon hatte das deutliche Gefühl, dass dies direkt mit ihm selbst zu tun hatte. Als er Thomas eben am Telefon gehört hatte, hatte er gutgelaunt geklungen, beinahe glücklich. Mist, wenn er nun etwas falsch gemacht hatte …

„Brandon", rief Thomas. Er klang überhaupt nicht mehr glücklich. Brandon fand ihn in der Tür zu seinem Büro. „Ruf Marjorie an und sag ihr, dass Blaze in mein Büro kommen und sich zu diesem Gespräch zuschalten soll … jetzt." Er trat zurück und schloss die Tür.

Brandon rief Marjorie an.

„Brandon!", rief Marjorie, als sie abnahm. Wenigstens ein Mensch war heute froh, mit ihm zu sprechen.

„Thomas sagte mir, ich soll Sie anrufen, damit Sie Blaze Bescheid sagen, dass er sich sofort zu dem Gespräch zuschalten soll, das Thomas gerade führt. Er klang ziemlich sauer."

„In Ordnung, ich kümmere mich drum. Schicken Sie Thomas eine Nachricht und sagen Sie ihm, ich treibe Blaze auf." Sie legte auf und Brandon sendete die Nachricht, räumte dann die Wäsche auf und machte ein wenig im Haus sauber.

Eine Stunde später kam Thomas aus seinem Büro. Er wischte sich mit einem Taschentuch die Stirn. „Danke."

„Alles in Ordnung gebracht?", fragte Brandon.

„Ja. Wir haben einen großen Deal gerettet. Das wären sechs Monate Arbeit umsonst gewesen." Mit einem Seufzer ließ Thomas seine Hand sinken.

„Wollten sie mehr Geld?"

Thomas schüttelte den Kopf. „Es geht nicht immer um Geld. Hinter dem Baugrundstück, um das es geht, gibt es ein Stück Freiland, das wir mitgekauft haben und das die Mieter bisher als Garten genutzt haben. Der Eigentümer wollte, dass das so bleibt; das war ihm sehr wichtig. Aber wir brauchen das Grundstück, damit der Umbau rentabel ist. Blaze kam darauf, dass wir nur einen halben Block weiter ein weiteres kleines Grundstück besitzen. Dort haben wir eigentlich einen Wohnblock geplant, aber das Projekt liegt auf Eis. Also haben wir uns bereiterklärt, den Garten dort unterzubringen. Alle waren zufrieden."

„Das ist ziemlich cool", sagte Brandon. „Du kannst dein Geschäft durchziehen und gleichzeitig den Mietern helfen." Brandon war klar, dass Grünflächen in New York Seltenheitswert hatten und etwas besonderes waren.

„Ja. Wir werden das Eigentum an dem Grundstück aber behalten. Als wir uns den Garten angesehen haben, schien er nicht sehr viel genutzt zu werden, also haben wir uns geeinigt, später neu über das Thema zu verhandeln, je nachdem, wie viel der Garten in Zukunft genutzt wird." Thomas seufzte. „Gott, ich brauche einen Kaffee."

„Wie wär's mit einem Frühstück?", schlug Brandon vor und Thomas stöhnte. „Ich weiß, dass ich nur dein Assistent bin, aber du würdest dich nicht so mies fühlen, wenn du etwas weniger trinken würdest." Er runzelte die Stirn und ging in die Küche, um sich den Müllbehälter zu schnappen, in dem Glasflaschen klirrten. Er trug ihn seufzend hinaus. Es war wirklich nicht seine Sache, wenn Thomas Alkohol trinken wollte.

„Ich hätte kein Problem, wenn du nicht hier wärst", murmelte Thomas düster, als Brandon wieder hereinkam.

„Warum hast du mich dann eingestellt?" Brandon ließ den Glascontainer zurück in den Abfalleimer fallen. Gott, der Kerl war wirklich ein Blödmann heute.

„Weil du der beste Kandidat warst. Aber jetzt muss ich verdammt noch mal die ganze Zeit an dich denken." Thomas rieb sich den Nacken. „Ich sollte mich wieder an die Arbeit machen."

„Klar, versteck dich hinter deiner Arbeit, anstatt mir zu sagen, was los ist", fuhr Brandon auf. Sofort wünschte er, er hätte den Mund gehalten. Es war nicht gut, dass er eine Auseinandersetzung mit seinem Chef hatte. Thomas drehte sich zu ihm um, Verwirrung in den Augen, und Brandon entschied, dass der einzig mögliche Weg jetzt die Flucht nach vorn war. „Gestern warst du nett, und heute bist du total gereizt und sagst mir, ich wäre ein Problem. Was willst du, Thomas?"

„Du bist nicht derjenige mit dem Problem. Das bin ich." Thomas rieb sich die Schläfen. „Ich kann dich nicht aus meinem Kopf kriegen und das geht nicht – du arbeitest für mich. Ich komme nicht mehr klar."

Brandon runzelte die Stirn. „Na und? Stell dir einfach mal vor, dass ich dich in meinem Kopf habe, seit ich fünfzehn bin, dann wirst du kapieren, wie leicht das alles eigentlich ist."

Thomas stand stocksteif da. „Fünfzehn …", flüsterte er. „Warum? Wie?"

„Du erinnerst dich nicht, oder? Ich habe bei dir den Rasen gemäht, in dem Jahr bevor du nach New York gegangen bist. Ich habe an deine Tür geklopft, du hast aufgemacht und mein kleines, schwules, fünfzehnjähriges Herz praktisch zum Stoppen gebracht. Du hattest ein Paar Jeans an und kein Hemd. Du sahst aus … verdammt … und ich habe dagestanden, vor dem Mann meiner Träume, und wusste nicht, was ich sagen sollte."

„Verdammt … und daran hast du dich erinnert?" Thomas war still geworden. „Ich weiß das gar nicht mehr."

„Klar, natürlich nicht. Ich war irgendein Junge aus der Nachbarschaft, der kam, um deinen Rasen zu mähen und du bist ohne Hemd an die Tür gekommen, weil du wahrscheinlich einfach mit Wichtigerem beschäftigt warst. Du hast mir ein Angebot gemacht und ich fing an zu arbeiten. Ich vermute, du hast keinen weiteren Gedanken an mich verschwendet, außer, wenn du mir mein Geld gegeben hast."

Thomas schüttelte langsam den Kopf. „Und du hast dich die ganze Zeit daran erinnert?" Er wirkte geschockt und das durfte er wahrscheinlich auch sein.

„Nicht so direkt, nehme ich an, aber …" Er würde nicht sagen, dass Thomas jahrelang seine Teenager-Fantasien angeheizt hatte. Das war peinlich und Thomas würde sich nur unwohl fühlen, noch unwohler als ohnehin schon.

„Der Mann deiner Träume?", fragte Thomas und Brandon spürte, wie sein Gesicht heiß wurde. Dann lachte Thomas leise. „Mann, irgendwann musst du mir mehr darüber erzählen. Ich habe mich schon seit sehr langer Zeit nicht mehr wie ein Traummann gefühlt." Die Vorstellung schien ihm zu gefallen.

„Hast du in letzter Zeit nicht in den Spiegel geguckt?", fragte Brandon.

„Ja. Ich weiß, wie ich aussehe. Ich bin ein Mann, der zu viel arbeitet und in ein paar Wochen vierzig wird." Thomas seufzte wieder. Das schien bei ihm langsam zur nervösen Angewohnheit zu werden. „Ich …"

„Ich weiß, wer du bist und wie alt du bist. Was spielt das für eine Rolle?" Brandon stemmte die Hände in die Hüften. „Das ist keine Erklärung dafür, weshalb du den ganzen Tag schon so sauertöpfisch bist."

„Ich hätte dich gestern fast geküsst." Thomas sagte es, als würde das alles erklären.

„Und? Ich hätte *dich* fast geküsst. Und dann hast du einen Rückzieher gemacht, als der dumme Anruf kam und ich habe kalte Füße bekommen." Brandon verlagerte sein Gewicht von einem Bein aufs andere. „Ich sage nicht, dass wir irgendwas machen müssen. Wenn du nicht interessiert bist oder mit mir nichts machen willst –"

Thomas lehnte sich an die Wand. „Weiß Gott, es ist nicht so, dass ich dich nicht wollte … Nachts kann ich nicht schlafen, weil ich immer deine Augen vor mir sehe und wenn ich schlafe, bist du in meinem Kopf und … ich habe sehr lebhafte Träume. Letzte Nacht bin ich aufgestanden und habe das gesamte Bier im Kühlschrank ausgetrunken, nur um mich zu betäuben. Um wieder einschlafen zu können." Thomas hob die Hände, als Brandon auf ihn zutrat. „Das hier ist alles meine Schuld. Ich habe schon früher mal … Gefühle gehabt für Leute, mit denen ich gearbeitet habe, und es ist sehr schlecht ausgegangen."

Brandon trat zurück. „Okay. Ich verstehe." Er drehte sich um, um den Raum zu verlassen. Es gab keinen Grund, dies weiter zu verfolgen. Er war erwachsen und er und Thomas hatten zumindest darüber gesprochen, was zwischen ihnen los war. In gewisser Weise war die Situation jetzt besser.

Wenigstens war da nicht mehr diese stumme Anziehung, über die sie beide die ganze Zeit verkrampft schwiegen.

„Brandon", sagte Thomas hinter ihm. Seine Stimme war leise und tief und traf Brandon bis in sein Innerstes. Er drehte sich um und Thomas umfasste sein Gesicht mit den Händen und küsste ihn, so intensiv, dass Brandons Gehirn einfach abschaltete.

Brandon machte einen Schritt rückwärts, aber dann stoppte ihn die Wand hinter ihm und stützte ihn und er ließ seine Hände an Thomas' Armen hinaufgleiten und dann an seinem Körper entlang, wie um den Weg zu finden. Seine gesamte Aufmerksamkeit war auf den Punkt konzentriert, an dem Thomas' Lippen seine berührten. Er hatte sich ausgemalt, wie sich das hier anfühlen würde, seit er fünfzehn war und verdammt, all seine Träume verblassten hinter der Wirklichkeit. Vielleicht war er ein schlechter Träumer oder ...

Verdammt, er machte sich Gedanken über seine Träume, während der Mann, der darin die Hauptrolle gespielt hatte, ihn an die Wand gepresst hielt und fast bewusstlos küsste. Brandon ließ alle anderen Gedanken los und küsste Thomas zurück, wobei er sich fest an ihn presste, so lange, bis er keine Luft mehr bekam. Brandon machte sich los und schaute in Thomas' tiefe, verträumte Augen, gerade lang genug, um Atem zu schöpfen. Dann, voll Angst, dass Thomas sich zurückziehen würde, küsste er ihn wieder, diesmal noch intensiver. Thomas bebte in seinen Armen, und Brandon zog seinen Kopf zu sich und überließ sich ganz dem Genuss von Thomas' Lippen. Thomas' Zunge fuhr zwischen seine und gab ihm einen Vorgeschmack seiner Männlichkeit.

Als Brandon sich aus der Umarmung löste, tat Thomas es auch und sie starrten einander an. Thomas blinzelte und seufzte als Erster. Dann machte Brandon dasselbe und sie lächelten beide und fingen an zu lachen.

„Gott, das habe ich mir gewünscht, seit ich fünfzehn war."

„Vielleicht habe ich mir nicht schon seit damals vorgestellt, dich zu küssen, aber so was wie das hier wollte ich mein ganzes Leben." Thomas atmete schwer; seine Brust hob und senkte sich sichtlich.

Plötzlich klopfte es an der Haustür und sie fuhren auseinander. Thomas ging nach vorn, während Brandon schnell auf seiner Liste prüfte, ob er einen Termin übersehen hatte.

„Hey, Mom", sagte Thomas und Brandon stieß einen kleinen Seufzer der Erleichterung aus, dass er nichts vergessen hatte.

„Ich dachte mir, ich komme mal vorbei und schaue nach, ob du auch nicht die ganze Zeit arbeitest." Mrs Stepford schnupperte, als Brandon in den Eingangsflur kam. „Hast du wieder getrunken?", fragte sie Thomas naserümpfend und Brandon wandte sich ab. „So etwas kann man riechen. Es dringt dir aus jeder Pore. Kein netter Junge wird einen Trinker als Mann haben wollen." Sie ging ins Haus hinein, während Thomas die Haustür schloss und hinter ihr mit den Augen rollte. „Brandon, wie geht es deiner Großmutter?" Mrs Stepford blieb vor ihm stehen und tätschelte seine Wange. „Hören Sie, lassen Sie sich von meinem Sohn hier nicht zu sehr ausbeuten. Er versinkt üblicherweise so in dem, was er tut, dass er alles vergisst, manchmal sogar seine Manieren."

„Mom, es ist alles in Ordnung."

Mrs Stepford betrachtete sie beide mit einem wissenden Lächeln. Brandon fragte sich, ob sie durchs Fenster geguckt und gesehen hatte, wie sie sich geküsst hatten. Aber das war nicht sehr wahrscheinlich. Mrs Stepford würde sich wohl kaum im Gebüsch vor dem Haus ihres Sohnes herumdrücken. Das war ja die abwegigste Idee der Welt. Trotzdem, diese Art, wie sie ihn ansah … Brandon fühlte sich ertappt. Oder schuldig. Er war nicht ganz sicher – vielleicht ein wenig von beidem?

„Ich habe dir Kartoffelsalat und Hähnchensalat gemacht. Die Schüsseln sind im Auto."

„Ich gehe und hole sie", bot Brandon an und eilte aus der Tür. Das verschaffte ihm zumindest ein paar Sekunden. Alles würde ganz normal wirken, wenn er zurückkam. Außerdem war er Thomas' Assistent. Und so musste er sich auch verhalten.

Verdammt, er musste wieder einen klaren Kopf kriegen.

Brandon öffnete die Autotür und zog einen Karton mit mindestens sechs Salatschüsseln darin heraus. Er trug ihn herein, überprüfte jede Schüssel und schob sie in den Kühlschrank. Wenigstens würde Thomas nicht verhungern und er würde etwas gutes Selbstgekochtes haben.

„Ich habe mir überlegt, dass du dich mit ein paar von den lokalen Unternehmensgruppen zusammentun solltest", sagte Mrs Stepford. „Es wurde darüber geredet, dass der Innenstadtbereich revitalisiert werden soll; dass sie dort nicht nur diese Touristenshops und so weiter haben wollen, sondern alles attraktiver und lebendiger gestalten möchten. Ich wette, da könntest du helfen."

„Mom, mir geht's gut …"

„Stimmt nicht. Ich kenne dich", sagte sie, und Brandon beschloss, nicht mit in den Wohnbereich zu kommen, sondern stattdessen in Thomas' Büro zu gehen und in Ruhe dessen Terminkalender zu kontrollieren.

Brandon checkte alle seine E-Mails und rief dann kurz Marjorie an, die ihm zu seiner Geistesgegenwart an diesem Morgen gratulierte.

„Ich habe ein paar Akten und persönliche Dokumente hier, die für ihn ins Büro gekommen sind. Ich schicke sie als Express-Sendung."

„Ich werde danach Ausschau halten." Brandon machte sich eine Notiz. „Übrigens, ich habe noch nicht das Handy und das Tablet bekommen."

„Sollte beides morgen da sein." Sie tippte etwas und Brandon machte sich noch mehr Notizen.

„Danke. Ich habe mit Thomas wegen des Druckers fürs Büro gesprochen und er sagte, er würde einen bestellen. Aber ich glaube nicht, dass er sich daran erinnern wird, und er braucht einen. Ich kann mich darum kümmern."

„Ich werde der IT Abteilung sagen, dass sie einen bestellen und an seine Adresse schicken sollen. Dann kann er sich von denen helfen lassen, falls es Probleme gibt." Das Tippen wurde kurz schneller. „So, erledigt. Ich habe es Thomas cc geschickt, damit er Bescheid weiß. Sonst noch was?"

„Ich brauche mehr zu tun", sagte Brandon. „Ich meine, ich weiß, ich bin sein Assistent, aber ich kann nicht nur hier herumsitzen und darauf warten, dass er etwas braucht. Er ist nicht so unselbstständig oder unordentlich und …"

„Sehr gut. Lassen Sie mich darüber nachdenken. Das Monatsende kommt und das bedeutet, er bekommt unzählige Berichte zum Durchsehen und die E-Mail-Menge explodiert. Ich sollte Ihnen auch noch einen Laptop schicken, damit Sie etwas Vernünftiges haben, auf dem Sie arbeiten können. Ich werde gleich mal schauen, ob wir sofort einen schicken können." Marjorie schien wirklich an alles zu denken. „Ich habe einen anderen Anruf. Aber lassen Sie mich wissen, wenn die Geräte und der Umschlag angekommen sind."

„Mach ich", versprach Brandon und legte auf. Er verließ das Büro und spähte in den offenen Wohnbereich, wo Mrs Stepford noch immer mit viel Schwung redete, beinahe ohne Luft zu holen. Thomas wirkte in die Enge getrieben. Brandon musste versuchen, ihm zu helfen. „Entschuldigung. Thomas, vergessen Sie bitte nicht den Anruf, der in fünf Minuten ansteht."

Thomas drehte sich zu ihm um und blinzelte, als ob er sich fragte, wovon Brandon redete. Dann weiteten sich seine Augen. „Oh, j-ja", stotterte er. Er wandte sich wieder zu seiner Mutter. „Ich muss mich jetzt wirklich vorbereiten. Du kannst gerne noch ein wenig hierbleiben, wenn du magst."

„Ich erwarte heute Nachmittag die Leute vom Museum, die die Gemälde aufhängen sollen", sagte Brandon. „Ich werde Ihnen gleich Ihr Mittagessen ins Büro bringen."

Thomas warf ihm einen dankbaren Blick zu, küsste dann seine Mom, verschwand in seinem Büro und schloss hinter sich die Tür.

„Möchten Sie zu Mittag essen?", fragte Brandon Mrs Stepford. Er kannte sie schon fast sein ganzes Leben, da sie die beste Freundin seiner Großmutter war. „Wir haben jetzt reichlich Lebensmittel da." Sie tauschten ein Lächeln.

„Ich muss nach Hause und Harold sein Essen machen. Er hat draußen im Garten gearbeitet." Sie stand auf und tätschelte ihm die Wange. „Sie sind ein guter Junge. Das waren Sie immer und Ihre Großmutter ist so stolz auf Sie."

Brandon nickte und lächelte sie an.

„Hören Sie manchmal von Ihren Eltern?"

„Nicht oft. Sie sind nicht wirklich einverstanden mit meiner ‚Lebensweise' und …" Er seufzte. „Sie haben noch andere Kinder, da bin ich nicht so wichtig, nehme ich an." Er wollte nicht, dass das wahr war, aber so fühlte er sich.

Mrs Stepford tätschelte seine Hand. „Ich habe Ihren Vater nie verstanden und auch nicht, wie er mit Thelma verwandt sein kann. Selbstgerechtigkeit ist ihr völlig fremd. Sie nimmt jeden so, wie er ist."

Brandon zuckte mit den Schultern. „Ich würde gern sagen können, dass meine Mutter mich akzeptiert, aber das wäre gelogen. Und mein Vater macht ebenfalls kein Geheimnis aus seiner Meinung." Er lächelte. „Grandma verdient wirklich Lob – sie hört sich seinen Mist nicht an und sagt ihm bei jeder Gelegenheit, was für ein Idiot er ist." Leider schienen sein Bruder und seine Schwester dasselbe zu denken wie seine Eltern, denn keiner von beiden rief ihn jemals an, um zu fragen, wie es ihm ging. Es gab nichts, was er daran ändern konnte.

„Nun machen Sie sich selber glücklich. Das ist alles, was wir letztlich tun können. Und ich werde Ihnen jetzt erzählen, was mir vor Jahren mal ein Freund von Thomas gesagt hat." Sie lächelte und drückte seine Hand. „Kennen Sie Blaze?"

Brandon schüttelte den Kopf.

„Nun, er und Thomas waren Zimmergenossen im College und er sagte mal zu mir, nachdem Thomas sein Coming-out gehabt hatte, dass homosexuelle Menschen – ach was, wir alle – also, wir haben die Familie, in die wir hineingeboren wurden, und dann die, die wir uns selber schaffen. Also, die Familie, in die sie hineingeboren wurden, ist Mist … na ja, hauptsächlich." Sie verdrehte dramatisch die Augen. „Machen Sie sich also auf den Weg und schaffen Sie sich Ihre eigene." Mrs Stepford beugte sich näher zu ihm. „Und suchen Sie nicht so lange, dass Sie das übersehen, was direkt vor Ihnen ist." Sie zwinkerte ihm zu, stand dann auf und ging langsam zur Haustür. Als sie an Thomas' Büro vorbeikam, öffnete sie die Tür und steckte den Kopf hinein. „Glaub bloß nicht, dass ich nicht weiß, dass du dich hier drin versteckt hast." Sie schnalzte mit der Zunge. „Schäm dich, dass du versuchst, von deiner Mutter wegzukommen, die dich liebt."

„Ich war gerade mit meinem Gespräch fertig." Thomas brachte sie zur Haustür und Brandon ging in die Küche, um das Mittagessen vorzubereiten. „Danke für die Rettung", sagte Thomas, als er wiederkam. „Ich liebe meine Mom sehr, aber sie kann ziemlich intensiv sein, besonders, wenn sie dabei ist, jemanden zu verkuppeln."

„Oh, Mann …", sagte Brandon, während er etwas Brot in den Toaster steckte als Beilage zum Hähnchensalat. Das erklärte einiges von dem, was Mrs Stepford zu ihm gesagt hatte.

„Ja. Sie hat noch nie Erfolg gehabt, soweit ich weiß. Meine Mutter hat meinem Bruder seine erste Frau vorgestellt, Karla. Die ganze Familie hat wegen dieser Frau mit beiden kein Wort mehr gesprochen. Ich habe sie übrigens darauf angesprochen – ich dachte, dann lässt sie mich vielleicht in Ruhe. Nichts dergleichen." Thomas lachte. „Du hast mich gerade davor gerettet, mit jedem schwulen Mann unter vierzig in dieser Stadt ausgehen zu müssen. Mit allen vieren."

Das Toastbrot sprang hoch und Brandon richtete die Teller her. Er servierte Thomas sein Essen und machte dann einen kleinen Teller für sich selbst fertig.

„Ich denke, ich schulde dir so was wie eine Erklärung", begann Thomas und nahm den ersten Bissen. „Oh, das erinnert mich an früher. Dieses Rezept hat Mom jahrelang gemacht." Er aß noch ein wenig weiter und legte dann die Gabel hin.

„Du schuldest mir gar nichts … nicht wirklich. Wir kennen uns erst seit ungefähr drei Tagen und ich weiß zwar, welches Toilettenpapier du kaufst, aber ansonsten wissen wir beide nichts übereinander. Wir können es also langsam angehen lassen … wenn du überhaupt willst. Aber es gibt ein paar Regeln."

„Okay." Thomas lächelte amüsiert. „Da ich für gewöhnlich der Boss bin, mache ich sonst immer die Regeln." Er verschränkte die Arme vor der Brust. „Also, schieß los."

„Also, während der Arbeitszeit verhalten wir uns professionell. Ich bin dein Assistent und auch wenn wir hier in deinem Haus arbeiten: während des Tages ist das hier eine berufliche Umgebung. Du bezahlst mich dafür, dass ich einen Job erledige und das werde ich tun, so gut ich kann. Egal, was passiert. Ich weiß nicht, wie es mit uns weitergeht … auch wenn der Kuss eben ziemlich vielversprechend war." Brandons Lippen kribbelten immer noch.

„Mir scheint, du hast über das alles ziemlich gründlich nachgedacht", sagte Thomas.

„Es ist einfach so, dass ich nicht für Sex bezahlt werden will … und Sex bei der Arbeit ist irgendwie billig." Brandon grinste. „Ich meine, man sieht das doch immer in den Filmen. Am Ende wird immer klar, dass es dumm war, also, das will doch niemand." Er stieß Thomas in die Schulter. „Außerdem, möchtest du, dass deine Mutter hier reinkommt und dich mit nacktem Hintern in deinem Büro überrascht, während du –" Brandon verstummte aus mehreren Gründen – hauptsächlich wegen des absolut schockierten Ausdrucks auf Thomas' Gesicht und der Art, wie bei Brandons Worten ein Zittern durch ihn lief. Außerdem

81

spürte Brandon, dass er rot geworden wäre, wenn er weitergeredet hätte und er hatte verflixt noch mal genug davon, dass ihm das andauernd passierte.

„Genug geredet." Thomas rollte mit den Augen und beugte sich zu ihm. „Außerdem, jetzt ist doch Mittagspause." Thomas berührte sanft sein Kinn und Brandon wandte sich gerade so zu ihm um, dass Thomas sein Gesicht zu sich drehen und ihn küssen konnte. Er schmeckte das würzige, sahnige Dressing und als der Kuss tiefer wurde, schien er Thomas dadurch noch intensiver zu spüren. Blind legte Brandon seine Gabel hin. Er hoffte, dass er den Tisch nicht beschmierte, aber zugleich war es ihm ziemlich egal. Das konnte er später alles saubermachen. Es juckte ihn in den Fingern, Thomas zu berühren und er schlang einen Arm um seinen Hals und überließ sich vollständig diesem Kuss, der sich so total richtig anfühlte.

Plötzlich war er nicht mehr hungrig, jedenfalls nicht, was Essen betraf. Thomas schmeckte besser als irgendetwas anderes und Brandon sehnte sich danach, mehr von ihm zu bekommen. Aber er hatte selbst die Regeln aufgestellt und er würde sich daran halten – nicht, dass es leicht werden würde, wenn er den ganzen Tag der Anziehungskraft dieses Mannes ausgesetzt war. Brandon drehte sich weg und löste seine Arme und Hände von Thomas. Jetzt, da er wusste, dass Thomas ihn auch wollte, würde es schwierig sein, die Distanz zu wahren. Aber es musste sein … für jetzt.

„Los, iss dein Mittagessen", schimpfte Brandon zum Spaß, dann atmete er tief ein, um seinen Kopf freizubekommen und den Drang niederzukämpfen, auf der Stelle über Thomas herzufallen.

„Langsam angehen lassen, aha", sagte Thomas atemlos.

Brandon nickte. „Genau. Langsam." Wie zur Hölle er das durchhalten sollte, wusste er nicht, aber er hatte es selbst vorgeschlagen – hauptsächlich, weil er dachte, dass dies das war, was Thomas selber wollte.

„Irgendwie habe ich das Gefühl, dass du nicht viele Sachen langsam angehst", scherzte Thomas und Brandon verengte die Augen.

„Das war gemein", sagte Brandon, bevor er sich zurückhalten konnte. „Mein Dad hat mir immer gesagt, dass ich alles zu schnell mache. Mach langsam, lass dir Zeit, mach es richtig." Er hatte das so oft gehört, dass es ihn heute wirklich belastete. In seinem Kopf waren diese Worte praktisch gleichbedeutend damit, dass er etwas falsch machte.

„Was, bitte?", fragte Thomas verwirrt. „Du bist unglaublich effizient und bis jetzt hast du alles viel schneller und besser erledigt, als ich erwartet habe. Warum ist das gemein?"

Brandon wandte sich verlegen ab. Es war ihm peinlich, dass er falsch reagiert hatte. „Ich versuche einfach, die Dinge gleich beim ersten Mal richtig zu machen. Auf die Art geht alles schneller, weil man die Sachen nicht noch einmal machen muss." Er hatte wirklich kein Interesse daran, davon zu erzählen, wie es gewesen war, mit seinem ungeduldigen, selbstgerechten Vater aufzuwachsen.

„Ich wollte dich überhaupt nicht beleidigen. Ich wollte nur sagen, dass du Energie hast und dich voll engagierst, wenn du etwas machst." Thomas wandte sich wieder seinem Essen zu und Brandon wünschte, er hätte den Mund gehalten. Nun hatte er das Gefühl, etwas erklären zu müssen.

„Erinnerst du dich an meine Eltern oder kanntest du sie?", fragte Brandon. Sie waren ungefähr in Thomas' Alter, vielleicht zehn Jahre älter.

„Ich glaube, ich habe sie ein paar Mal getroffen, als ich noch jünger war. Deine Mom war eine schöne Frau, wenn ich mich richtig erinnere."

„Ja, und mein Vater war super hässlich", grummelte Brandon.

Thomas lehnte sich zurück und sah ihn an, mit einem Blick, der sagte *okay, erklär mir das.*

„Sein Charakter war hässlich."

„Verstehe", sagte Thomas.

Brandon schüttelte den Kopf. „Wie könntest du?" Er seufzte. „Okay … in der Schule haben wir gelernt, dass es in einem Gespräch immer um drei Dinge geht: was du willst, wann du es willst und wie du es erreichst. Mein Vater wollte immer, dass alles genau so gemacht wurde, wie er es wollte und wann er es wollte, und außerdem wollte er nie etwas selbst machen, deshalb war niemals etwas richtig. Es machte mich nervös. Also versuchte ich, die Dinge schneller zu tun, damit ich eine Chance hatte, noch zu ändern, was ihm nicht gefiel. Es war echt ätzend. Ich war nicht der Sohn, den er haben wollte und ich wurde auch nicht Arzt, wie er es sich vorgestellt hatte. Und dann hatte ich noch die Frechheit, ihm zu sagen, dass ich schwul bin. Danach hat er sich von mir abgewandt – was ihm meine Grandma nie verziehen hat. Das wird sie wohl auch nie tun." Gott sei Dank hatte er sie gehabt. Das hatte ihm geholfen, nicht den Verstand zu verlieren, als um ihn herum alles aus den Fugen geriet.

„Dein Vater ist Zahnarzt, oder?"

„Ja. Er hat mich immer an den Zahnarzt aus *Der kleine Horrorladen* erinnert. Ich schwöre, der Mann liebt es, anderen Schmerzen zuzufügen, wo er nur kann." Brandon wandte seine Aufmerksamkeit wieder dem Essen zu und ging mit der Gabel auf seinen Salat los, um irgendwie seine Energie abzuleiten. Er hasste es, über seinen Vater zu reden und wünschte, er würde einfach verschwinden.

„Ich wollte dich nicht ärgern."

Brandon ließ die Gabel sinken. Er fühlte sich mies. „Ich weiß. Ich hätte nicht davon anfangen sollen." Dieser ganze Kram mit seiner Familie tat ihm mehr weh, als er zugeben wollte. Seine Eltern hätten ihn bedingungslos lieben und unterstützen sollen und stattdessen gaben sie ihm das Gefühl, nie gut genug zu sein und ihren lächerlichen Standards nicht zu genügen. „Alles, was meinen Vater interessiert, ist, wie es für ihn selbst aussieht oder für seine Praxis oder wie er von etwas betroffen ist. Alle anderen interessieren ihn nicht." Brandon trug sein Geschirr zum Spülbecken und räumte es in den Geschirrspüler. Er seufzte und sah Thomas nicht an. „Ich hätte dir das nicht erzählen sollen. Das war nicht professionell von mir. Für so was bin ich nicht hier. Das hier ist meine Arbeitszeit und ich sollte sie nicht dazu nutzen, meinen Familienmist bei dir abzuladen." Brandon war hier, um Thomas zu helfen, nicht dazu, ihn noch zu belasten oder um Hilfe zu bitten. Brandons Eltern waren Brandons Problem, nicht das von Thomas.

Brandon hatte das Geschirr fertig eingeräumt und schloss nun die Behälter, um den Rest des Essens wieder in den Kühlschrank zu stellen. Er hielt inne, als er Thomas' Hände auf seinen Schultern fühlte.

„Es gibt nichts, wofür du dich entschuldigen müsstest. In New York habe ich in einem Büro mit Dutzenden von Leuten zusammengearbeitet und jeder einzelne von ihnen hat sich um mich gekümmert. Sie machten, was ich von ihnen wollte, und alle haben auf mich geschaut, ob ich etwas brauchte. Ich kannte alle ihre Namen, aber das war bei den meisten auch alles. Ich hielt immer Distanz. Und wirklich gekannt habe ich niemanden außer Blaze und Marjorie. Es war ein einsames, isoliertes Leben. Ich habe gearbeitet, ich erwartete, dass die anderen arbeiteten, und als der Druck zu viel wurde und mein Körper gestreikt hat, sagten die Ärzte, ich müsste den Stress reduzieren und mein Leben ändern. So bin ich hierhergezogen und wenn ich auf mich allein gestellt gewesen wäre, wäre ich wahrscheinlich längst schon wieder in diese alten Muster zurückgefallen."

„O-kay." Brandon war nicht sicher, was Thomas ihm sagen wollte.

„Du hast keinen Grund, dich zu schämen, nur weil du von deiner Familie erzählt hast. Du weißt genug von meiner. Ich wette, dafür hat meine Mutter schon gesorgt."

Brandon lachte. „Sie ist eine Naturgewalt."

„War sie immer. Ich glaube, es gab Momente, da hat der Wind aufgehört zu wehen, einfach, weil sie es so wollte." Thomas seufzte. „Ich muss für eine Weile zurück an die Arbeit. Dieses Projekt ist komplizierter, als Blaze meint. Ich habe ein paar Pläne und so weiter, die zur Post müssen und außerdem eine Liste von Büroartikeln, die ich brauche."

Brandon nickte, und nachdem er sich um das Geschirr gekümmert hatte, ging er in Thomas' Büro, um die Liste zu holen. Dann verließ er das Haus, um alle Aufträge zu erledigen.

AN DIESEM Abend saß Brandon in der Küche bei einer Tasse Kaffee und ging seine Aufgaben für den nächsten Tag durch. Dabei lauschte er den Geräuschen von oben, wo Thomas hin und her ging. Er wollte sich gerade auf den Weg nach Hause machen, als er Thomas oben an der Treppe hörte. Er kam herunter und Brandon hielt inne, als Thomas in die Küche trat.

„Ich muss jetzt nach Hause."

„Natürlich." Thomas schien unschlüssig und leicht verwirrt, aber dann kam er rüber an den Tresen, wo Brandon saß, schlang die Arme um ihn und küsste ihn so leidenschaftlich, dass der Hocker beinahe umgefallen wäre. Es gab keinen Zweifel, wie Thomas in diesem Moment fühlte und die Befürchtungen, die Brandon am Nachmittag heimgesucht hatten, flogen einfach zum Fenster hinaus. „Ich dachte mir, also, wenn du keine anderen Pläne hast, dass wir am Samstag zusammen essen gehen könnten? Keine Arbeit, keine Gespräche über die Arbeit, nur ein nettes Abendessen."

„Du meinst ein Date?", fragte Brandon lächelnd.

„Ja." Thomas beugte sich vor, die Hände auf Brandons Schultern gelegt. „Ich habe Zeit gehabt, darüber nachzudenken und das ist genau das, was ich meine. Du warst den ganzen Tag so vorsichtig, bist wie auf Zehenspitzen um mich herumgegangen, als ob du unsicher bist, was ich als Nächstes tun werde und … Ich habe mich gefragt, wie ich mich verhalten soll, damit ich nicht wie ein geiler alter Sack rüberkomme."

„Du bist kein alter Sack –"

„Ich bin älter als du und ich habe nicht vor, die Fehler, die ich in der Vergangenheit gemacht habe, zu wiederholen." Thomas schluckte hart. „Also, ich möchte dich am Samstagabend zum Dinner und ins Kino oder so einladen. Keiner von uns beiden wird an dem Tag arbeiten; wir können einfach zwei Menschen sein, die zusammen ausgehen. Ist das okay?" Thomas sah ihn unsicher und zugleich voller Hoffnung an.

Brandon grinste. „Das wäre sehr schön."

Ein Date. Ein echtes Date. Brandon fragte sich, wie ein Date mit Thomas wohl sein würde und wie er es bis Samstag aushalten sollte, ohne vor Aufregung in tausend Stücke zu zerspringen.

7

DIE WOCHE war gut gelaufen und Thomas hatte sein Bestes getan, locker zu bleiben und sich nicht wegen allem verrückt zu machen, was im Büro passierte. Er verbrachte viel Zeit mit Blaze am Telefon. Sie besprachen jene Punkte, an denen Thomas bei jedem Projekt beteiligt sein würde, damit sichergestellt war, dass alles nach Plan lief. Manchmal würde er auch dazu gerufen werden, wenn seine Hilfe gebraucht wurde. Aber ansonsten würde Blaze als sein Seniorprojektleiter die Führung übernehmen, sodass Thomas sich aus dem Tagesgeschäft mehr oder weniger heraushalten konnte.

„Ich will weiterhin auf dem Laufenden sein, was Einstellungen und Kündigungen angeht." Da war Thomas eisern. Er hatte ein fantastisches Team aufgestellt und wollte, dass das so blieb.

„Natürlich", sagte Blaze. „Wir werden außerdem jeden Montag ein Meeting über Allgemeines abhalten und an den Donnerstagen eines zum Thema Probleme und Lösungen bei Einzelprojekten. So bleibst du informiert."

„Sehr gut. Aber ich will kein Kasperltheater. Wenn ich den Eindruck habe, dass diese Meetings inszeniert und bis ins Kleinste vorbereitet sind, steige ich in den nächsten Flieger nach New York und trete euch in den Hintern." Thomas hielt inne. „Und du weißt, bei wem ich anfangen werde." Blaze war zwar sein bester Freund, aber er war auch leitender Angestellter seiner Firma, und da legte Thomas die strengsten Maßstäbe an. Das wusste Blaze.

„Geht klar", sagte Blaze und wurde dann still.

„Was ist los?" Thomas wusste, was dieses Zögern bedeutete.

„Der Swanson Deal …", sagte Blaze. „Ich weiß nicht, was da los ist und vielleicht ist ja auch alles bestens, aber … Es war alles völlig unproblematisch und jetzt gibt es plötzlich Unklarheiten. Nichts Großes, aber … ich kann nicht genau sagen, was es ist. Vielleicht bilde ich mir da nur etwas ein. Wenn irgendwas Konkretes passiert, sage ich dir sofort Bescheid. Ich weiß nicht … ist nur so ein Bauchgefühl."

„Ich bezahle dich auch für dein Bauchgefühl. Halt mich auf dem Laufenden."

THOMAS VERBRACHTE den Samstagmorgen mit seinen Eltern. Er half ihnen mit Dingen, die im Haus zu tun waren. Seine Mom war langsamer geworden, das war deutlich zu merken. Sie kochte immer noch zu viel und machte sich um ihn zu viele Sorgen, und als er mit ihr zum Einkaufen fuhr, hatte sie ihre Einkaufsliste vergessen und konnte sich nicht richtig erinnern, was darauf gestanden hatte. Klar, das hieß noch nicht, dass sie ein ernsthaftes Problem hatte, außer, dass sie älter wurde, aber er machte sich Sorgen. Am Ende rief er seinen Vater an, der die Liste fotografierte und ihm das Bild schickte.

„Soll ich vielleicht mal Brandon fragen, ob er bereit wäre, euch auszuhelfen? Er ist sehr organisiert und macht alles super."

Seine Mutter sah ihn an, als wäre er verrückt geworden. „Ich weiß, dass du beschäftigt und wichtig bist und Assistenten brauchst und so weiter." Sie war mitten im Gang mit den Konservendosen im Supermarkt stehengeblieben, die Hände in die Hüften gestemmt. „Brandon ist ein netter Junge, aber ich will niemanden, der meine Angelegenheiten für mich erledigt und meine Einkäufe für mich macht." Sie schüttelte den Kopf. „Ich werde langsamer, aber ich bin noch nicht auf dem Weg ins Grab."

Thomas hob die Hände. Das Letzte, was er wollte, war ein Streit. „Ich wollte nur anbieten, dass er dir vielleicht helfen kann. Er geht für mich zu Costco und er könnte euch einfach etwas mitbringen, wenn er geht."

Sie sah ihn böse an. „Ich werde es mir überlegen." Sie ließ die Hände sinken, drehte sich um und marschierte durch den Gang davon.

Lieber Gott, er war es gewöhnt, komplizierte Immobiliengeschäfte zu steuern, aber mit seiner Mutter einkaufen zu gehen, das hatte mehr Tücken.

„Datest du im Moment jemanden?", fragte sie ein paar Minuten später. Schon wieder ein neuer Fallstrick für ihn.

„Nein." Das war technisch gesehen die Wahrheit. Brandon und er würden heute Abend das erste Mal miteinander ausgehen, also datete er niemanden … nicht in diesem Moment. Ja, okay, er war nicht ganz ehrlich, aber er wollte nicht, dass sich seine Mutter in sein Privatleben einmischte.

„Wie geht's Collin? Ich habe diese Woche ein paar Minuten mit ihm gesprochen, aber wir bekamen beide weitere Anrufe und mussten das Gespräch abbrechen." Er lächelte und seine Mutter runzelte die Stirn. Sie wusste, dass er sie an die Sache mit Karla erinnern wollte.

„Verschon mich mit deinem zuckersüßen Lächeln." Sie wandte sich ab und ging weiter. „Ich bin deine Mutter und ich kenne dich."

Thomas ging hinter ihr her. „Weißt du, ich bin gekommen, um ein wenig Zeit mit dir zu verbringen. Nicht um in den Supermarkt zu gehen." Er war wahrscheinlich seit zehn Jahren nicht in einem solchen Geschäft gewesen.

„Wir verbringen Zeit miteinander, nicht wahr, und du hilfst mir, also …?" Sie schien ganz besonders schlecht gelaunt zu sein und er sah, dass sie noch langsamer ging und ihre rechte Seite schonte. „Wie auch immer, ich möchte, dass meine Söhne glücklich sind –"

„Nun, Collin ist glücklich, jetzt, wo Karla weg ist." Thomas war bewusst, dass er es seiner Mutter nicht leicht machte, aber es war wichtig, dass sie sich aus seinem Liebesleben heraushielt. „Weißt du eigentlich, dass sie ihm das Geld zugeteilt hat? Sie kontrollierte die gesamten Finanzen und –"

„Ja, weiß ich. Sie behauptet jetzt, dass alles Geld auf der Bank ihr gehört. Ich habe deinem Bruder dabei geholfen, eine gute Anwältin zu engagieren. Sie ist fantastisch. Ich habe sie bei einem Treffen der Frauenvereinigung in der Kirche kennengelernt." Seine Mutter blieb stehen und wandte sich zu ihm um. Flüsternd fügte sie hinzu: „Sie ist eine totale Hexe. Die ganze Zeit will sie uns ihre Ideen aufzwingen und wir anderen kommen kaum jemals zu Wort. Also, sie ist perfekt, um sie Karla auf den Hals zu hetzen. Sie wird sie in Stücke reißen." Seine Mutter kaufte weiter ein und Thomas tat sein Bestes, um zu helfen. Aber es schien, dass sie einfach nur Gesellschaft wollte. „Glaubst du, dass Brandon einsam ist?" Sie legte ein paar Dosen Bohnen und Mais in den Einkaufswagen. „Er ist wirklich ganz reizend und es gibt da ein paar junge Männer, die ich getroffen habe im …" Sie klopfte auf den Griff des Einkaufswagens. „Ach ja, im Toasted Bean. Die waren sehr nett und ungefähr in seinem Alter."

„Mom. Keine Kuppelspiele. Nicht für mich und auch nicht für irgendjemanden, der für mich arbeitet." Langsam wurde ihm das alles zu viel. „Lass es einfach. Jeder ist wunderbar in der Lage, sein Liebesleben selbst zu regeln." Er war unabsichtlich lauter geworden und ein paar andere Kunden im Gang drehten sich zu ihm um.

Seine Mutter schaubte und rollte mit den Augen, dann sagte sie: „Lass uns hier fertig werden. Ich werde nicht jünger." Sie suchte ihre restlichen Einkäufe zusammen, sehr viel flotter jetzt, und stellte sich in die Schlange an der Kasse. Thomas gab dem Kassierer seine Kreditkarte und nachdem die Einkäufe bezahlt waren, trug er sie hinaus zum Auto.

Als sie zu Hause ankamen, räumte sie alles weg und Thomas ging seinen Vater suchen. Er fand ihn in seiner kleinen Werkstatt im Schuppen im Garten.

„Hier versteckst du dich also?", fragte Thomas seinen Vater, sobald die Tür geschlossen war. Er seufzte. „Mom braucht mehr Hilfe, als ich gedacht habe. Ich nehme an, hierhin verschwindest du, wenn du ein paar Minuten für dich brauchst."

„Ja." Dad lehnte sich mit einem kleinen Seufzer an die Werkbank. Sägespäne landeten auf seiner Hose und seinem Hemd. Er beugte sich hinunter, um einen versteckten Kühlschrank zu öffnen. „Lust auf ein Bier?"

„Ist zu früh. Ich hab noch nicht mal zu Mittag gegessen." Thomas sah erfreut, wie sein Vater zwei Diet Cokes hervorholte. Er lehnte sich wieder an die Werkbank und gab Thomas eine Dose, bevor er die andere aufschnappen ließ. „Was möchtest du machen, während ich hier bin, Dad?"

„Wer sagt, dass wir etwas machen müssen?" Sein Vater lächelte und hob einen Pappkarton auf. Darunter kam ein kleiner Fernseher zum Vorschein. „Ich habe hier draußen alles, was ich mir nur wünschen kann. Ich liebe deine Mutter, aber manchmal brauche ich etwas Zeit für mich." Er zog zwei Stühle hervor. „Was beschäftigt dich?" Er setzte sich hin und sah Thomas interessiert an.

„Ich bin hergekommen, um mehr Zeit mit dir und Mom zu verbringen." Thomas zog sich den zweiten Stuhl heran. „Ich war so lange nur mit mir selbst und mit meiner Arbeit beschäftigt, dass ich ganz aus den Augen verloren habe, was wirklich wichtig ist." Es war hart für Thomas, zu sehen, dass seine Eltern älter geworden waren und die Kräfte seiner Mutter nachließen. Er wusste, dass er viele Jahre mit ihnen versäumt hatte und dass die Zeit, die sie jetzt noch übrighatten, begrenzt war.

„Was hast du erwartet? Dass wir zwei unsere Tage in Schaukelstühlen auf der Veranda verbringen? Wir sind beschäftigt, haben Freunde, gehen manchmal sogar zu Einladungen zum Abendessen. Deine Mutter liebt es, zu kochen. Manchmal könnte ich schwören, dass sie nur dafür lebt." Dad klopfte sich auf den Bauch. Er war eindeutig jahrelang Nutznießer dieser Leidenschaft gewesen.

„Ich weiß nicht." Thomas seufzte und nahm einen Schluck aus seiner Dose.

„Ich denke, du bist es, der sich verändert hat. Findest du neue Freunde und triffst Leute?"

„Ich habe heute Abend ein Date", sagte Thomas und sein Vater nickte und kratzte sich leicht den ergrauten Kopf. „Aber ich will nicht, dass Mom davon erfährt."

„Kluger Junge. Sie würde sich schneller einmischen, als du *Hello, Dolly* sagen kannst." Sein Vater kicherte und seufzte dann. „Es ist langsam Zeit, dass du über all diesen Unsinn mit Angus hinwegkommst. Er war ein echter Mistkerl."

„Dad!" Sein Vater fluchte nie. Es war seine Mutter, die einen Seemann zum Erröten bringen konnte mit ihren Flüchen; von ihr hatte Thomas als Junge jedes Schimpfwort unter der Sonne gelernt. Gott, die Frau konnte fluchen wie ein Kutscher.

„Es ist ja nur die Wahrheit. Er war ein berechnender kleiner Betrüger und ich war froh, als du ihn in die Wüste geschickt hast. Und das andere … nun, am Ende ist ja alles gut gegangen, aber du hast uns wirklich den Schrecken unseres Lebens eingejagt." Sein Vater stellte die Dose auf der Werkbank ab und beugte sich vor. „Mit wem hast du dein Date?"

Thomas zögerte.

Sein Vater schüttelte den Kopf. „Es ist keine gute Idee, sich mit Leuten einzulassen, mit denen man arbeitet."

„Ich weiß. Aber es ist Brandon, Thelmas Enkel", gestand Thomas. „Er ist etwas Besonderes, Dad. Brandon versteht mich; er versteht, was ich brauche."

„Na gut, aber lass es ja langsam angehen."

„Das hat Brandon auch gesagt." Und er hatte nicht unrecht damit gehabt. „Also, wir gehen heute Abend miteinander aus. Erst Dinner, dann ins Kino. Ganz altmodisch." Thomas fing den Blick seines Vaters auf. „Ob du es glaubst oder nicht, ich habe weniger Sorge, dass Brandon irgendetwas bei der Arbeit machen könnte, so wie Angus, als davor, dass er woanders eine Chance bekommt und gehen wird. Er ist intelligent und begabt. Brandon kann es wirklich weit bringen … und ich bin beinahe vierzig."

Sein Vater verdrehte die Augen. „Warte, bis du auf die Siebzig zugehst, dann reden wir weiter. Schau mal, mein Sohn, du kannst machen, was immer du willst, aber bitte sei vorsichtig. Die Sache mit Angus hat dich beinahe umgebracht und deine Mutter und ich sind dabei in ein paar Wochen um zehn Jahre gealtert. Keiner von uns möchte so etwas noch einmal erleben." Er klopfte auf Thomas' Bein. „Davon abgesehen möchte auch keiner von uns, dass du unglücklich bist. Also folge deinem Herzen, nur sei vorsichtig." Er stieß die Luft aus und lachte leise. „Verdammt, ich klinge wie einer von diesen Hallmark Filmen, die deine Mutter immer guckt."

Thomas musste lachen. „Ich weiß, was ich will, Dad. Ich hatte bisher nur nicht das Glück, es zu finden."

„Nein. Vielleicht weißt du, was du willst – diese Begabung scheinst du immer gehabt zu haben –, aber du hast nie danach gesucht und deshalb hat dich die Person, die du brauchst, nie gefunden. Die Liebe plumpst einem nicht einfach so in den Schoß wie eine Saloon-Lady in einem alten Western. Du musst danach suchen, sie dann erkennen, wenn sie da ist, dich anstrengen und dich um sie bemühen, damit sie wachsen kann. Nicht einfach nur hoffen, dass von Anfang an alles großartig ist."

„Super Metapher, Dad", sagte Thomas mit todernstem Gesicht. Dann grinste er. „Du solltest Grußkarten entwerfen oder so was."

„Hör auf." Zum Glück hatte sein Vater Humor. „Aber ich habe recht. Du hast jahrelang nur gearbeitet und sonst fast nichts gemacht, und als Angus auftauchte und sich um dich bemüht hat, war das bequem und du hast dich auf jemanden eingelassen, der nicht der Richtige war."

„Ich weiß, Dad. Danach habe ich mich von allen Menschen ferngehalten und noch mehr gearbeitet." Und das war ihm so verdammt gut bekommen. Thomas war auf dem besten Weg, Magengeschwüre zu bekommen, und nahm

Medikamente gegen Bluthochdruck, weil er jahrelang so hart gearbeitet und so viel für seine Firma getan hatte.

„Ja. Aber nun bist du hier, machst ein bisschen weniger und willst dir ein anderes Leben aufbauen. Also mach das auch. Wenn ich dir einen Rat geben soll, sei vorsichtig, aber geh raus und mach was aus dieser Chance. Deiner Mutter und mir geht es gut. Wir haben keine Geldsorgen und wir sind glücklich. Niemand kann seine Gesundheit für immer erhalten ..." Sein Vater brach ab.

„Was ist?"

Dad seufzte. „Ich möchte mit deiner Mutter nach Australien. Da wollte sie schon immer hin. Es ist eine lange Reise, aber ich möchte mit ihr wirklich dorthin reisen, so lange wir es noch können."

Thomas grinste. „Dann mach das. Ich lade euch ein. Buch die Flüge, die Tour, die ihr machen wollt – Mann, fliegt nach Hawaii, bleibt eine Woche und fliegt dann von dort aus weiter. Habt ihr Lust, eine Kreuzfahrt um den Kontinent zu machen?" Er begegnete dem Blick seines Vaters und sah, dass Tränen über seine Wangen liefen. „Legt los und überlegt euch, was ihr möchtet, und dann sagt es mir." Seine Eltern hatten ihn nie um irgendetwas gebeten. Er war glücklich, dass er das hier für sie tun konnte. „Plant alles, dann besprechen wir es und buchen die Reise."

„Aber das geht nicht so einfach. Wenn wir verreisen, kannst du dich dann um die Hunde kümmern?"

Das Problem waren also die Hunde? Sein Dad machte sich Sorgen um die verflixten Hunde?

Thomas schüttelte den Kopf. „Das kann ich nicht. Brandon arbeitet von meinem Haus aus und er ist hochallergisch gegen Tiere. Er bekam schwere Atemprobleme, als er nur mal für zehn Minuten in eurem Haus war. Und da mein Haus sein Arbeitsplatz ist ... Nein, das geht nicht. Aber wir werden uns etwas überlegen." Meine Güte, er würde die kleinen Knirpse nach New York schicken lassen und Marjorie würde sich um sie kümmern. Sie liebte Hunde. „Lasst euch davon nicht aufhalten."

Sein Dad lächelte, sein Gesichtsausdruck unergründlich, und Thomas fragte sich, worüber sich sein Vater so freute, abgesehen vom Offensichtlichen. „Mein Sohn ...", seufzte er leise. „Du kannst also die Hunde nicht für sechs oder acht Monate übernehmen, weil dein Assistent, der, mit dem du heute Abend ausgehst, allergisch ist."

„Na ja. Ja." Zugegeben, er konnte nicht wissen, ob Brandon so lange für ihn arbeiten würde, aber er würde sich nicht verpflichten, die Hunde zu nehmen, wenn Brandon möglicherweise doch da war.

„Wann ist es das letzte Mal vorgekommen, dass du dir von jemand anderem hast sagen lassen, was du tun sollst?" Sein Vater zog die Brauen hoch.

„Du hast nicht zugelassen, dass Collin vorgibt, was in deiner Wohnung passiert. Weißt du noch die Woche, als deine Mutter und ich bei dir zu Besuch waren? Collin machte dermaßen Theater, als er mitbekam, dass wir nicht in einem Hotel wohnten, aber du hast keinen Millimeter nachgegeben und ihm gesagt, er solle doch in den nächsten See springen, wenn es ihm nicht gefällt. Ich weiß, es ist nicht dasselbe, aber du machst bereits Zugeständnisse für Brandon in deinem Leben." Sein Dad nickte langsam. „Dieser Mann muss wirklich etwas Besonderes sein."

„Das ist er, Dad. Ich glaube wirklich, das er das ist." Thomas blinzelte und stand auf, um in dem kleinen Raum auf und ab zu gehen. „Und ich versuche, alles richtig zu machen und dafür zu sorgen, dass daraus etwas wird, so lange ich Gelegenheit habe, dafür zu sorgen." Gott, das war ein verwickelter Gedankengang. „Verstehst du, was ich sagen will?"

„Ich verstehe es." Sein Vater trank seine Coke aus und warf die Dose in den Müll.

Thomas setzte sich wieder hin und trank seine Dose ebenfalls leer. Dann verabschiedete er sich von seinem Vater und ging ins Haus, um seiner Mutter einen Kuss auf die Wange zu geben, bevor er nach Hause fuhr.

Am Nachmittag schaute er sich ein Baseballspiel an und die Rockies gewannen. Dann duschte er und zog sich etwas Schickes, aber nicht zu Übertriebenes an, um mit Brandon essen zu gehen. Er wartete darauf, dass sein Handy klingelte, aber es blieb stumm. Schließlich beschloss er, die günstige Gelegenheit beim Schopf zu packen, und fuhr zu Brandons Großmutter.

Als er an die Haustür kam, drang eine tiefe Männerstimme nach draußen. „Ich weiß nicht, wie du so leben kannst und wieso du darauf bestehst, das alles noch zu unterstützen! Das muss aufhören und er muss endlich Hilfe annehmen."

Thomas klopfte.

„Das hier ist mein Haus und du kannst gehen, wenn du nicht höflich sein kannst." Das war Thelma.

Thomas klopfte wieder und die Stimmen verstummten. Einige Sekunden später wurde die Tür von einer Frau geöffnet, die vielleicht zehn Jahre älter war als er.

„Kann ich Ihnen helfen?", fragte sie nervös.

„Thomas, bitte kommen Sie herein", sagte Thelma und er nickte und ging hinein. Thelma war blass und Brandon sah beinahe grünlich aus, so, als ob ihm speiübel wäre.

„Du weißt, wie ich darüber denke, Mutter", sagte ein Mann mit Brandons Kieferpartie und derselben Intensität im Blick.

„Weißt du", sagte Thelma und stand vom Sofa auf, „mir ist vollkommen egal, was du über irgendetwas denkst." Sie schüttelte den Kopf. „Wie kann es sein, dass ich ein solch scheinheiliges Arschloch großgezogen habe?" Anscheinend war diese Auseinandersetzung wichtig genug, um vor einem Fremden ausgetragen zu werden. Thelma sah aus, als würde sie gleich anfangen Feuer zu spucken, also blieb Thomas in sicherem Abstand an der Tür stehen. „Thomas, mein Sohn und seine Frau waren gerade dabei, zu gehen."

„Dieses Gespräch ist nicht beendet", sagte Brandons Vater.

„Doch, das ist es", stellte Brandon fest. „Ich bin ein erwachsener Mensch mit einem eigenen Leben und es gibt nichts, was du dagegen tun könntest." Er kreuzte die Arme vor der Brust. „Es ist mir gleich, was die Leute bei deinen Logentreffen sagen oder bei irgendwelchen kirchlichen Gruppen, die du vielleicht leitest." Ein fast manischer Ausdruck trat auf sein Gesicht. „Du hast hier keine Macht. Hinfort mit dir … bevor jemand ein Haus auf dich fallen lässt."

Thomas grinste. „Tolles Zitat", sagte er und fing Brandons Blick und den Ansatz eines Lächelns von ihm auf.

„Und Sie sind?", fragte Brandons Vater. „Einer von Brandons *Freunden*? Sind Sie nicht ein wenig zu alt, um –"

„Phillip", warnte Brandons Stiefmutter.

„Woher soll ich wissen, was Brandon jetzt treibt? Vielleicht hat er sich so das College verdient?" Phillips Augen waren hart und voller Hass, und Thomas kam es vor, als ob ein kalter Lufthauch von ihm ausging.

Brandon war bleich geworden.

„Thomas Stepford", sagte Thomas. Er stellte sich sehr aufrecht hin. Die Hand bot er Brandons Vater nicht an. Dies war nicht jemand, den er kennenlernen wollte. „Und Sie wurden gebeten, zu gehen." Er öffnete die Haustür und hielt sie auf. „Ich würde vorschlagen, das tun Sie jetzt."

„Ich bin noch nicht fertig hier."

Thomas fixierte Brandons Vater mit eisigem Blick. Dies würde hässlich werden. „Schauen Sie, entweder tun Sie jetzt, worum man Sie gebeten hat, und gehen oder ich werde jetzt den Müll raustragen und das bedeutet, ich werde Ihren dämlichen Arsch in eine Abfalltonne stopfen und auf die Straße werfen." Er hatte nicht vor, einen Idioten mit Napoleon-Komplex mit solch einem Verhalten durchkommen zu lassen. Brandon hatte nur gesagt, dass sein Vater ihn nicht unterstützte, aber dass der Mann gegenüber seinem Sohn und seiner Mutter eine solche Feindseligkeit an den Tag legte, war unerträglich. „Wird's bald", sagte Thomas mit Nachdruck.

Er wartete, und dann ging Brandons Vater an ihm vorbei, das Gesicht krebsrot. Thomas machte einen kleinen Ausfallschritt nach vorn. Brandons Vater erschrak und quiekte wie ein Handtaschenhündchen. Es war wunderschön.

Thomas schloss die Tür hinter Brandons Stiefmutter und Thelma wandte sich ihm zu.

„Das Ganze tut mir sehr, sehr leid. Aber vielen Dank." Sie nahm seine Hand. „Mein Sohn hat sich wirklich zu einem Ekel entwickelt." Sie seufzte. „Was habe ich nur falsch gemacht?"

„Grandma." Brandon umarmte sie und führte sie zu ihrem Sessel. „Ruh dich aus. Dad ist die meiste Zeit ein Idiot. Er will einfach immer über alles bestimmen. Alles andere scheint ihn nicht zu interessieren." Brandon trat zurück. „Soll ich dir vielleicht einen Tee machen?"

„Nein. Ihr zwei macht euch auf den Weg. Heute wird Phillip nicht mehr zurückkommen und ihr lasst euch von ihm nicht eure Pläne kaputtmachen." Sie versuchte ganz offensichtlich, das Geschehene hinter sich zu lassen, um Brandons willen, aber Brandon wich nicht von ihrer Seite. Thelma streichelte seine Hand. „Es ist in Ordnung, Liebling. Du weißt ja, dein Vater ist einfach ein Dummkopf ersten Ranges." Sie schnalzte mit der Zunge. „Ich schwöre, ich habe ihn nie auf den Kopf fallen lassen, aber wenn ich das getan hätte, dann wäre er vielleicht ein netterer Mensch geworden."

„Grandma", sagte Brandon und schlug erschrocken die Hand vor den Mund. „Er ist –"

Sie nahm Brandons Hand. „Er ist mein Sohn, aber ich habe ihn nicht dazu erzogen, ein scheinheiliger Fanatiker zu sein. Dafür ist er selbst verantwortlich. Nun geht los und amüsiert euch schön. Dein Vater hat mir nichts zu sagen und du solltest dir auch nichts von ihm sagen lassen." Sie lächelte und Brandon bekam langsam wieder etwas Farbe. „Also, los."

„Okay", nickte Brandon. „Aber ruf mich an, falls er wiederkommt oder wenn du etwas brauchst."

Sie verdrehte die Augen. „Mir geht's wunderbar und mit deinem Vater komme ich selber klar. Wie du gesagt hast, er hat hier keine Macht."

Brandon umarmte sie. Thomas wartete ein paar Minuten, bis Brandon sich zum Gehen bereit gemacht hatte. Dann verließen sie das Haus.

„Entschuldige noch mal. Mein Dad hat einen Kontrollzwang. Grandma sagt, sie habe ihn als Kind zu sehr verwöhnt und dass er es deshalb gewohnt ist, immer zu bekommen, was er will … und wenn nicht, wird er unangenehm."

„Und deine Stiefmutter?", fragte Thomas, während er die Beifahrertür für Brandon öffnete. Er schloss sie hinter ihm und ging dann um den schwarzen BMW herum, um selbst einzusteigen.

„Keine Ahnung, wie die das aushält." Brandon zuckte die Schultern. Thomas startete den Motor. Die Klimaanlage sprang an und kühlte die Temperatur im Wagen herunter. „Ich kann nicht glauben, dass er dachte, du bezahlst mich."

„Na ja, das tu ich doch", scherzte Thomas. „Wenn vielleicht auch nicht auf die Art, die er gemeint hat, der verdorbene alte Knacker."

„Ja … aber … er hat praktisch gesagt, dass ich mir das College als Hure verdient habe." Es schüttelte Brandon in seinem Sitz. „Ich weiß, das ist einfach die Art, wie er versucht, jede Auseinandersetzung und jeden Streit zu gewinnen. Er hat selbst eine sehr dünne Haut und wenn er sich angegriffen fühlt, fährt er immer gleich das volle Geschütz auf. Es ist so peinlich. Die meisten Menschen geben dann gleich auf und geben ihm, was er will, nur damit er sie in Ruhe lässt."

„Dann funktioniert es ja", sagte Thomas. „Er bekommt genau, was er will, und macht immer lustig so weiter." Er grinste teuflisch. „Bei mir wird das leider nicht funktionieren. Ich habe Möglichkeiten, von denen er nur träumen kann." Thomas war bereits dabei, Strategien dafür auszuarbeiten, wie er das Leben für Phillip so richtig ungemütlich machen konnte. Angefangen mit den verschiedenen Aufsichtsgremien, die er auf ihn ansetzen konnte. Er war kein Chorknabe und konnte mit harten Bandagen kämpfen, wenn es nötig war. „Okay, wie wäre es, wenn wir jetzt über etwas anderes reden?" Thomas streckte die Hand aus und klopfte Brandon leicht aufs Bein. „Ich habe einen Tisch in Ryland's Steak House reserviert. Anscheinend haben sie dort das beste Essen in der ganzen Gegend."

Brandon pfiff durch die Zähne. „Das ist … Du machst nicht bloß Spaß, oder? Ich habe natürlich davon gehört, aber ich war noch nie da." Brandon lehnte sich in seinem Sitz zurück und lächelte. „Wie war es, hier aufzuwachsen und dann nach New York zu ziehen?"

„Es war ein Kulturschock, zumindest in den ersten Monaten." Thomas lächelte, als er an seine Eingewöhnungszeit zurückdachte. „Es ist laut und schnell und keiner wartet auf den anderen. Ich habe Wochen gebraucht, bis ich überhaupt schlafen konnte. Es gibt immer dieses Hintergrundrauschen. Aber ich habe es wirklich geliebt. Ich war jünger damals, ungefähr so alt wie du jetzt, und es war aufregend und neu. Ich hatte das Gefühl, ich wäre bereit, die Welt zu erobern." Thomas schüttelte den Kopf.

„Aber das war nicht der Fall?", fragte Brandon.

„Gott, nein. Aber ich hatte einen Startvorteil. Für ein paar Jahre habe ich mit Kornan Marsh gearbeitet. Er und ich hatten uns für ein paar Immobilienprojekte hier in Colorado zusammengetan. So kam ich zum ersten Mal an größere Projekte. Kornan und ich haben ein Projekt hier in der Stadt gemacht und ein paar weitere oben in Telluride. Wir hatten fantastischen Erfolg und er schlug vor, dass wir auch in New York zusammenarbeiten. Kornan merkte, dass er älter wurde und plante, in ein paar Jahren in Rente zu gehen." Thomas steuerte den Wagen auf den Parkplatz direkt zum Parkservice. Er gab dem Angestellten seine Schlüssel und sie gingen in das luxuriöse, in dunklen Farben gehaltene Restaurant und gaben der Oberkellnerin seinen Namen. Sie wurden an ihren Tisch geführt und bekamen die Speisekarten.

„Also, wie ging es weiter mit Kornan? Du kannst mich nicht in der Mitte einer Geschichte einfach hängen lassen." Brandon lächelte und es tat gut, zu sehen, dass zumindest ein bisschen von dem Stress von der Konfrontation mit seinem Vater von ihm abgefallen war.

„Als ich neu nach New York kam, hatte er noch die Leitung bei unseren Projekten, aber mit der Zeit habe ich diese Rolle übernommen. Kornan hatte noch mehr Projekte laufen als die, die wir zusammen machten, und nachdem ich die Führung übernommen hatte, war es ihm möglich, noch mehr Projekte gleichzeitig in Entwicklung zu haben. Es machte für uns beide Sinn. Als er beschloss, dass es Zeit für ihn wurde, sich zur Ruhe zu setzen, fuhr er den Bereich Immobilienentwicklung in seiner Firma herunter und ich habe viel davon übernommen."

„Hatte er keine Familie?", fragte Brandon.

Thomas schnaubte und schüttelte den Kopf. „Er hatte einen Sohn, der überhaupt nichts auf die Reihe kriegte. Er wollte einfach nur das Geld ausgeben, das sein Dad verdiente. Kornans Tochter ist Ärztin in New York, sehr erfolgreich, aber sie hat ihre eigene Karriere. Als Kornan starb, hinterließ er fast sein ganzes Vermögen seinem Sohn und seiner Tochter, aber er vermachte mir die beiden Gemälde. Sie hingen in seinem Büro. Sie waren so sehr er ..." Thomas musste schlucken. „Er war gut zu mir und wenn ich diese Bilder ansehe, sehe ich ihn." Thomas schluckte noch einmal und nahm die Speisekarte hoch. Er versteckte sich dahinter, aber, verdammt ... „Das Filet soll fantastisch sein." Thomas senkte die Speisekarte und sah, dass Brandons Blick intensiv auf ihm ruhte.

„Du wirkst immer so, als ob du alles unter Kontrolle hast. Besonders dich selbst." Brandon lächelte leise.

THOMAS WUSSTE nicht, was er sagen sollte. Er war es gewohnt, seine Emotionen zu verbergen. Bei Verhandlungen konnte es ein Nachteil sein, wenn man sich seine Gefühle anmerken ließ, also tat er das nie. „Keiner von uns hat immer alles unter Kontrolle." Er beugte sich vor. „Kornan war wie ein zweiter Vater für mich und ... er war schwul."

Brandon blieb für einen Moment der Mund offen stehen. „Wussten seine Kinder davon?"

Thomas schüttelte den Kopf. „Er kam aus einer anderen Generation, einer anderen Zeit. Er sagte mir mal, dass er fast vierzig Jahre mit seiner

Frau verheiratet war und nie fremdgegangen ist. Erst, nachdem sie gestorben war, war er frei, sich selbst richtig kennenzulernen. Ich denke, er ist mit sich ins Reine gekommen, bevor er starb, aber ich weiß nicht, ob er je mit einem anderen Mann zusammen war. Zumindest war da nie was in der Zeit, in der ich ihn kannte. Er hat mir jedenfalls nie etwas gesagt und ich möchte gern glauben, dass er das getan hätte."

„Und ihr beiden wart nie zusammen?", fragte Brandon sanft.

„Nein. Er war mehr eine Vaterfigur für mich." Thomas nahm wieder seine Speisekarte auf. „Ich habe immer gehofft, dass Kornan jemanden findet, aber ..." Thomas hob die Schultern.

„Glaubst du, er war glücklich?"

Thomas dachte einen Moment nach. „Ja. Ja, das war er. Besonders in den letzten sechs Monaten." Er versuchte, sich zurückzuerinnern, und ihm wurde klar, dass Kornan in den letzten Monaten seines Lebens anders gewesen war. Er hatte mehr gelächelt und ein Leuchten in den Augen gehabt, das vorher nicht da gewesen war. „Vielleicht hatte er etwas gefunden, das seinem Leben Sinn gab." Er wollte nicht voreilig den Schluss ziehen, dass Kornan jemanden gefunden hatte, aber es war eine schöne Vorstellung. Thomas streckte den Arm über den Tisch und ergriff lächelnd Brandons Hand. „Du hast mich an etwas Schönes erinnert."

„Guten Abend, die Herren. Ich bin Serge. Darf ich Ihnen etwas zu trinken bringen?"

„Ja. Eine Flasche Sekt, bitte. Und bringen Sie dazu bitte Wasser. Danke." Thomas wartete, bis Serge gegangen war und wandte sich wieder Brandon zu. „Genug von mir. Ich möchte mehr über dich wissen. Was sind deine Pläne? Was möchtest du wirklich? Ich weiß, dass es nicht dein Ziel war, mein Assistent zu werden."

„Du weißt ja schon, dass ich Betriebswirtschaft studiert und meinen MBA gemacht habe. Aber als Student habe ich auch im Bereich Film gearbeitet. Ich habe ziemlich schnell gemerkt, dass ich hinter der Kamera nicht gut genug bin. Ich habe einfach nicht das Auge dafür. Aber ich würde sehr gern Filmpromotion und Finanzierung machen." Brandon lächelte. „Vor drei Jahren, im letzten Studienjahr, mussten wir ein Projekt machen. Ein paar von uns beschlossen, einen Film zu drehen."

„Aber du sagtest, du warst nicht so gut."

Brandon nickte und lachte in sich hinein. „Ich war ziemlich furchtbar. Aber ich habe dann das Marketing für den Film übernommen. Wir machten den Film und ich stellte einen Marketingplan auf. Ich habe sogar ein paar Sponsoren an Land gezogen und eine Website erstellt. Am Ende haben wir den fertigen Film auf YouTube hochgeladen und bekamen Hunderttausende von Klicks. Es war nur ein etwas längerer Kurzfilm, aber schließlich hat ein Studio die Rechte gekauft. Die haben das Drehbuch für einen abendfüllenden Spielfilm umgeschrieben und in ein paar Monaten ist Drehbeginn."

„Das ist beeindruckend. Deine Leute haben durch deine Leistung ihre Chance bekommen." Thomas schüttelte beinahe ehrfurchtsvoll den Kopf.

„Nein. Sie haben ihre Chance bekommen, weil sie super talentiert sind. Ich habe nur dazu beigetragen, dass sie die Aufmerksamkeit bekamen, die sie verdienen. Ich hatte gehofft, dass mir diese Kontakte helfen würden, dass Hollywood auch auf mich aufmerksam wird. Bis jetzt ist nichts passiert."

Serge brachte den Sekt und schenkte ihnen Wasser nach.

„Ich kann gar nicht glauben, wie durstig ich hier die ganze Zeit bin." Thomas trank fast sein ganzes Wasser aus und Serge schenkte ihm noch einmal nach.

„Ich nehme an, ich bin daran gewöhnt. Den meisten Leuten ist nicht klar, dass wir hier praktisch in der Wüste sind und dass es wirklich trocken ist." Brandon nahm ebenfalls einen Schluck. „Regelmäßiges Wassertrinken gehört hier einfach zum Alltag." Er blätterte durch seine Speisekarte und Thomas tat dasselbe. „Ich denke, ich folge deinem Rat und nehme das Filet."

„Welche Beilagen möchtest du?"

„Süßkartoffeln, vielleicht auch Bohnen. Was magst du?" Brandon schaute ihn durch seine langen Wimpern hindurch an und Thomas spürte ein Flattern im Magen.

„Dasselbe. Such dir aus, was du magst. Die Portionen sind sicher reichlich genug, dass man teilen kann." Thomas legte seine Speisekarte zur Seite und als Serge wiederkam gaben sie ihre Bestellung auf. Sobald er wieder weg war, lehnte sich Thomas ein wenig vor. „Erzählst du mir mehr von diesem Film?"

„Mein Traum war wohl, in Hollywood zu arbeiten", sagte Brandon. „Ich habe bei allen großen Produktionsfirmen angefragt und meine Leute haben mir gesagt, sie würden ein Wort für mich einlegen, wann immer es möglich ist. Ich warte und hoffe immer noch, aber da ich seit Monaten nichts gehört habe, fürchte ich, dass meine Anfragen irgendwie versandet sind und ich mich woanders umschauen muss." Brandon zuckte mit den Schultern, aber Thomas sah, dass seine Augen ein wenig von ihrem Glanz verloren hatten.

„Du darfst nicht aufgeben", sagte Thomas, als ihr Salat kam. „Schicke noch mehr Anfragen raus – bombardiere die Leute damit, wenn es sein muss. Manchmal geht es einfach nur darum, bemerkt zu werden." Er lächelte. Er wusste, wenn Brandon Erfolg hatte, würde er ihn verlieren, aber er wollte, dass Brandon glücklich war. Nur darauf kam es an, wenn einem ein Mensch wichtig war.

Sie aßen ihren Salat und dann kam der Hauptgang. Das Essen war reichlich und Thomas aß, bis er nicht mehr konnte. Das Steak war perfekt gewürzt und zerging ihm auf der Zunge, aber das Highlight der Mahlzeit waren die leisen, genießerischen Seufzer von Brandon. Sie sandten pure Hitze durch Thomas. Und die Art, wie Brandon jedes Mal, wenn er einen Bissen nahm, die Augen schloss, ließ Thomas an etwas ganz anderes als an Essen denken.

„Wow, das muss wirklich gut sein." Er lächelte Brandon zu.

„Ist es. Ich habe in den letzten Jahren nur das gegessen, was mein Studentenbudget hergab. Von meinem Dad konnte ich keine Unterstützung erwarten, das hast du ja heute gesehen, und Grandma konnte ich nicht um Hilfe bitten. Sie braucht das Wenige, was sie hat, für sich selbst. Also habe ich mich über Wasser gehalten, so gut ich konnte."

„Brandon", sagte Thomas. Er legte Messer und Gabel hin und nahm Brandons Hand. Sanft streichelte er ihm über die Finger. „Du hast so ein großes Herz. Die meisten Menschen nehmen, was sie bekommen können, wenn das ihr Leben leichter macht."

Brandon schüttelte den Kopf. „Das hätte ich meiner Großmutter nicht antun können. Ich habe alles gemacht, was mir möglich war, um durchs Studium zu kommen. Ich habe bis nachts gelernt, Teilzeitjobs gemacht und mich für Stipendien beworben. Alles. Als ich endlich fertig war, hatte ich gehofft, einen wirklich guten Job zu bekommen, und ..."

„Und du bist als Assistent bei mir gelandet." Thomas hatte gewusst, dass dies nicht Brandons Traumjob war, aber ihm war nicht klargewesen, was das alles wirklich für ihn bedeutete.

„Nicht, dass es kein guter Job wäre, für dich zu arbeiten." Brandon war errötet. Es sah super süß aus und Thomas liebte es. Auch, weil es ihm zeigte, dass Brandon unfähig war, zu lügen. Weil es zeigte, wer Brandon wirklich war.

„Ich weiß. Aber du hast deine eigenen Träume." Thomas ließ Brandons Finger los und zog sein Handy hervor. Er suchte ein Bild heraus und reichte Brandon das Handy. „Das war mein Traum."

„Dein Name auf einem Gebäude", sagte Brandon und hielt sich das Handy näher vor die Augen.

„Ja. Wir alle wollen etwas, das länger da sein wird als wir selbst, etwas, das bleibt. Das hier war mein erstes großes Projekt nach Kornans Tod und ich wollte meinen Namen darauf haben, weil ich es allein gemacht hatte. Ich hatte es entworfen und verwirklicht. Ich habe damals überlegt, ob ich eine der Penthouse-Wohnungen für mich behalten sollte, aber ich blieb, wo ich war, und verkaufte alles. Das nächste Projekt habe ich nach Kornan benannt. Er hätte es gehasst, aber es hat mich glücklich gemacht, das als Erinnerung an ihn zu tun." Thomas steckte das Telefon wieder ein.

„Und was ist jetzt dein Traum?", fragte Brandon.

Thomas öffnete den Mund, aber es kamen keine Worte. Ihm wurde klar, dass er keinen Traum mehr hatte. Er hatte seine Firma so lange geführt, war so darin eingetaucht, dass er alles andere aus dem Blick verloren hatte. „Ich weiß nicht." Thomas nahm seine Gabel wieder auf. „Ich denke, das ist einer der Gründe, warum ich hier bin. Um einen neuen Traum zu finden." Er lächelte. „Aber ich denke, ich werde meinen Eltern helfen, einen ihrer Träume wahr zu machen. Sie haben jahrelang davon geredet, dass sie reisen wollen, sie möchten nach Australien und das planen sie jetzt. Und im Winter, im australischen Sommer, werden sie fahren."

„Klingt großartig. Brauchst du Hilfe?", fragte Brandon, ganz der perfekte Assistent.

„Nein. Meine Eltern entscheiden, was genau sie machen wollen und dann werden wir das Ganze mit einem Reisebüro zusammen durchplanen."

„Da würde ich auch gern mal hin. Am Great Barrier Reef schnorcheln, Koalas sehen, den Hafen von Sydney, Kängurus, einfach alles." Brandons Augen leuchteten. „Ich hatte nie richtig Gelegenheit, zu reisen. Meine Eltern sind jeden Winter in Urlaub gefahren. Es war immer ‚Urlaub zu zweit' und ich bin bei Grandma geblieben."

„Sie haben dich nie mitgenommen?" Thomas war schockiert. Seine Eltern hatten ihn überallhin mitgenommen und in jedem Sommer hatten sie eine besondere Reise gemacht.

„Nicht auf diese Reisen. Wir sind im Sommer mit dem Auto in Urlaub gefahren, irgendwo in die Nähe, aber sie sind im Winter in die Karibik oder nach Mexiko gereist, und das war nur für sie." Brandon biss sich auf die Unterlippe. „Ich war immer ganz froh darüber, weil es bedeutete, dass ich bei meiner Großmutter sein konnte, aber es war hart, zurückgelassen zu werden und zu wissen, dass sie mich nicht dabeihaben wollten." Er seufzte.

„Es klingt tatsächlich wie etwas, was dein Vater tun würde." Thomas versuchte, die Stimmung wieder aufzuheitern. „Weißt du, was das Tolle daran ist, erwachsen zu werden? Wir können die Dinge, die wir als Kinder nicht bekommen haben, nachholen." Thomas zog die Brauen hoch. Brandon lächelte, und der Schatten, der durch die Erwähnung seines Vaters entstanden war, löste sich auf.

„Ich werde schon noch zum Reisen kommen. Wenn ich erst eine längerfristige Anstellung habe, werde ich mir in ein paar Jahren hoffentlich ein paar interessante Trips leisten können."

„Wünschen Sie noch ein Dessert?", fragte Serge.

Brandon schüttelte den Kopf. „Dafür bin ich viel zu satt."

„Ich auch", sagte Thomas.

Serge kam mit der Rechnung zurück und Thomas zahlte. Dann verließen sie das Restaurant.

„Möchtest du einen Spaziergang machen?"

„Gern. Gehen wir dann ins Kino oder so?"

„Das können wir machen. Aber als ich diese Woche hier war und dieses Restaurant gefunden habe, bin ich die Straße weitergegangen." Thomas nahm Brandons Hand und wandte sich nach Westen. „Ich hatte diese Aussicht hier ganz vergessen." Sie gingen ein Stück. Bald hatten sie die Häuser hinter sich gelassen und kamen auf eine Anhöhe. Die Stadt lag hinter ihnen und vor ihnen breitete sich die Landschaft aus. Pikes Peak ragte in der Ferne in den Himmel. Dahinter ging die Sonne unter und färbte den Himmel in sämtlichen Schattierungen von Lila und Rot.

„Als Kind bin ich sehr oft hier rausgegangen." Brandon drückte seine Hand. „Früher, in der Schule, haben wir immer ,America the Beautiful' gesungen und ich wusste, dass der Text von dieser Landschaft inspiriert worden ist. Ich war mir immer sicher, dass er genau hier entstanden sein muss." Brandon schmiegte sich leicht an ihn und Thomas legte den Arm um Brandons Schultern. Für ein paar Sekunden stand er still, dann drehte er sich zu Brandon. Ihre Augen begegneten sich und sie kamen sich näher und näher, bis sie sich küssten. In Thomas flackerte das Begehren auf.

„Ich weiß", sagte er. „Das hier ist wirklich ,Purple Mountain Majesty'." Thomas küsste Brandon wieder, weil es zu wunderbar war, um es nicht zu tun. Sein Kopf schwamm ein wenig und er ließ es zu. Eine solch tiefe Zufriedenheit, ein solches Glücksgefühl war eine ganz neue Erfahrung für ihn. Für viele Jahre hatte sein Glück nur aus Adrenalinkicks bestanden, die Vertragsabschlüsse, große Bauprojekte und koffeingetränkte, durchgearbeitete Nächte, in denen brennende Probleme gelöst werden mussten, mit sich gebracht hatten. Dies war so anders. Thomas vertiefte den Kuss. Er atmete Brandons wunderbar frischen Duft tief ein und genoss es, den leisen, glücklichen Tönen aus Brandons Kehle zu lauschen.

Ein Auto hupte in der Straße hinter ihnen und sie schraken beide zusammen. Brandon löste sich von Thomas und Thomas stöhnte leise. „Vielleicht sollten wir uns auf den Weg ins Kino machen." Er nahm Brandons Hand und sie gingen zum Auto.

DER FILM war gut, aber Thomas bekam nicht viel davon mit. Er und Brandon saßen hinten im Kinosaal und verbrachten mehr Zeit damit, sich wie die Teenager zu küssen, als damit, auf die Leinwand zu schauen. Als das Licht wieder anging, grinsten sie sich an und verließen das Kino so rasch wie möglich.

„Mann, ich glaube, so habe ich mir noch nie einen Film angesehen."
Thomas lächelte. „Einen Film? Ich erinnere mich gar nicht an einen Film."
Im Gehen nahm Brandon Thomas' Hand. Thomas sah auf ihre ineinandergeschlungenen Hände. „Ich sollte dich wohl jetzt nach Hause bringen." Er wollte Brandon nicht drängen und es war vielleicht das Beste, die Dinge nicht zu überstürzen.

„Thomas." Brandon blieb stehen. „Ja. Bring mich nach Hause. Zu dir." Das Brennen in seinem Blick ließ keinen Zweifel daran, was er wollte.

Sie erreichten das Auto und Thomas fuhr sie zurück zu seinem Haus. Sie hatten aufgehört zu scherzen und sich zu unterhalten. Stattdessen war jetzt nur noch Spannung und heiße Erwartung zwischen ihnen, die wuchs, je näher sie dem Haus kamen. Zwar hatten sie zwei Stunden lang im Kino geknutscht, aber mehr war ja nicht möglich gewesen. Im Haus, wo das Bett schon auf sie wartete, gab es nun keine Grenzen mehr. Sie würden alles tun können, was ihnen einfiel und als sie hineingingen, knisterte die Luft zwischen ihnen vor unausgesprochenem Begehren.

Thomas schloss die Haustür. Er wünschte, er hätte gewusst, wie er Brandon fragen konnte, was er sich vorstellte. Als er sich umwandte, fing er Brandons glühenden Blick auf. Nacktes Begehren durchzitterte seinen Körper, aber er hielt noch immer Abstand zu Brandon aus Angst, die Kontrolle zu verlieren. Er musste wissen, was Brandon wollte. Die quälende Erinnerung an einen früheren, ganz ähnlichen Moment hatte ihn eingeholt und ein Teil von ihm war halb außer sich vor Angst. Damals hatte er sich ähnlich berauscht gefühlt wie jetzt und genau das war das Problem gewesen. Er musste unbedingt einen klaren Kopf behalten.

„Thomas", sagte Brandon leise. „Ich sehe dir an, dass du durcheinander bist. Du musst dir nicht so viele Sorgen machen." Er trat noch einen Schritt näher und Thomas riss an seinem Hemdkragen, so heiß war ihm auf einmal. „Alles wird gut." Brandon küsste ihn sanft und Thomas ließ die Hände sinken. Er wagte nicht Brandon zu berühren. Stattdessen überließ er es ihm, die Führung zu übernehmen und, lieber Gott, das tat er.

Er schlang die Arme um Thomas' Hals und zog ihn an sich. Thomas hob langsam die Arme und legte sie um Brandons Taille. Brandon küsste ihn heftiger, sodass die Leidenschaft zwischen ihnen immer höher aufflammte. Er saugte an Thomas' Lippen, bis der die Beherrschung verlor. Er presste Brandon wild an sich und, ohne den Kuss zu unterbrechen, begann er, ihn vor sich her zur Treppe zu schieben.

Plötzlich waren sie wie in einem Wirbelsturm, beide hilflos um Balance kämpfend, beide über die eigenen Füße stolpernd. Es war, als würden sie von den Wellen ihres Begehrens von Wand zu Wand und von Stufe zu Stufe geworfen.

Ein paar Mal wären sie fast zu Boden gegangen, aber sie umklammerten einander nur umso fester, bis sie an der Schlafzimmertür angelangt waren und sie aufstießen, dass sie an die Wand schlug.

Thomas' Hemd öffnete sich, und er ließ Brandon kurz los, um es sich herunterzureißen. Dann zog er Brandon das Poloshirt hoch und über den Kopf. Die Hemden landeten irgendwo auf dem Boden. Thomas zog Brandon wieder an sich, sodass sie Brust an Brust waren. Er rieb sich an Brandon wie ein Kater, begierig, Brandons Haut an seiner zu spüren. Sie schleuderten beide ihre Schuhe von sich und Thomas schob Brandon die letzten Meter zum Bett. Es quietschte unter ihrem vereinten Gewicht, als sie darauf fielen, und dann waren da nur noch sie beide.

Brandon hielt kurz inne und wich etwas zurück, sodass er Thomas' Blick begegnen konnte. Thomas bewegte sich nicht aus Angst, all dies könnte gleich wie eine Seifenblase zerplatzen. „Gott, du raubst mir den Atem." Brandon blinzelte und senkte dann den Kopf, um mit der Zunge über Thomas' Brustwarze zu fahren. Thomas zitterte und bebte, während Brandon die sensible Stelle küsste und leckte, bis Thomas kaum noch geradeaus sehen konnte. „Da ist also jemand sehr empfindsam."

„Aah …", keuchte Thomas, während Brandon seine Finger über seinen Bauch und zu seinem Gürtel wandern ließ. Doch anstatt dort anzukommen, wo Thomas es erwartet hatte, bewegten sie sich zur Seite, strichen über seine Bauchmuskeln und dann wieder nach oben. Verdammt, das war … Thomas erbebte wieder und schloss die Augen, um sich den unerwarteten Schüben der Begierde, die ihn durchzitterten, ganz hinzugeben. „Hör nicht auf." Er war wie eine Wüste, über die nach Monaten zum ersten Mal ein sanfter Regen niederging, und er sog jeden Tropfen auf, wie er fiel. Leicht hätte es zu viel werden können, und allzu schnell wäre dann alles vorbei gewesen, doch Brandon wusste genau, was er tat. Thomas ließ sich durchtränken von seiner Zärtlichkeit. Brandon gab ihm wieder, was ihm vor so vielen Jahren brutal genommen worden war. Thomas hatte nicht geahnt, wie verdurstet seine Seele gewesen war, bis zu dem Moment, als Brandon begonnen hatte, sie mit seinen Küssen und Liebkosungen wiederzubeleben.

Thomas nahm Brandon wieder in die Arme, und während ihre Lippen miteinander verschmolzen, ließ er seine Hand Brandons muskulösen Rücken heruntergleiten, über seine Hüften, bis er seinen Gürtel erreichte. Umhertastend mühte er sich, zwischen ihnen die Schnalle zu öffnen. Endlich konnte er die Hand unter den Stoff und über Brandons glatten Po schieben. Er umschloss seine Hinterbacken und zog ihn an sich.

Brandons Hüften bewegten sich rhythmisch, und Thomas presste sich an ihn. Sein Schwanz pulsierte in der Enge seiner Hose. Ihre Küsse wurden planlos und überhastet. Thomas massierte Brandons Hintern, bis der sich mit durchgebogenem Rücken aufbäumte. Oh Gott, er fühlte sich wie betrunken – das hier war pure Leidenschaft, unkontrollierbar. Und er wollte nichts von dem zurückhalten, was zwischen ihnen passierte. Jede Sekunde brachte ein neues Gefühl, noch intensiver als das zuvor.

Er stöhnte, als Brandon sich mit den Hüften kreisend an ihm rieb. Thomas versuchte alles, um mehr von Brandons Kleidern von ihm herunterzukriegen, doch es gelang ihm nicht. Brandon seufzte und rollte sich zur Seite, um seine Hosen mit ein paar wilden Fußtritten loszuwerden. Thomas war mit seinen eigenen Hosen nicht ganz so schnell und als Brandon nackt war, zog er sie ihm einfach aus, um dann direkt auf ihn zu springen, so wild, dass die Matratze nachgab.

„Du hast so viel Energie."

„Das will ich hoffen." Brandon grinste und küsste Thomas, sodass er in die Matratze gepresst wurde. Wildes Verlangen durchflutete Thomas. Brandon in den Armen zu halten, war wie an eine Leitung unter Starkstrom zu greifen. Er barst vor Energie, hatte so viel davon, dass Thomas sich einfach davon mitreißen lassen konnte. Er hielt Brandon an sich gepresst, erwiderte seine heftigen Küsse und verlor sich in Brandons überbordender Leidenschaft.

„Verdammt", stöhnte Thomas, als Brandon an ihm herunterglitt und mit seinen Lippen und Händen Spuren über seine Haut zog, die eine Hitze hinterließen, die Thomas vor Begierde erzittern ließ. Thomas krallte die Finger in die Laken, doch dann gab er es auf und überließ sich einfach den Wellen der Lust.

„Was magst du, Thomas?" Brandon umschloss seinen Schwanz mit festem Griff und bewegte seine Hand langsam auf und ab.

„Brandon", wimmerte er und fragte sich gleich darauf, woher dieser Ton gekommen war.

„Thomas." Brandon beugte sich näher und hielt seinen Blick fest. „Wovon wird dir schwindlig, wovon bekommst du Herzrasen?"

Thomas schluckte hart. Er konnte nicht mehr atmen. „Ich will dich", brachte er mit trockener Kehle heraus.

Brandon lehnte sich vor, bis seine Lippen direkt vor Thomas' waren. „Du willst diesen dicken Schwanz in mir versenken? Ist es das?", flüsterte er und Thomas stöhnte tief unten in seiner Kehle. „Ich habe recht, oder?"

„Ja." Thomas umarmte Brandon fest und rollte sie gemeinsam im Bett herum. Er liebte es, wie Brandon sich unter ihm anfühlte, wie er unter ihm bebte, als Thomas die Hände über seine glatte, makellose Haut gleiten ließ, die sich über lange, schlanke Muskeln spannte. „Liebling, du bist unglaublich schön." Er konnte kaum richtig begreifen, dass Brandon hier bei ihm war und ihn ansah, als wäre er ein Wunder. Es war überwältigend, zu spüren, dass er gerade jetzt für Brandon der Mittelpunkt der Welt war. Thomas entrang sich ein Stöhnen, als Brandon aufseufzte und seine aufgerichtete Brustwarze zwischen Thomas' Fingern hindurchglitt. Oh ja, er war es wert, dass man auf ihn wartete. Thomas senkte sich auf Brandon hinunter, um ihn zu küssen und strich mit den Handflächen an seinen Flanken und Hüften entlang, bis er die Hände um seinen Hintern spannen konnte.

„Fuck, Thomas, ich will …"

„Oh ja." Thomas wiegte sich langsam vor und zurück. Brandon schlang seine langen Beine um Thomas' Taille und sie bewegten sich zusammen. Thomas fragte sich, ob er je würde genug bekommen können von Brandon und im gleichen Moment begriff er, dass er ihn ganz wollte, ganz und gar. Niemals würde er genug bekommen können. Jeder Kuss ließ ihn mehr wollen, jede Berührung schon nach der nächsten verlangen. „Ich auch." Er wollte Brandon nicht loslassen, nicht mal, um die Dinge zu holen, die er brauchte, um sich in diesen wunderbaren Mann zu versenken, der Augen hatte wie reiner Sonnenschein.

Thomas versuchte, sich zu erinnern, ob er die Sachen überhaupt irgendwo hatte. Trotz allem hatte er dies alles nicht wirklich erwartet. Er hielt inne und sah zum Nachttisch herüber.

Brandon verdrehte die Augen, streckte einen Arm aus und zog die Schublade auf. „Dein Assistent war vorausschauend und hat sich um alles gekümmert."

„Oh, hat er, oder?" Thomas griff in die Schublade und fand alles, was er brauchte. „Ich darf nicht vergessen, mich bei ihm zu bedanken. Vielleicht kann ich ihm einen Dankesbrief schicken. Ich frage mich, ob es von Hallmark ‚Danke-dass-Sie-Kondome-gekauft-haben' Karten gibt?"

Brandon gab ihm einen Klaps auf die Schulter. „Idiot." Er lachte und Thomas stimmte ein. Es war wundervoll, herumzublödeln und gleichzeitig Sex zu haben. Das – und noch so viel mehr – hatte in seinem Leben gefehlt.

„Und du bist Mr Überperfekt …" Thomas musste irgendwie gegenhalten.

„Tja, ich bin jedenfalls besser als du, wie es aussieht. Man könnte sagen, ich habe dich mit heruntergelassener Hose erwischt!" Brandon zog ihn in einen Kuss und alle Gedanken in Thomas' Kopf lösten sich in nichts auf. Er ließ das Gleitgel und das Kondom auf die Matratze fallen und schwelgte in Brandons Zauber.

„Weißt du was, es gefällt mir, dass du mich mit heruntergelassener Hose erwischt hast", keuchte er und küsste Brandon wieder.

„Thomas", hauchte Brandon ein paar Minuten später. „Ich will dich. Schnapp dir das Kondom und fick mich. Ich weiß, du willst sanft und einfühlsam sein, aber ich will dich, und ich will, dass du dir jetzt diesen Gummi überziehst und mich richtig durchfickst."

Thomas suchte fahrig auf der Matratze herum, fand das verdammte Päckchen, riss es auf und rollte sich mit fliegenden Fingern das Kondom über. Er griff nach dem Gleitgel und sorgte dafür, dass sie beide bereit waren, bevor er sich zwischen Brandons Beine kniete. Behutsam, ohne den Blick von ihm zu wenden, glitt er in ihn hinein.

Brandon war hinreißend schön, und die Hitze, die Thomas umschloss, war unglaublich. Aber alles verblasste vor der leidenschaftlichen, brennenden Intensität in Brandons Augen. Er sah Thomas an, die ganze Zeit, während Thomas langsam tiefer in ihn drang. Brandon schlang die Arme um Thomas' Hals und hielt ihn fest, und ihre Körper vereinigten sich auf eine Weise, die ursprünglicher und aufwühlender war als alles, was Thomas je erlebt hatte. Sein Herz schwoll und wie in einer Offenbarung wurde ihm etwas klar, zum ersten Mal in vierzig Jahren: Die Verbindung zu einem anderen Menschen zählte. Gefühle zählten. Natürlich hatte er das sein Leben lang gehört, aber erlebt hatte er es bis heute nie. Vielleicht hatte er geglaubt, dass er es wusste, aber nichts war je so gewesen wie das hier. *Sex* war nie so gewesen wie das hier. Thomas lauschte auf Brandons Atem und ganz von selbst atmete er im gleichen Rhythmus, genau wie sein Körper jedes Signal von Brandons aufnahm und ihm Antwort gab. Für ein paar flüchtige Momente fragte sich Thomas, wie er ohne dies weiterleben sollte. Doch die Intensität zwischen ihnen wuchs weiter an und er schob den Gedanken zur Seite. Jede Berührung, jede Bewegung trieb ihn höher und er wusste, er konnte nicht mehr lange die Kontrolle behalten. Er wollte, dass dies so lang dauerte, wie es nur möglich war, aber Brandon war einfach zu heiß und das Schimmern seiner Haut im Halbdunkel und sein unglaublich erotischer Duft brachten Thomas mit jeder Sekunde näher zum Höhepunkt.

Thomas wartete und schaute dabei in Brandons Augen, bis sie aufglänzten und sein Atem aussetzte. Brandon erstarrte und zog sich dann eng um Thomas zusammen. Sein Orgasmus schüttelte ihn so heftig, dass Thomas ebenfalls kam. Doch er hielt still, so gut er es vermochte, so als würde, wenn er sich nur nicht bewegte, dieser eine Moment des vollkommenen Glücks niemals vorübergehen.

8

BRANDON SCHWEBTE die ganze nächste Woche auf Wolke sieben. Thomas arbeitete, aber hielt sich dabei an normale Arbeitszeiten, und Brandon beaufsichtigte die Reinigungsleute und kümmerte sich um alles, was Thomas bei der Arbeit brauchte. Tagsüber arbeiteten sie professionell zusammen, sodass Thomas im Zeitplan blieb und auf Telefonkonferenzen und andere Meetings vorbereitet war. An den Abenden gingen sie manchmal aus oder sie blieben zu Hause und verbrachten ein paar ruhige Stunden zu zweit. Meist übernachtete Brandon nicht, sondern fuhr nach Hause, um nach seiner Großmutter zu sehen. Er wollte nicht, dass sie das Gefühl hatte, er hätte sie im Stich gelassen.

Er fand einen Jungen aus der Nachbarschaft, der den Rasen mähen wollte. Harv erinnerte Brandon an sich selbst in dem Alter, und es zeigte sich, dass er eine wirklich gute Arbeit machte. Die Wiese im Vorgarten wurde nun regelmäßig gemäht, und die Beete beim Haus waren immer frisch gejätet. Hinterm Haus gab es keine Wiese, nur einen großen Freiluftbereich mit Kakteen und Wüstengräsern, den Harv von Unkraut befreit und frisch gemacht hatte.

Eine ganze Woche ohne Drama …

„Guten Morgen, Marjorie", begrüßte Brandon sie munter, als sie am Montagmorgen bei ihm anrief. Er hatte sich eben bereit gemacht, für Thomas einkaufen zu gehen. „Thomas ist in einem Gespräch." Er wollte gerade die Haustür hinter sich zuziehen, doch etwas ließ ihn innehalten.

„Hab ich mir gedacht. Er nimmt das Telefon nicht ab und ich muss mit ihm sprechen." Marjories Stimme zitterte und Brandon wurde klar, dass dieser Anruf alles andere als ein gewöhnlicher war. „Blaze hat auch schon versucht, ihn zu erreichen, aber sein Telefon schaltet immer gleich auf Voicemail."

„Er führt eins der Telefongespräche, die auf seinem Terminplan stehen."

„Hören Sie zu, bitte gehen Sie zu ihm rein und machen Sie ihm klar, dass es um etwas Wichtiges geht. Er wird es kapieren und den Anruf beenden, um zu erfahren, was los ist. Sagen Sie meinen Namen, wenn es nicht anders geht. Er wird es verstehen." Sie schien wirklich mit den Nerven am Ende zu sein.

Brandon ging zurück ins Haus. „Einen Moment." Er legte sein Telefon auf den Tisch vor der Bürotür und steckte den Kopf in das Zimmer.

Thomas hatte sein Telefon auf Lautsprecher gestellt und hörte aufmerksam zu. Als er aufsah, fing Brandon seinen Blick ein und Thomas stellte das Gespräch auf stumm. „Ja?" Er klang nicht begeistert.

„Marjorie hat gesagt, ich muss dich unterbrechen. Du sollst sie anrufen. Sie hat auch gesagt, dass Blaze schon die ganze Zeit versucht, dich zu erreichen. Es scheint was wirklich Wichtiges zu sein." Brandon machte die Tür wieder hinter sich zu und nahm sein Telefon wieder auf. „Ich hab's ihm gesagt. Was soll ich noch tun?"

Sie seufzte schwer, was auch nicht normal für sie war. „Stellen Sie sich darauf ein, dass es laut wird." Sie beendete das Gespräch und Brandon legte sein Telefon zur Seite und entschied, seine Einkaufstour zu verschieben, falls Thomas ihn brauchte. Er setzte sich an den Küchentresen und machte eine Liste der Dinge, die er zu erledigen hatte.

Ein gedämpfter Zornesruf durchbrach die Stille und Brandon schrak auf. Er hatte gedacht, dass Marjorie einen Witz gemacht hatte mit ihrer Warnung, es würde laut werden, aber das hatte sie anscheinend nicht. Er rutschte von seinem Hocker und ging zum Büro hinüber.

„Das soll wohl ein Scherz sein! Wir haben jedes Detail geklärt und dokumentiert. Und jetzt versucht dieser kleine Schweinehund so einen Scheiß? Ich werde ihm seinen schmierigen, kleinen Hals umdrehen."

Brandon hatte sehen wollen, ob er helfen konnte, aber er ging in die Küche zurück, um aus der Schusslinie zu sein. Er hatte immer geglaubt, in seiner Familie ginge es am lautesten zu … Der Zorn, der aus diesem Büro und durchs ganze Haus polterte, war wie eine grollende, schwarze Gewitterwolke.

„Ich habe die Vorverträge alle hier vorliegen und wenn er glaubt, er kann jetzt einen Rückzieher machen, verklage ich ihn auf alles, was er hat, und werde seinen Namen so durch den Dreck ziehen, dass er sich nie mehr davon erholt!"

Stille trat ein und hing für einige Minuten bleiern in der Luft. Brandon wartete auf den nächsten Ausbruch, aber es kam nichts, was ihn nur noch nervöser machte.

„Blaze, du musst knallhart sein mit diesem Typen. Ich rufe die Anwälte an und sorge dafür, dass Harry und Dean da sind. Ich will, dass sie bei diesem Meeting an deiner Seite sind." Thomas kam mit langen Schritten in die Küche und riss die Kühlschranktür so grob auf, dass die Gläser klirrten und beinahe herausgefallen wären. „Wo ist das Wasser!", bellte er.

Brandon schlängelte sich um ihn herum, schob den Orangensaft zur Seite und gab Thomas eine Wasserflasche, der damit sofort wieder zu seinem Büro zurückmarschierte.

„Wenn du wirklich meinst, dass du mich brauchst, werde ich kommen. Ich will, dass dieses Meeting nicht später als für Mittwochmorgen angesetzt wird, aber lass das Marjorie machen und sag ihr, dass wir schon eine Rechnung vorbereiten für alle Ausgaben und Verzugskosten, die auflaufen. Sieh zu, dass sie wissen, dass die Rechnung bei mindestens zwanzigtausend Dollar anfängt und sich mit jedem Tag um dieselbe Summe erhöht. Sie weiß, wie sie das formulieren muss, damit die Panik kriegen. Dann soll sie sagen, dass wir uns am Mittwochmorgen treffen können." Thomas schloss seine Bürotür hinter sich und Brandon hätte keinesfalls derjenige sein mögen, den Thomas sich vorknöpfen wollte. Was immer er vorhatte, es klang ziemlich hässlich.

Brandon hatte einige Dinge für Thomas zu erledigen und hier herumzuhängen, brachte ihn nicht weiter. Thomas schien vorerst in seinem Büro beschäftigt zu sein, also hinterließ Brandon eine kleine Notiz auf dem Tresen und eilte nach draußen. Er fuhr direkt zum Supermarkt und schnappte sich einen Einkaufswagen. Er war gerade im Obstbereich und schaute sich die Erdbeeren an, die Thomas so gern aß, als sein Handy klingelte.

„Hey, Thomas. Ich bin im Supermarkt."

„Ich brauche dich sofort hier im Haus. Lass alles fallen, was du gerade tust, und komm sofort zurück", sagte Thomas und legte auf.

Brandon lief zurück zum Auto. Er hatte gehofft, ein paar Dinge erledigen zu können, aber es sah aus, als ob er seine Pläne vergessen konnte.

„Brandon." Thomas trat ihm in der Haustür entgegen, in der Hand das Telefon. „Ruf Marjorie an und sag ihr, sie soll uns einen Flug nach New York buchen. Sie weiß, was sie alles tun muss. Dann geh hoch und pack mir einen Koffer mit meinen besten Anzügen und pack auch eine Tasche für dich selbst. Wir müssen so schnell wie möglich los, also beeil dich."

„Soll ich Hotelzimmer besorgen?"

„Sag Marjorie, dass wir in einem von unseren leerstehenden Apartments wohnen werden. Im besten, das frei ist." Thomas ging in sein Büro und Brandon rief auf dem Weg in Thomas' Schlafzimmer Marjorie an.

„Kommt er?", fragte Marjorie, gleich nachdem sie abgenommen hatte.

„Ja. Wir brauchen einen Flug und er hat gesagt, wir wohnen in einem leerstehenden Apartment. Im besten, das gerade frei ist. Er will nicht in ein Hotel gehen."

„Ich werde sehen, was ich tun kann. Das Flugzeug ist schon in Denver, also muss ich nur einen Anruf machen. Packen Sie seine Sachen und ich rufe Sie gleich wieder an." Sie legte auf.

Brandon ging zu Thomas' Schrank und suchte die Anzüge heraus, von denen er meinte, dass sie Thomas am furchteinflößendsten wirken lassen würden. Er legte sie aufs Bett, gemeinsam mit den restlichen Sachen, die er brauchen würde. Er wollte, dass Thomas sein Okay gab, bevor er alles einpackte. Als er fertig war, rief Marjorie wieder an.

„Das Flugzeug ist organisiert und steht in drei Stunden bereit. Es gibt leider im Moment keine Apartments, nur ein paar kleine, die nicht in Frage kommen. Ich habe eine Suite für Sie beide im Plaza gebucht."

Brandon machte sich Notizen, während Marjorie ihm Nachrichten schickte. „Ich verstehe nicht, warum er will, dass ich mitkomme. Er hat doch Sie." Nicht, dass er sich beschwerte.

„Wenn so etwas passiert, herrscht immer Chaos. Ich werde mich hier um alles kümmern. Ihre Aufgabe ist es, dafür zu sorgen, dass auf Thomas' Seite alles glattgeht. Bereiten Sie alles vor, lassen Sie alles über die Firmenkreditkarte laufen und bringen Sie ihn her."

„Ja, Chef." Er lächelte, legte auf und ging in die Küche. Thomas trat gerade aus seinem Büro. „Ich habe alle Kleider auf dein Bett gelegt. Bitte sieh kurz nach, ob es das ist, was du willst, dann packe ich alles ein." Er ging in Thomas' Büro, suchte die Ladegeräte zusammen und steckte alles zum Aufladen an.

„Alles in Ordnung mit den Kleidern. Ich habe noch ein paar Sachen dazugelegt."

„Dann packe ich jetzt, und dann muss ich schnell los und selber packen. Marjorie sagte, das Flugzeug geht in drei Stunden. Wir müssen also in einer Stunde fertig sein." Er schnappte sich sein Handy und lief los. Unterwegs rief er seine Großmutter an, um ihr zu sagen, was passiert war. Sie kam ihm schon an der Tür entgegen und half ihm beim Packen.

„Wie lange wirst du weg sein?", fragte sie und reichte ihm ein paar nagelneue Hemden, die noch in der Verpackung steckten. „Die habe ich für deinen Geburtstag nächsten Monat gekauft, aber sie könnten jetzt genau richtig sein." Sie legte sie aufs Bett und Brandon sah seine Anzüge durch. Er hatte ein paar, aber keinen, der so perfekt geschneidert war wie die von Thomas. „Ich mag diesen."

Brandon stimmte zu und packte den taubengrauen ein, ebenso wie den tiefblauen und den anthrazitfarbenen. Er legte Krawatten heraus und dazu noch andere Kleidungsstücke, die er vielleicht brauchen würde, einschließlich einiger sportlicherer Sachen, falls er für Thomas Besorgungen machen musste. Dann packte er alles in einen Koffer und brachte ihn ins Wohnzimmer. „Ich rufe dich an, sobald ich da bin, und wenn du irgendwas brauchst, ruf mich an oder Thomas' Eltern. Sie werden wissen, wo wir sind, und sie werden dir auch mit allem helfen können, was vielleicht nötig wird."

Sie winkte ab. „Ich komme klar. Ich habe lange genug allein gelebt, um für ein paar Tage zurechtzukommen." Sie umarmte ihn. „Pass auf dich auf und mach deine Arbeit gut."

Nachdem sie ihn losgelassen hatte, sah Brandon auf seine Uhr und fuhr so schnell, wie er es riskieren konnte, zu Thomas zurück. Er packte seinen Koffer in Thomas' Auto, ging ins Haus und holte Thomas' Sachen. Dann packte er alle Geräte, die er brauchen würde, in die Laptoptasche, die Marjorie geschickt hatte.

„Thomas, brauchst du noch irgendetwas anderes?", fragte er, nachdem er ihn im Büro gefunden hatte.

„Nein." Thomas stopfte ein paar Akten in eine Tasche. „Das hier ist der Rest. Schließ hinten ab und dann fahren wir los." Sie trennten sich und nachdem Brandon das Haus gründlich abgeschlossen hatte, trafen sie sich am Eingang und gingen gemeinsam zum Auto.

„Werden wir pünktlich sein?", fragte Brandon mit einem Blick auf die Uhr – noch etwas über zwei Stunden Zeit.

„Kein Problem. Du fährst, dann kann ich ein paar Anrufe machen." Thomas stieg auf der Beifahrerseite ein, und Brandon setzte sich hinter das Steuer des stylishen BMW und startete den Motor. „Der Pilot wird nicht abfliegen, bevor wir an Bord sind. Schließlich sind wir beide die einzigen Passagiere." Thomas grinste und Brandon dachte daran, dass Marjorie von einer gemeinsamen Hotelsuite gesprochen hatte. Das würde auf jeden Fall interessant werden.

„Fliegen wir mit deinem Flugzeug?" Brandon wusste, dass Thomas reich war, aber er hatte nie wirklich darüber nachgedacht, wie viel Geld er genau hatte.

„Es ist das Firmenflugzeug, aber es ist in erster Linie für mich da. Seit ich nach Colorado gekommen bin, hat es in Denver gestanden, falls ich zurückmuss."

Thomas schrieb Nachrichten, während Brandon fuhr. Als sie näher zum Flughafen kamen, leitete Thomas ihn zum Bereich für Privatjets und nachdem sie durch die Security waren, wurden sie über das Rollfeld zu dem Flugzeug gebracht.

„Mann …", murmelte Brandon, als er Thomas an Bord folgte. Ihr Gepäck wurde für sie verstaut und sie setzten sich in weichgepolsterte, luxuriöse Sitze.

„Wir sind soweit", sagte Thomas in ein Telefon.

Der Flugbegleiter schloss die Tür. Das Flugzeug fuhr auf die Startbahn, hob sich sanft in den Himmel und drehte dann nach Osten, Richtung New York.

SOBALD SIE in der Luft waren, verbrachte Thomas viel Zeit am Telefon. Brandon spazierte ein wenig durch die Flugkabine und begutachtete die edle Ausstattung, dann setzte er sich wieder hin, Thomas gegenüber. Der Flug würde ungefähr vier Stunden dauern. Er vergewisserte sich, dass Thomas nichts brauchte, dann lehnte er sich in seinem Sitz zurück.

Thomas griff nach seiner Tasche, zog ein paar Akten heraus und legte sie auf den Tisch, der zwischen ihnen stand.

„Was ist genau los?", fragte Brandon vorsichtig.

„Ein Grundstücksverkäufer bei einem unserer laufenden Projekte macht plötzlich Schwierigkeiten. Wahrscheinlich will er mehr Geld rausholen. Sein Ruf ist ziemlich bescheiden und ich würde überhaupt nicht mit ihm arbeiten, wenn ich nicht müsste. Aber dieser Idiot hat sich für seine Tricks den Falschen ausgesucht. Wir haben dafür gesorgt, dass er einen Vorvertrag unterschreibt, und der ist bindend. Und ich habe eine Regelung mit reingenommen, die ausdrücklich besagt, dass er für alle Kosten haftet, wenn es durch seine Schuld zu Verzögerungen kommt." Thomas lehnte sich in seinem Sitz zurück. „Ich habe seine Unterschrift. Wenn er mit den großen Jungs spielen will, gut. Er wird bald merken, dass er es mit einem echten Hai zu tun hat. Einem mit richtig scharfen Zähnen." Er lächelte, dann wandte er sich wieder den Akten auf dem Tisch zu.

Brandon vertrieb sich die Zeit damit, ein wenig auf dem iPad zu lesen. Thomas und er wurden wie die Könige behandelt: der Flugbegleiter brachte ihnen Getränke und las ihnen jeden Wunsch von den Augen ab. Internet gab es auch, also schrieb Brandon Marjorie eine Nachricht, um sie wissen zu lassen, wo sie waren. Sie schrieb sofort zurück.

Ich habe einen Fahrer geschickt, der Sie in die Stadt fahren wird, sobald Sie da sind. Es wird spät sein, also bringen Sie in Erfahrung, was Thomas sich bezüglich Dinner vorstellt. Er kann natürlich immer einen Tisch in einem der Hotelrestaurants haben, aber wenn er woanders hinwill, müssen Sie vorbestellen. Benutzen Sie einfach OpenTable.

Danke. Ich kümmere mich drum, schrieb er zurück. *Sonst noch etwas?*

Nein. Sie werden erst spät ankommen, wegen der Zeitverschiebung. Sie sollten gleich zu Abend essen und dann schlafen gehen. Die nächsten Tage werden anstrengend werden und wenn die Zeitverschiebung auch nur zwei Stunden beträgt, werden Sie es trotzdem merken. Ich freue mich schon darauf, Sie morgen persönlich kennenzulernen. Sie schickte einen Smiley. Brandon lächelte und schickte einen zurück.

Nachdem er kurz mit Thomas gesprochen hatte, rief er im Hotel an, um anzukündigen, dass sie an diesem Abend dort essen würden und es hieß, das sei kein Problem. Brandon sah auf die Uhr und rollte mit den Augen. Es war ein arbeitsreicher Tag gewesen und er hatte kaum etwas gegessen. Der Flugbegleiter brachte Snacks und entschuldigte sich, dass er nicht mehr anzubieten hatte. Doch die Nussmischung war gut und Brandon aß genug davon, um einigermaßen satt zu werden.

„Ich bin ein bisschen nervös", gestand Brandon und Thomas sah von seinen Akten auf. „Ich habe keine Ahnung von New York und ich verstehe nicht ganz, warum du mich mitgenommen hast. Es ist ja nicht so, als ob ich dir hier wirklich helfen könnte." Marjorie war die Fachkraft für New York, nicht er.

„Du wirst da sein, um mich zu unterstützen. Sei einfach an meiner Seite und kümmere dich um die Dinge, die du regeln kannst. In solchen Situationen bricht immer Hektik aus. Das Büro wird in Aufruhr sein. Alle haben viel Zeit und Energie in dieses Projekt gesteckt und jeder wird nervös und angespannt sein. Bleib du einfach ruhig und halt dich verfügbar."

Brandon nickte langsam. Er war nicht sicher, was das genau hieß, aber er nahm an, das konnte er versuchen.

Thomas lehnte sich in seinem Sitz zurück und schloss die Augen. „Ich habe wirklich genug, ich kann diese Akten nicht mehr sehen. Steht sowieso nichts drin, was ich nicht längst wüsste." Er seufzte tief.

Brandon rutschte von seinem Sitz, ging um den Tisch herum und schlüpfte auf den Platz neben Thomas. „Bist du jetzt offiziell fertig mit der Arbeit?" Er nahm Thomas' Hand. „Du siehst müde und angestrengt aus."

„Bin ich auch. Ich fühle mich, als wäre ich eine Woche lang nur gesprintet. Früher habe ich so was tagelang durchgehalten. Das kann ich nicht mehr."

Brandon beschloss im Stillen, dafür zu sorgen, dass Thomas zum Arzt ging, sobald sie wieder zu Hause waren. „Du bist nicht alt." Er drückte Thomas' Hand.

„Nein, bin ich nicht. Aber ich kann nicht ewig in diesem Tempo weitermachen. Deshalb bin ich ja umgezogen. Und nun bin ich wieder zurück." Thomas biss sich auf die Lippe. „Ich möchte nicht für immer zurück nach New York. Aber ich fürchte, ich muss vielleicht."

Brandons Brust zog sich zusammen, aber er ließ Thomas' Hand nicht los. „Du kannst leben, wo immer du möchtest. Das hast du verdient. Das hier ist ein einzelnes Problem. Wir werden für ein paar Tage bleiben und dann kannst du wieder nach Hause." Er drehte Thomas' Gesicht behutsam zu sich und küsste ihn, ganz sanft zuerst. Doch dann packte ihn die magnetische Kraft der Berührung und er drängte sich näher an Thomas, sehnsüchtig nach mehr. „Freu dich drauf", wisperte er.

„Das möchte ich, aber … Vielleicht war es überstürzt von mir, einfach so nach Colorado zu ziehen. Vielleicht hätte ich mir mehr Zeit lassen sollen. Vielleicht hätte ich erst dafür sorgen sollen, dass alle wirklich bereit dafür sind."

Brandon seufzte. „Der Moment wäre nie gekommen. Die verlassen sich alle total auf dich." Das hatte er bereits mehr als deutlich gemerkt, allein schon durch die schiere Anzahl an Anrufen, die Thomas im Laufe eines Tages bekam.

„Meine Herren, wir werden in einer halben Stunde landen", sagte der Flugbegleiter. In der Kabine wurden schon die Vorbereitungen für die Landung getroffen.

„Alles wird gut. Das weißt du. Dieser Typ hat keine Chance." Brandon hätte gern mehr für Thomas getan, aber er hatte nichts mit seinem Geschäftsalltag zu tun und wusste nicht genug, um zu helfen. Thomas war ihm wichtig, deshalb wünschte er sich, Thomas wäre nicht so belastet und unter Druck. Er wollte, dass Thomas glücklich war, mehr als alles andere.

Thomas lächelte und Brandon hoffte, dass er geholfen hatte. Das letzte, was er wollte, war, dass Thomas für immer nach New York zurückkehrte.

ALS SIE gelandet waren, wartete schon eine Limousine auf sie. Sie stiegen ein und warteten, bis ihr Gepäck in das Auto umgeladen worden war. Brandon sah aus den Fenstern, während sie in die City hineinfuhren. Das Tageslicht verblasste gerade und die Lichter gingen an. Es war, als ob New York zu ihrer Begrüßung aufleuchtete. Brandon rutschte von einer Seite des Autos zur anderen, um nur nichts zu verpassen.

Er wurde ganz aufgeregt und Thomas lächelte ihm zu.

„Ist das das Empire State Building?"

„Ja", sagte Thomas, gerade als alles von einem Tunnel verschluckt wurde. Gleich darauf kamen sie in Manhattan wieder heraus. „Wir werden wahrscheinlich durch die Fifth Avenue zum Hotel fahren, also schau dir alles gut an."

Die Läden glitzerten, die Löwen der New York Public Library thronten königlich auf ihren Plätzen, und das Rockefeller Center erstrahlte in voller Beleuchtung, als sie vorüberfuhren. Sie hielten vor dem Eingang des Plaza und der Fahrer öffnete ihnen die Tür. Brandon stieg aus und schaute an dem Gebäude hoch. Ihm stand der Mund offen angesichts der erlesenen Pracht und Eleganz, die er vor sich sah. Ein Schauder lief ihm über den Rücken und er sah zweifelnd an sich hinunter: War er überhaupt gut genug angezogen, um durch diese Türen zu gehen?

Er griff nach seiner Laptoptasche und Thomas legte den Arm um seine Schultern und führte ihn zum Eingang. „Ist schon okay. Es ist einfach nur ein schickes Hotel."

„Du hast leicht reden", sagte Brandon, der immer nervöser wurde.

Thomas lachte leise und beugte sich näher zu ihm. „Vergiss nicht, ich bin auch nicht von hier. Ich bin in derselben Stadt wie du aufgewachsen. Setz einfach dein Pokerface auf und tu so, als ob du hierhergehörst. Halt den Kopf hoch, schau geradeaus und lass dich von nichts und niemandem einschüchtern." Thomas drückte ihn leicht und dann gingen sie durch die Tür nach drinnen.

Innen war das Hotel noch atemberaubender: überall nur Marmor und majestätische Eleganz. Thomas ging an die Rezeption und Brandon tat sein Bestes, um nicht wie ein Tourist zu glotzen. Es war nicht leicht. „Bist du soweit?", fragte Thomas und sie gingen zu den Fahrstühlen. „Unser Gepäck wird hochgebracht."

„Ja, klar." Brandon hielt sich nahe bei Thomas und sie betraten den Fahrstuhl. Der Hotelpage drückte den Knopf. Der Fahrstuhl surrte aufwärts. Selbst die Fahrstuhlkabine strahlte luxuriöse Vornehmheit aus. Brandon hätte gern ein paar Fragen gestellt, aber er hatte Angst, etwas zu sagen. Als er es schließlich doch tat, redete er in seiner Kirchenstimme. „Ich fühle mich wie der Cousin vom Lande in einem Jane-Austen-Roman."

Thomas nickte ihm zu. Die Tür öffnete sich und sie traten in einen Hotelflur, der ganz in dezenten Cremefarben gehalten war. Das Geräusch ihrer Schritte wurde von samtigem Teppichboden verschluckt. Der Page schloss die Tür der Suite auf und sie traten hinein.

„Die Ellington Park Suite", flüsterte der Page. „Wünschen Sie, dass ich Ihnen alles zeige?"

„Nein, danke. Alles perfekt", sagte Thomas und gab dem Mann ein Trinkgeld.

„Wohin soll ich das Gepäck stellen?" Er sah von den Koffern zu ihnen.

„Das ist in Ordnung, das mache ich. Danke." Brandon legte die Laptoptasche vorsichtig aufs Sofa. Tatsächlich hatte er Angst, hier auch nur irgendetwas zu berühren, falls es dann kaputtging. Er nahm an, dass jedes Teil in diesem exklusiven Zimmer in edlen Hellblau-, Weiß-, Gold- und Grautönen mehr kostete, als er in einem Monat verdiente.

„Sehr wohl." Der Page nickte und verließ den Raum.

Endlich erlaubte Brandon es sich, wieder richtig Luft zu holen. Er fühlte sich wie eins dieser Bond-Mädchen, die von James' Lebensstil völlig überwältigt sind. „Ist Marjorie verrückt?", fragte er.

„Wieso?" Thomas nahm seinen Koffer und trug ihn in das erste Schlafzimmer. Brandon warf einen Blick hinein, auf das ultimativ luxuriöse King-Size-Bett, und plötzlich war er erleichtert, dass die Suite noch ein weiteres Schlafzimmer hatte. Er würde es brauchen, um sich darin zu verstecken – und um seine Hände bei sich zu behalten.

„Sie hätte einfach ein paar Zimmer im Hilton buchen können oder so." Das hier musste ein Vermögen kosten. Brandon riss sich zusammen und trug den Rest von Thomas' Gepäck in sein Schlafzimmer, um alles auszupacken. „Ich werde eine Reinigung finden müssen. Deine Hemden sind zerknittert."

„Ruf bei der Rezeption an. Sie können sie abholen und bis morgen früh bügeln." Thomas setzte sich auf den Rand des Bettes. „Mach dir da keine Sorgen."

Brandon legte die Hemden auf die Seite und rief die Rezeption an. Dann packte er den Rest von Thomas' Sachen aus, während Thomas aus dem Zimmer ging, um ein paar Anrufe zu erledigen. Brandon sortierte alles in die Schränke, dann kehrte er ins Wohnzimmer zurück. Thomas saß auf dem Sofa und sah fern. Als Brandon hereinkam, klopfte er auf den Platz neben sich, und Brandon setzte sich neben ihn.

Thomas deutete mit dem Kopf zum zweiten Schlafzimmer. „Marjorie hat uns eine Suite mit zwei Schlafzimmern besorgt. Du kannst dir aussuchen, wo du schlafen willst. Ich möchte dich nicht zu irgendwas drängen, falls du dich nicht wohlfühlst ..."

Brandon rutschte nah an Thomas heran und schmiegte sich an ihn. Er hob den Blick und sah, dass Thomas ihn anschaute. „Ich möchte nicht, dass du denkst ..." Er schluckte hart. „Ich möchte nicht, dass du jemals glaubst, ich will mit dir zusammen sein wegen ... all dem hier." Er hob die Hand in einer Geste, die die ganze Suite umfasste.

„Das denke ich nicht. Marjorie hat die Reservierung gemacht, nicht wahr?" Thomas lächelte.

„Sie hat gesagt, sie kümmert sich drum. Ich habe nie davon gesprochen, dass wir im teuersten und berühmtesten Hotel von New York wohnen müssen." Brandon wollte sich aufrichten, aber Thomas hielt ihn fest.

„Das weiß ich. Marjorie hat entschieden, dass es diese Riesensuite sein muss, weil sie wollte, dass wir es bequem haben. Das hat mit dir nichts zu tun. Und ich weiß, dass es dir nicht um mein Geld geht. Ich habe da Erfahrung – ich weiß, wie sich das anfühlt."

„Gut. Weil du mir nämlich wichtig bist, einfach weil du du bist. Nicht wegen des Flugzeugs oder der teuren Hotels." Brandon rückte noch näher. „Und ich möchte nicht in dem anderen Zimmer sein, so weit weg. Ich mag es so wie jetzt ... ganz ruhig, nur wir beide."

„Dann werden wir das so machen." Thomas gähnte und schloss die Augen. „Okay, dann geh und richte dich ein. Danach gehen wir runter in den Palm Court zum Essen. Sie haben eine schöne Auswahl an Gerichten und die Einrichtung ist fantastisch."

„Okay." Brandon wollte aufstehen, aber Thomas zog ihn wieder herunter, um ihn zu küssen.

„Weißt du, ich war schon mal mit jemandem zusammen, der mit mir gearbeitet hat, und, also ... Mit ihm hat es sich nie so angefühlt wie mit dir. Es war immer so ein schwieriges Hin und Her bei der Frage, wie er sich während der Arbeit verhalten sollte und wenn wir allein waren. Wenn er sauer wurde, benahm er sich plötzlich immer wie mein Angestellter und tat, als ob ich ihn wie einen Diener behandeln würde oder so. Aber du …"

„Wir haben darüber geredet. Kein Flirten und kein Knutschen während der Arbeitszeit und jetzt habe ich gerade was zu tun. Bestimmt hast du noch Anrufe zu erledigen und ich muss ein paar Sachen fertigmachen. Außerdem muss ich mich umziehen, weil ich nicht vorhabe, in dieses Restaurant zu gehen und wie ein Landstreicher auszusehen. Wenn wir losgehen, möchte ich dein Date für den Abend sein." Brandon lief los und kümmerte sich um sein Gepäck. Seine Hemden sahen schlimmer aus als die von Thomas.

Es klopfte leise an der Tür. Brandon ging hin und gab dem Hotelpagen die Hemden, die gebügelt werden sollten. Er bekam das Versprechen, dass sie früh am nächsten Morgen fertig sein würden.

Brandon zog sich eins seiner neuen weißen Hemden an, dazu seinen taubengrauen Anzug und einen dunkelblauen Schlips. Er verschwand noch einmal im marmornen Badezimmer und traf Thomas schließlich im Wohnzimmer.

„Du siehst sehr gut aus."

„Du auch."

Thomas zog sein Jackett an und sie gingen zum Fahrstuhl. Diesmal hielt Brandon Thomas' Hand und während der ganzen Fahrt nach unten lag sein Blick auf Thomas und sie lächelten einander zu.

Unten angekommen führte Thomas ihn ins Restaurant. Die Umgebung mit den Palmen und der bunten, gläsernen Decke raubte Brandon den Atem. Kein Wunder, dass Thomas hier essen wollte. Das hier war eine einmalige Erfahrung für Brandon.

Sie aßen ein hervorragendes Dinner. Es gab Ente und Lachs und jeder Bissen war ein Geschmackserlebnis. Brandon hatte das Gefühl, für immer verdorben zu werden. Das Essen im Diner zu Hause würde nie mehr dasselbe sein. „Ich könnte mich an das hier gewöhnen", scherzte er, als er mit seiner Ente fertig war, und sich satt und zufrieden zurücksetzte.

„Morgen wird ein langer Tag und zum Abendessen wird es Pizza und Take-out geben", warnte ihn Thomas und versuchte, sein Lächeln zu unterdrücken. Er legte seine Serviette auf den Tisch und zahlte die Rechnung. Dann führte er Brandon aus dem Restaurant und durch die Eingangstüren nach draußen.

Sobald sie auf die Straße traten, wurde Brandon vom Lärm der Stadt überrollt. Aus jeder Richtung stürmten Geräusche auf ihn ein. „Wie konntest du das nur aushalten?" Brandon hätte sich am liebsten die Ohren zugehalten.

„Man gewöhnt sich dran. Nach einer Weile vermisst du es, ob du es glaubst oder nicht. Millionen von Menschen, die alle innerhalb von ein paar Quadratkilometern leben und arbeiten." Thomas wies auf eine beleuchtete goldene Statue, die auf einem großen Podest stand. „Da drüben ist Central Park und wenn du die Fifth Avenue herunterläufst, kommst du an einigen der interessantesten und teuersten Geschäfte der Welt vorbei. Zum Times Square geht es in diese Richtung. Da ist auch der Broadway mit seinen Theatern. Gibt es irgendwas, was du machen möchtest?"

„Machen?", fragte Brandon überwältigt.

„Klar. Komm." Thomas nahm Brandon bei der Hand und flocht seine Finger zwischen Brandons. „Ich dachte, wir könnten ein bisschen spazieren gehen."

Die Bürgersteige waren immer noch voller Leute, die die Straße entlangeilten. Sie kamen an Tiffany's vorbei und an mehr Designerläden, als Brandon je in seinem Leben gesehen hatte.

„Das hier ist einer der tollsten Orte der Welt. Ich habe es hier über sehr lange Zeit geliebt."

„Warum?", fragte Brandon. Er hielt Thomas' Hand sehr fest, um nicht von ihm getrennt zu werden.

„Die Energie. Ich wusste, wenn ich es hier schaffe, dann schaffe ich es überall auf der Welt. Alles ist hier intensiver, alles geht schnell, es gibt Tonnen von Geld und …" Thomas unterbrach sich und sie schauten sich um. „Da ist unser Hotel. Nur ein kleiner Teil des Hauses ist wirklich noch ein Hotel. Die meisten Zimmer sind jetzt private Apartments. Die kosten zehn Millionen Dollar aufwärts. Und sie sind ausverkauft. Unsere Suite könnte man für zwanzig Millionen oder so verkaufen. Nur die Suite. Sie ist kleiner als das Haus deiner Großmutter." Er zuckte mit den Schultern. „Alle sind hier im Wettbewerb miteinander. Irgendwie war es ein Traum, sich mit den Topleuten im Business zu messen und dann noch besser zu sein."

Brandon wandte sich um und zupfte an Thomas' Hand. „Für mich warst du schon ganz oben, als du an dem Tag damals ohne Hemd an die Tür gekommen bist und mich zum Rasenmähen eingestellt hast." Brandon legte den Kopf schief. „Du warst beschäftigt und machtest tolle Sachen … und du warst achtundzwanzig oder neunundzwanzig. Sogar meine Mom und mein Dad redeten darüber, wie erfolgreich du warst."

Thomas hob die Schultern. „Ich nehme an, ich wollte einfach mehr." Er wandte sich ab. „Und du siehst, was daraus geworden ist."

„Du bist mega-erfolgreich geworden", sagte Brandon fest und stemmte die Hände in die Hüften. „Und deine Familie ist stolz auf dich. Meine Eltern fanden heraus, dass ich schwul bin, als ich auf dem College war. Ich konnte nicht mehr verstecken, wer ich war, und es hat mich fast umgebracht, als sie nichts mehr mit mir zu tun haben wollten. Ich habe meine Sachen gepackt und bin ausgezogen. Meine Großmutter hat mich aufgenommen. Sie war die einzige, die mich immer geliebt hat." Brandon rieb sich die Augen, während er von vorübereilenden Passanten angestoßen wurde.

„Es tut mir leid, dass das passiert ist", sagte Thomas.

„Mir nicht. Es ist Jahre her und ich bin so ziemlich darüber hinweg. Meine Eltern werden sich nie ändern und ich habe viel dadurch gelernt. Ich bin stärker, als ich dachte, und ich habe gemerkt, dass meine Großmutter mich wirklich liebt. Ich habe auch kapiert, dass ich mich auf mich selbst verlassen muss, wenn ich glücklich werden will, nicht auf andere." Brandon fing Thomas' Blick auf und nahm sein Gesicht zwischen die Hände. „Meine Vergangenheit hat mich zu dem Menschen gemacht, der ich bin, und sie hat mich auf den Weg in meine Zukunft gebracht. Also. Was auch immer du hier gemacht hast, deine Erfolge und deine Misserfolge, all das hat dich zu dem Mann gemacht, der du heute bist."

„Aber ich war in diesen Jahren fast immer allein, ich habe mir durch die viele Arbeit fast ein Magengeschwür geholt und mir dazu noch chronischen Bluthochdruck eingehandelt. Ich hatte nur eine einzige richtige Beziehung, und die …" Er schauderte zusammen.

Brandon nahm Thomas' Hände in seine. „Vielleicht kannst du mir irgendwann mal erzählen, was da passiert ist." Er strich über Thomas' Schulter und Thomas zitterte. „Aber trotzdem, all das hat dich zu dem Mann gemacht, der du bist."

„Ich nehme an, du hast recht. Bei Gott, ich habe sicher nicht vor, dieselben Fehler noch mal zu machen." Thomas schaute sich um.

„Glaubst du, du bist immer noch dieselbe Person, die du warst, als du zum ersten Mal hierhergekommen bist? Genauso ahnungslos und überwältigt, wie ich es bin? Ich habe dich damals nicht wirklich gekannt, aber glaub mir, das bist du nicht. Du bist stärker, härter, so wie es nötig ist, du bist klüger und der fokussierteste Mensch, den ich kenne. Du kannst nach Colorado Springs ziehen und versuchen, dir ein leichteres Leben zu machen, aber der Drive, den du hast, den hast du wegen dieser Stadt. New York und alles, was hier passiert ist, haben dich zu dem gemacht, der du bist … zu dem Mann, der mich einfach umgehauen und im Sturm mein Herz erobert hat." Brandon zog Thomas an sich und küsste ihn.

„Wie bist du bloß so verdammt schlau geworden?", fragte Thomas mit einem Lächeln.

Brandon kicherte. „Ich würde sagen, das ist angeboren."

Sie gingen weiter die Straße hinunter, ein paar Blocks, dann bogen sie in eine Seitenstraße ein und gingen um den Block herum zurück zum Hotel. Brandon wurde müde und brauchte etwas Zeit ohne Hektik und Gedränge. Und vor allem brauchte er ungestörte Zeit mit Thomas. Kaum waren sie zurück in der Suite, führte Brandon Thomas zum Schlafzimmer, schloss die Tür und drückte ihn auf die Bettkante. Brandon trat zurück, löste seine Krawatte und ließ das Jackett von den Schultern gleiten.

Thomas betrachtete ihn genau. Brandon spürte seinen Blick auf sich wie eine Berührung, während er seine Schuhe abstreifte und seinen Kragen lockerte. Es war wundervoll, Thomas' volle Aufmerksamkeit auf sich gerichtet zu wissen.

Brandon streckte die Hand aus und Thomas sah ihn verwirrt an. Brandon wackelte mit den Fingern und zog eine Augenbraue hoch, und Thomas steckte die Hand in die Tasche und gab Brandon sein Handy. Brandon lächelte, schaltete es aus und legte es hinter sich auf den Frisierkommode.

„So ist es besser", sagte Brandon. Langsam begann er, seine Knöpfe aufspringen zu lassen, und Thomas' Blick haftete wieder auf ihm. „Du verbringst viel zu viel Zeit mit dem Ding und du bist nie glücklich dabei."

Thomas lächelte. „Da hast du wahrscheinlich recht."

Brandon öffnete den letzten Hemdknopf, schlüpfte aus dem Hemd und legte es über eine Stuhllehne. Thomas schwieg, als Brandon einen Schritt auf ihn zutrat. „Ich will nicht mit dir spielen, Thomas. Ich will, dass du mich siehst." Er stand still, dann zog er leicht an Thomas' Schlips und löste ihn von seinem Hals. Dann zog er ihm auch das Jackett und das Hemd aus und warf beides zu den anderen Kleidungsstücken über die Stuhllehne.

Als er sich wieder Thomas zuwandte, fiel sein Blick auf die lange Narbe, die von seiner Schulter zu seinem Oberarm herunterlief. Er folgte ihr sanft mit einer Fingerspitze und lehnte sich dann nach vorn, um die weiße, gespannte Linie zu küssen.

„Ich hasse diese Narbe", flüsterte Thomas.

„Warum?" Brandon küsste sie noch einmal.

„Weil sie mich an den schlimmsten Fehler erinnert, den ich jemals gemacht habe."

Brandon schüttelte den Kopf und fuhr wieder mit dem Finger die Narbe entlang. „Es ist eine Kriegsverletzung."

Thomas schnaubte. „Kaum."

„Kriege gibt es nicht nur im Mittleren Osten oder in Vietnam. Kriege erlebt jeder, jeden Tag. Kriege des Herzens können genauso viele Narben wie andere hinterlassen und meistens sind es welche, die besonders schwer heilen." Brandon tupfte sanft auf die kleineren Male, die von der Nadel stammen mussten, mit der die Wunde genäht worden war. „Wie tief hat er dich gestochen?"

„Tief genug, dass ich ein Jahr lang Schwierigkeiten hatte, meinen Arm zu bewegen", sagte Thomas und Brandon küsste die Narbe noch einmal. „Er ist nicht mehr da. Er ist verurteilt worden und in eine psychiatrische Einrichtung nördlich von New York gekommen. Ich muss keine Angst haben, dass er zurückkehrt. Nur aufpassen, dass ich nicht dieselben Fehler noch mal mache."

„Weil jeder Liebhaber dich am Ende bedrohen und verletzen wird?" Brandon fragte sich, was Thomas meinte, aber er hatte so eine Ahnung, dass er es ziemlich genau getroffen hatte.

„Nein. Weil ich zugelassen habe, dass er die Oberhand über mich gewinnt. Ich habe zugelassen, dass er richtig tief in mein Leben eingedrungen ist und ich habe es beinahe nicht überlebt." Thomas wandte sich zu ihm. „Wir wollten eigentlich ein Wochenende in einer Blockhütte verbringen und da hat er zugestochen, und ... Ich bin beinahe verblutet, so schlimm war es. Ich bin gerade noch zum Telefon gekommen, bevor ich das Bewusstsein verloren habe." Er schüttelte den Kopf. „Ich möchte nicht darüber reden. Es bringt nichts. Nicht jetzt."

Brandon fuhr mit der flachen Hand über Thomas' Schulter, sanft massierend. „Vielleicht ..."

Thomas wich nicht zurück, aber er verspannte sich etwas. „Warum fasst du sie immer an?"

„Weil die Narbe ein Mal ist, das er auf deinem Körper hinterlassen hat, und weil ich glaube, dass dieser Schnitt so tief gegangen ist, dass er dein Herz erreicht hat und vielleicht auch deine Seele. Er muss geheilt werden." Brandon rieb sanft weiter und tupfte kleine Küsse dazwischen. „Ich habe das Gefühl, dass du diesen Mann immer noch mit dir herumschleppst, und das solltest du nicht. Du musst ihn wirklich gehen lassen."

Thomas entzog sich Brandons Berührung. „Wie könnte ich? Ich werde seine Zeichen immer auf meinem Körper tragen. Du weißt nicht, was er noch getan hat."

„Nein. Wenn du bereit bist, es mir zu erzählen, werde ich dir zuhören, aber das muss nicht jetzt sein. Du sagst, dass er nicht mehr da ist und nicht zurückkommen kann, aber das stimmt nicht. Er ist noch da, weil du ihn in dir trägst." Brandon kniete sich direkt vor Thomas. „Lass ihn gehen." Brandon drückte Thomas sanft auf das Bett herunter, bis er auf dem Rücken lag. „Du bist ein attraktiver Mann."

Thomas schüttelte den Kopf. „Du bist derjenige, der unglaublich ist." Er streckte die Hand aus und zog Brandon näher und dann zu sich herunter.

Er hielt ihn fest an sich gepresst. „Du bist jung und schön. Ich werde in drei Wochen vierzig."

Als ob damit das Ende erreicht war. Brandon rollte mit den Augen. „Du musst die Vergangenheit loslassen." Er richtete sich auf, öffnete seine Hose und stieg heraus. „Solange das alles noch da ist, ist kein Platz für jemand anderen." Brandon machte Thomas' Anzughosen auf, zog sie ihm aus und legte sie zu den übrigen Sachen.

„Das ist leichter gesagt, als getan."

„Ja. Ich weiß. Aber denk daran, was du haben kannst, wenn du es schaffst." Brandon atmete tief ein. Ihm war bewusst, dass er sich selbst an diesen Rat halten musste. So sehr er sich auch wünschen mochte, dass seine Eltern ihn liebten und akzeptierten, es würde niemals so sein.

„Ich kann nicht glauben, dass wir dieses Gespräch führen, gerade hier", sagte Thomas.

„Warum nicht? Manche Dinge lassen sich an einem fremden Ort leichter besprechen." Brandon kletterte auf das Bett und setzte sich rittlings auf Thomas. Hitze strahlte von ihm ab.

„Du hast auf alles eine Antwort, nicht wahr?", fragte Thomas, während er sich aufsetzte und Brandon an sich zog, bis es nicht mehr näher ging. Brust an Brust, Haut an Haut. Brandon brauchte so viel Berührung, wie er nur bekommen konnte, und Thomas stillte dieses Bedürfnis nur zu gern.

„Vielleicht." Er küsste Thomas leidenschaftlich. „Aber wir haben jetzt genug geredet." Er fuhr mit den Händen durch Thomas' Haar. Brandon nahm sich vor, Thomas zu zeigen, was genau er haben konnte, wenn er nur losließ. Und seine Seufzer, sein Flehen und später, als Thomas kam, sein Schrei – all das sagte Brandon, dass sie beide etwas erlebten, was sie nie vergessen würden. Und es machte ihm beinahe Angst, wie rasch sich sein eigenes Herz für Thomas geöffnet hatte.

9

„THOMAS", SAGTE Marjorie von der Tür her.

Es war früh am Mittwochmorgen. Er sah blinzelnd von seinem Schreibtisch auf, aus seinen Gedanken gerissen. Sein Kopf drehte sich noch nach dem vollen Arbeitstag gestern, an dem er sich auf das Meeting vorbereitet hatte, das später am Vormittag stattfinden sollte – und davon, wie Brandon jede Nacht, seit sie hergekommen waren, die Sterne für ihn vom Himmel geholt hatte.

„Ja?"

„Wo warst du?", fragte sie sanft, als sie ins Büro trat und einen Becher Kaffee auf seinen Schreibtisch stellte.

Er seufzte und wandte den Blick zur Decke. Nicht, dass er sich von dort oben irgendwelche Antworten erhoffte, aber er brauchte eine leere Fläche zum Anschauen, um seine Gedanken zu ordnen. „Ich möchte nicht hier sein", sagte er schließlich. „Ich möchte zurück …" Er konnte förmlich spüren, wie die Firma ihn in New York festhalten wollte. „Diese ganze Angelegenheit war vorhersehbar und vermeidbar." Das war es, was ihn aufregte.

„Für dich wahrscheinlich schon. Du hattest schon immer die Fähigkeit, in die Zukunft zu schauen, besser als ein verdammter Wahrsager. Aber von anderen kannst du das nicht erwarten. Das ist weder fair noch realistisch." Marjorie setzte sich ihm gegenüber an den Schreibtisch und reichte ihm ein paar Akten, um die er sie gebeten hatte. „Diese Firma braucht dich, sie braucht dich wirklich …"

„Das ist …" Er seufzte und legte die Akten auf den Tisch. Er wusste, was sie sagte, stimmte.

„Aber wir brauchen dich nicht hier, nicht physisch … nicht die ganze Zeit. Zumindest glaube ich das nicht." Sie beugte sich vor. „Am Ende des Tages ist das eine Entscheidung, die nur du treffen kannst." Es klopfte an die Tür und sie stand auf und ging, als Blaze den Kopf hereinsteckte.

„Können wir reden?", fragte er. „Es tut mir leid, wenn ich das hier verbockt habe. Ich …"

Thomas rang seinen Frust nieder. „Hast du nicht. Du bist ein bisschen ausgetrickst worden von einem gierigen Arschloch, das dich für ein leichtes Opfer gehalten hat."

„Aber das bin ich nicht ...", fing Blaze an und Thomas wusste, dass er jetzt erklären wollte, wie alles passiert war.

Thomas hob die Hand. „Weiß ich." Er griff nach den Akten auf dem Tisch, hielt dann jedoch inne. Er war nicht sicher, wie er das hier regeln wollte und das war es, was ihn nervös machte. „Du hast das Richtige gemacht, als du mich angerufen hast. Wir müssen das hier in Ordnung bringen und der Typ muss begreifen, dass man mit uns nicht Schlitten fahren kann." Er konnte sehen, dass Blaze verunsichert war, und das ärgerte ihn.

„Thomas ..." Blaze rutschte auf seinem Stuhl herum.

„Erste Regel: Entschuldige dich nie bei mir oder irgendjemand anderem, so lange du dein Bestes gegeben hast." Thomas begegnete Blaze' Blick. „Du schuldest mir hier gar nichts, so lange du das gemacht hast." Er lehnte sich in seinem Sessel zurück. „Die ganze Sache ist zum Teil meine Schuld. Vielleicht bin ich zu früh gegangen oder vielleicht hätte ich überhaupt nicht gehen sollen. Ich weiß es nicht." Vielleicht hatte er in seiner Sehnsucht nach einem anderen Leben nicht umsichtig genug gehandelt. „Wir bringen das hier in Ordnung und überlegen dann, wie wir weitermachen. Ich habe im Moment einfach nicht all die Antworten, die ich brauche. Lass uns in einer Stunde die Anwälte treffen, okay?" Als Blaze aufgestanden und gegangen war, wandte er sich wieder den Akten zu.

Er ging noch mal alles durch, um sicher zu sein, dass sie alle Tatsachen auf dem Tisch hatten. Er wusste, dass er im Recht war – er hatte alles schriftlich, er konnte damit vor Gericht gehen – aber das alles würde Zeit und Geld kosten.

Sein Handy summte mit einer Nachricht von Brandon. Thomas schaute darauf.

Brauchst du irgendetwas?

Eine gute Idee. Er sendete die Nachricht und las weiter in seiner Akte. Es klopfte an die Tür. „Was ist los?" Es klang nicht sehr verbindlich, aber er hatte nicht viel Zeit.

Brandon schaute herein. „Ich wollte nur mal sehen, ob du okay bist." Er kam mit einer Flasche Wasser herein. „Wir haben für das Meeting alles vorbereitet ... aber ..." Brandon zögerte. „Marjorie hat Wasser, Kaffee und sogar etwas zu essen im Konferenzraum bereitgestellt."

„Ja ..." Thomas fragte sich, worauf Brandon hinauswollte.

„Das ist alles dafür gedacht, dass die sich wohlfühlen, oder? Lasst das. Sorgt dafür, dass die sich so unwohl fühlen wie nur möglich. Lasst die mal so richtig ins Nachdenken kommen, was wohl passieren wird. Stellt nicht mal Wasser auf den Tisch. Lasst sie glauben, dass alles ganz schnell gehen wird und dass ihr einfach kurzen Prozess machen werdet. Darum geht's doch, oder? So habe ich das jedenfalls verstanden, nach dem, was ich so mitgehört habe."

Thomas dachte nach und lächelte. „Verdammt, ja. Das ist eine sehr gute Idee. Kannst du dich darum kümmern?"

„Klar." Brandon wandte sich zum Gehen, aber Thomas hielt ihn auf. „Was ist?"

„Ich weiß nicht wirklich, wie ich mit dieser Sache umgehen soll." Thomas seufzte. Es kam nicht oft vor, dass er sich jemandem anvertraute. Marjorie war manchmal ziemlich hart mit ihm, aber so war sie eben und es gefiel ihm, dass sie keine Angst vor ihm hatte. Vielleicht war das mit ein Grund dafür, dass er dabei war, sich in Brandon zu verlieben. Brandon hatte auch keine Angst.

„Okay. Warum nicht? Ich wette, du könntest dies alles im Schlaf machen." Brandon lächelte.

Thomas nickte. „Das ist es gerade, was mir Sorgen macht. Ich werde das hier machen, bis ich sterbe oder bis ich diese Firma schließe und weggehe."

Brandon rollte mit den Augen. „Manchmal sehen wir den Wald vor lauter Bäumen nicht." Er trat auf den Schreibtisch zu. „Du bist einer der intelligentesten, interessantesten Männer, die ich kenne, und ich glaube, es gibt kein Problem, das du nicht lösen könntest, wenn –"

Thomas wedelte mit den Händen. „Hör auf, mir Honig um den Mund zu schmieren." Er wurde mit jeder Sekunde nervöser. „Komm einfach zum Punkt."

„Mach mal einen Schritt nach hinten. Lass Mr Torenetti die Sache regeln."

„Blaze? Aber er hat mich gerufen, damit ich helfe."

„Helfen, ja. Er hat nicht unbedingt angerufen, damit du die Sache übernimmst. Hilf ihm, diese Angelegenheit selbst zu klären. Wenn jemand hier die Bulldogge machen muss, bring ihm bei, eine zu sein. Auf die Art wird er das nächste Mal selber wissen, was zu tun ist." Brandon zuckte mit den Schultern. „Verstehst du, wie in diesem Sprichwort, ,gib dem Hungrigen keinen Fisch, sondern eine Angel' und so weiter?"

„Ja." Thomas lächelte, als er den Weg, den er einschlagen musste, plötzlich ganz deutlich vor sich sah. „Bitte geh und kümmere dich um das Konferenzzimmer und sei um elf wieder da. Ich möchte, dass ihr beim Meeting dabei seid, du und Marjorie. Wir werden eine kleine Machtdemonstration abziehen." Er lächelte ein echtes, warmes Lächeln.

„Alles klar." Brandon ging schnell aus dem Büro und Thomas lehnte sich in seinem Stuhl zurück, während sein Plan in seinem Kopf endgültige Gestalt annahm.

UM ELF war Thomas immer noch in seinem Büro. Sein Telefon klingelte. Es war Marjorie. „Sind sie da?"

„Ja. Sie sind im Konferenzzimmer. Es sind nur zwei, Kevin Matthews und sein Anwalt, so ein schmieriger Typ in einem billigen Anzug."

„Gut. Sorg dafür, dass alle reingehen, auch unsere Anwälte und die Security. Und du selbst und Brandon. Schick Brandon in mein Büro, dann gehen wir zusammen rüber. Ich will, dass sie warten. Die sollen schmoren. Ich will nicht, dass jemand was sagt, verstanden? Die Leute sollen reingehen, sich hinsetzen und keinen Ton sagen. Gar nichts, auch keine Begrüßung. Ich will, dass dieses Arschloch so nervös wird, dass er sich in die Hosen macht. Du und Brandon, ihr werdet dann alles mitschreiben. Es ist mir egal, was ihr schreibt, tut einfach so, als ob ihr jeden Satz notiert, den einer von den beiden von sich gibt. Ich will, dass sie das sehen und anfangen, über jedes Wort, das sie sagen, dreimal nachzudenken."

„Alles klar." Marjorie klang richtig aufgedreht.

Verdammt, Thomas ging es genauso.

Er legte auf und ein paar Minuten später klopfte Blaze an seine Tür. „Bist du bereit?" Thomas lächelte Blaze zu. „Lass sie erst mal ihre Karten auf den Tisch legen. Dann schießt du aus allen Rohren. Wir wissen, dass es ihm um mehr Geld oder ein besseres Angebot geht und beides wird er nicht kriegen. Lass ihn ein bisschen herumeiern und dann machst du ihn fertig." Thomas sah auf seine Uhr. „Die sitzen seit zehn Minuten da drin, während zehn Leute sie anstarren. Deren Nerven werden schon sowas von blank liegen." Er stand auf und gemeinsam gingen sie zum Konferenzraum hinüber.

Thomas lächelte nicht, aber es freute ihn, dass jeder einzelne seiner Leute kurz von Matthews und seinem Anwalt wegschaute, hin zu ihm und Blaze. Im Raum lag der Geruch von Schweiß und Stress. Er nahm seinen Platz am Tisch gegenüber von Matthews ein und Blaze setzte sich neben ihn.

„Was wollen Sie, Matthews?", fragte Blaze ohne Einleitung oder Begrüßung, so, als ob sonst überhaupt niemand im Raum wäre.

„Ich wollte über ein paar von den Bedingungen in unserer Vereinbarung reden." Matthews sah zu Brandon und Marjorie hinüber, die Notizen machten.

„Sie meinen die Vereinbarung, die Sie bereits unterschrieben haben?" Blaze ließ den Vorvertrag über die Tischplatte segeln. „Die Vereinbarung, die den Verkaufspreis und den Zeitplan regelt."

Matthews wandte sich zu seinem Anwalt. Sie redeten kurz miteinander, dann drehte sich Matthews wieder um, eine Spur blasser. „Das ist keine abschließende Regelung. Das ist nur ein Entwurf, und –"

„Nein. Es ist ein Vertrag und er ist bindend hier in New York. Wir haben unsere Verpflichtungen erfüllt und wenn Sie sich nicht an Ihre halten, werden für Sie erhebliche Kosten fällig, die wir gegen den Verkaufspreis aufrechnen werden." Blaze war klasse. Er spielte seinen Part genau so, wie sie es besprochen hatten.

„Das ist unerheblich", meldete sich der Anwalt zu Wort.

„Ganz und gar nicht. Schauen Sie sich Paragraph acht des Vertrages an. Jede Verzögerung, die Ihr Klient verursacht, und alle Kosten, die daraus entstehen, hat er zu vertreten. Das beinhaltet die Zeit, die es uns gekostet hat, dieses Meeting vorzubereiten, ebenso wie die Kosten für unsere rechtliche Beratung. Außerdem wird Ihr Klient alle Kosten tragen, die daraus entstanden sind, dass Mr Stepford nach New York kommen musste, die Kosten seiner Unterbringung, und dazu jede einzelne Stunde, die wir in die Vorbereitung dieser kleinen Party hier gesteckt haben." Blaze wedelte mit der Hand. „Tatsache ist, Sie zahlen für jede einzelne Person hier in diesem Raum. Ich würde vorschlagen, Sie besprechen sich möglichst schnell und entscheiden dann, was Sie tun wollen. Die Uhr tickt, mit jeder Sekunde laufen weitere Kosten auf. Und Sie haben rechtlich nicht die Spur einer Chance." Er grinste. „Vielleicht bringen wir Sie einfach vor Gericht, dann können Sie dafür auch noch zahlen. Paragraph neun."

Matthews war immer bleicher geworden. „Ich dachte, wir könnten darüber reden." Er schaute Thomas an, und Thomas sah zu Blaze, ohne etwas zu antworten.

Blaze stand auf und beugte sich über den Tisch. „Was Sie gedacht haben, ist, dass Thomas nicht in New York ist und Sie deshalb versuchen können, Ihre kleinen Spielchen mit uns zu spielen. Tja. Irrtum." Er setzte sich wieder hin und zog sich den Schlips zurecht. „Sie werden unterzeichnen wie abgemacht, Punkt. Wenn Sie noch etwas einzuwenden haben, denken Sie besser gründlich darüber nach, was Sie das kosten wird. Sie kriegen jetzt schon fast fünfzigtausend Dollar weniger für Ihr Gebäude, und bald wird der Preisnachlass noch deutlich höher ausfallen."

Matthews machte den Mund auf und wieder zu. Er sah aus wie ein Karpfen. Er sah sich im Raum um, als hoffte er von irgendwoher auf Hilfe.

„Sind wir fertig hier? Der Vertrag wird am Freitagmorgen unterzeichnet", sagte Blaze. „Hier in diesem Büro."

Matthews nickte. Er sah verstört aus, und sein Anwalt schien kurz davor zu sein, unter den Tisch zu rutschen.

„Gut. Wir werden Ihnen morgen früh mitteilen, um welche Summe genau sich der Kaufpreis reduziert hat." Blaze wirkte wie ein Löwe, der dabei ist, seine Beute zu erlegen. Es war großartig.

„Wir sehen Sie am Freitag", sagte Thomas schließlich. Er streckte nicht die Hand aus. „Punkt elf."

„Okay", knurrte Matthews und verließ dann mit seinem Anwalt den Konferenzraum. Marjorie brachte die beiden zum Fahrstuhl. Erst als sie wieder da war, lächelten alle und fingen an zu reden.

„Du warst klasse", sagte Thomas zu Blaze. „Danke an alle."

„Er hat sich vor Angst fast in die Hosen gemacht", sagte Blaze, während die Leute nacheinander den Raum verließen und er allen die Hände schüttelte. Auch Thomas gab jedem die Hand und bedankte sich. Die Anwälte versprachen, alles rechtzeitig für ihn fertig zu haben, und gingen ebenfalls.

„Okay, zurück an die Arbeit, Leute. Marjorie, organisiere für das ganze Büro ein Lunch. Das haben sich alle verdient."

„Das war ziemlich fantastisch", sagte Brandon zu Thomas, als er sich im Konferenzzimmer zum Mittagessen neben ihn setzte.

Blaze kam herein, warf einen Blick auf Brandon und gab eine perfekte Imitation von Sheldon Cooper zum Besten.

„Du sitzt auf seinem Platz." Thomas stieß Brandon gegen die Schulter. Zum Glück setzte sich Blaze auf einen anderen Stuhl.

„Hat hier jeder einen bestimmten Sitzplatz?" Brandon griff nach seinem Teller, um wieder aufzustehen.

„Nein. Bleib sitzen", sagte Thomas sanft, bevor er sich zu Blaze wandte. „Auf eine großartige Vorstellung."

„Ja. Aber wir können das nicht jedes Mal machen, wenn wir ein Problem haben", sagte Blaze.

Thomas sah auf. „Vielleicht nicht. Aber du hast die Sache geregelt und beim nächsten Mal wirst du es ohne mich schaffen. Es wird sich schnell herumsprechen, dass du keiner bist, der umfällt, und dass man mit uns nicht Schlitten fahren kann, auch, wenn ich nicht immer hier bin. Es geht nur darum, was die Leute erwarten und ob nun bewusst oder unbewusst – Matthews wird jetzt überall verbreiten, dass du ein Hardliner bist." Thomas war überzeugt, dass Blaze nichts weiter brauchte als ein wenig mehr Selbstvertrauen und einen gefestigten Ruf in der Branche. Er biss von seinem Wrap ab.

„Wie geht es jetzt weiter?", fragte Blaze.

„Wir werden bleiben, bis die Verträge unterzeichnet sind und dann fliegen wir nach Hause." Lieber Gott, er würde wirklich nach Hause kommen. Allein der Gedanke reichte schon, dass sich die Anspannung in seinem Körper etwas löste. Er war erst seit drei Tagen wieder hier und es fühlte sich an, als wäre er nie weggewesen. Der Druck und das Tempo hatten ihn wieder voll erwischt und jetzt, da er sich schon an ein langsameres Leben gewöhnt hatte, wusste er, das wollte er nicht mehr. Er würde nicht den Rest seines Lebens so verbringen wie die letzten drei Tage.

Brandon beendete seine Mahlzeit und stand auf. Für einen kurzen Moment erwiderte er Thomas' Blick, dann verließ er das Konferenzzimmer. Thomas fragte sich, wohin er wollte. Er erhaschte durch die gläsernen Wände einen kurzen Blick auf ihn, wie er an Marjories Schreibtisch stand.

„Die zwei sind wie Pech und Schwefel", sagte Blaze, sobald die Tür zugefallen war. „Ich möchte gern wissen, was die vorhaben."

Thomas legte den Rest seines Wraps auf seinen Teller. „Sie lernen sich kennen. Sie reden schon seit Wochen miteinander am Telefon und jetzt kennen sie sich endlich persönlich." Thomas verdrehte die Augen. „Gott sei uns gnädig."

Die anderen Mitarbeiter waren mit ihrem Lunch fertig und verließen einer nach dem anderen das Konferenzzimmer, um wieder an die Arbeit zu gehen.

Blaze nickte und sah sich um. „Was ist los mit dir und Brandon? Läuft da was?"

„Ja, tut es. Was genau, weiß ich nicht." Thomas seufzte. „Brandon ist wunderbar und ich mag ihn sehr, aber er wird nicht lange mein Assistent bleiben – oder irgendjemandes Assistent. Er ist intelligent, und er beobachtet und versteht Menschen."

Blaze lachte schnaubend. „Was zum Teufel soll das denn heißen?"

„Es war seine Idee, dass du die Sache heute übernimmst. Er hat irgendwie kapiert, worauf es wirklich ankommt, auch auf längere Sicht. Nämlich darauf, dass du dich als Autorität etablierst." Thomas beugte sich vor. „Brandon versteht mich." Es gab ihm ein warmes Gefühl, das auch nur auszusprechen. „Aber die Sache hat keine Zukunft. Er ist jung und hat sein ganzes Leben vor sich." Thomas schloss die Augen. „Brandon würde mir wahrscheinlich eine dafür kleben, das zu sagen, aber ich werde alt … oder jedenfalls fühle ich mich manchmal so … und er hat Träume. Ich will ihn nicht zurückhalten. Also versuche ich einfach, glücklich zu sein, so lange ich ihn habe."

„Das ist so total krank", sagte Blaze und Thomas zog die Brauen hoch, um Blaze die Gelegenheit zu geben, das näher zu erklären. „Wir arbeiten so verdammt viel, dass die einzigen Menschen, mit denen wir Zeit verbringen, die sind, mit denen wir arbeiten. Und trotzdem schreibt die Konvention uns vor, dass wir uns nicht mit ihnen einlassen dürfen."

„Ja … und ich mach's jetzt schon zum zweiten Mal." Thomas rieb sich die Schulter, ohne es zunächst überhaupt selbst zu bemerken. „Gott, ich hoffe nur, dass ich nicht gerade denselben Fehler noch mal mache."

„Brandon ist nicht Angus. Ich mag ihn. Angus war ein Miststück und ich habe ihn von Anfang an gehasst. Der Typ war wie eine Spinne; er hat sein Netz ausgelegt, damit du dich darin verfängst. Und für eine ganze Weile hat das ja auch geklappt."

„Sieht so aus, als ob keiner von uns beiden besonders viel Glück in der Liebe hat."

Blaze wandte sich ab und sah aus dem Fenster. „Vielleicht wird das bei dir jetzt anders."

Thomas zuckte die Schultern. „Vielleicht … aber ich kann nicht darauf zählen."

Blaze starrte ihn an und schüttelte den Kopf. „Hast du noch nicht bemerkt, wie er dich anschaut? Der junge Mann hält dich für die tollste Sache seit der Erfindung des Butterbrots und glaub bloß nicht, dass ich nicht mitgekriegt habe, wie du ihn anguckst. Und trotzdem geht ihr beide hier im Büro immer professionell miteinander um. Er respektiert dich als Chef, wie Angus es nie gemacht hat. Brandon kann die Arbeit und euer Privatleben auseinanderhalten. Und er ist intelligent."

„Worauf willst du hinaus?"

„Überleg doch mal, ob er nicht das Zeug dazu hat, was anderes zu machen. Bring ihm bei, wie man eine Firma führt, mach ihn zu deinem Partner." Blaze schlug ihm auf die Schulter. „Gib ihm einen Grund zu bleiben." Blaze stand auf und verließ den Raum ohne ein weiteres Wort, und Thomas blieb mit einer Menge Stoff zum Nachdenken zurück.

AN DIESEM Abend sank Thomas auf das Sofa in der Suite, band sich den Schlips ab und seufzte leise. „Es gibt etwas, worüber ich später mit dir sprechen möchte." Er schloss die Augen und wünschte sich, die Welt könnte sich für eine kurze Zeit etwas langsamer drehen.

„Möchtest du, dass ich das Abendessen aufs Zimmer kommen lasse?", fragte Brandon. „Wir müssen nirgends hingehen, wenn du nicht möchtest." Er setzte sich neben Thomas.

„Nein. Du bist das erste Mal in New York. Lass mich was Bequemeres anziehen und dann gehen wir aus und gucken uns ein bisschen was an." Thomas ging aus dem Zimmer, kehrte aber schnell zurück und setzte sich wieder hin, wobei er sich an Brandons Schulter lehnte. Er hatte darüber nachgedacht, wie Brandons Talente und seine Energie besser genutzt werden konnten als nur dafür, ein Assistent zu sein, und er hatte ein paar Ideen. Wenn er Glück hatte, war eine davon verlockend genug für Brandon, um zu bleiben. „Wenn du eine Show sehen willst, kann ich mich für morgen Abend um Tickets kümmern."

„Sind die meisten Shows nicht schon ausverkauft?", fragte Brandon.

„Manche schon, aber ich kann trotzdem versuchen, noch Tickets zu bekommen. In dieser Stadt geht's oft nur darum, wieviel du bereit bist zu zahlen." Thomas klopfte Brandon auf das Knie. „Gib mir eine Minute Zeit, dann können wir beide losziehen und ein paar Stunden Spaß haben." Dem begeisterten Leuchten in Brandons Augen nach zu schließen, hatte er das Richtige vorgeschlagen.

Nachdem er sich ein wenig frisch gemacht hatte, fuhr er mit Brandon im Fahrstuhl nach unten. Der Portier bestellte für sie ein Taxi, das sie zum Times Square brachte. Thomas hasste diesen Platz. Er war laut und billig, mit einem Touch von Schmierentheater. Aber jeder sollte ihn zumindest einmal im Leben gesehen haben und von hier aus konnten sie gehen, wohin immer sie wollten.

„Oh mein Gott", flüsterte Brandon, als sie ausstiegen. Die Augen weit aufgerissen, wandte er den Kopf hin und her, um alles aufzunehmen. „Das ist ja Wahnsinn hier."

Thomas bezahlte den Taxifahrer und sie reihten sich in die Massen auf dem Bürgersteig ein. „Da hast du recht. Schau dich um. Da drüben ist der Ball, der an Sylvester runterfällt, und da sind natürlich all die Geschäfte. Dort hinten kommt Downtown und zum Park und zu unserem Hotel geht's da entlang." Thomas zeigte Brandon die Richtungen.

„Wie ist es mit Dinner?", fragte Brandon und griff nach Thomas' Arm.

„Okay. Es gibt ein paar wundervolle Restaurants ganz in der Nähe." Thomas verließ mit Brandon den Platz. „Was möchtest du essen?" An den letzten Abenden hatten sie im Hotel gegessen.

„Einen Burger. Irgendetwas Normales. All das vornehme Essen verdirbt mich noch."

Thomas umfasste Brandons Hand fester, während sie in einem Pulk drängelnder Passanten die Straße überquerten. Auf der anderen Seite wurde es etwas leerer. Er leitete sie vom Times Square weg die Vierundvierzigste Straße hinunter. „Wie wäre es mit einem guten, klassischen Steak?", fragte er. Brandon war einverstanden und Thomas führte sie zu Sardi's.

In dem Restaurant war viel Betrieb und man sagte ihnen, es gäbe keinen Tisch, aber als Thomas dem Chefkellner fünfzig Dollar in die Hand drückte, wurde wie durch ein Wunder plötzlich einer frei. Sie nahmen Platz und sofort kam jemand, gab ihnen die Speisekarten und schenkte ihnen Wasser ein.

Brandons Handy klingelte. Als er auf das Display schaute, weiteten sich seine Augen. „Hallo?", sagte er, lauschte kurz und stand dann auf. Er entschuldigte sich und ging zur Tür und nach draußen.

Als der Kellner zurückkam, bestellte Thomas ein paar Appetizer und für sie beide Wein. Er ertappte sich dabei, wie er immer wieder zur Tür sah, während er allein wartete. Er fragte sich, was passiert war.

Nach zehn Minuten, als gerade die Appetizer serviert wurden, kam Brandon wieder, übers ganze Gesicht strahlend. „Das war jemand von Columbia Pictures aus der Abteilung für Promotion und Marketing. Sie haben meine Anfrage bekommen und sie haben sich den Film angeschaut und meine Promotion auch, und sie waren beeindruckt. Sie wollen, dass ich nächste Woche nach Hollywood komme, zum Interview." Brandon setzte sich hin, aber er federte förmlich auf seinem Stuhl.

„Das ist fantastisch." Thomas rang sich ein Lächeln ab und schob das, was er Brandon hatte sagen wollen, ganz weit weg. Das hier war das, was er wirklich wollte. Thomas würde ihm keine Hindernisse in den Weg legen. Ja, was er sich überlegt hatte, wäre für Brandon eine gute Sache gewesen und es hätte ihm wahrscheinlich gefallen. Aber es war weder Hollywood noch sein Traumjob. „Dann haben wir ja was zu feiern." Er lächelte weiter und gab sich die größte Mühe, sich für Brandon zu freuen.

„Ich habe den Job noch nicht. Es ist nur ein Interview, aber sie zahlen mir den Flug und sie sagten, sie buchen ein Hotelzimmer für mich und so weiter. Es muss ihnen also ziemlich ernst sein." Brandon schaute auf den Tisch. „Darf ich fragen, was das ist? Das sieht wie rohes Fleisch aus."

„Genau. Das ist Tartar. Probier's mal auf einem Stück Toast. Es sind Zwiebeln und Ei drin und noch einiges andere." Thomas schob mit einem Löffel etwas auf eine Toastecke und biss davon ab. Er liebte Tartar. Es war eine jener kulinarischen Überraschungen gewesen, die er erst kennengelernt hatte, nachdem er nach New York gezogen war.

Brandon nahm vorsichtig einen Bissen und dann gleich noch einen. „Das ist gut."

„Finde ich auch."

Sie aßen das Tartar und das Bruschetta, das ebenfalls göttlich war. Es war gerade genug, um den ärgsten Hunger zu stillen. Der Kellner kam, um ihre Bestellungen für den Hauptgang aufzunehmen.

„Alles hier ist gut. Das Restaurant gibt es schon seit Generationen." Die Fotos berühmter Stars an den Wänden bewiesen es. Alle waren signiert und gerahmt. Es war ziemlich beeindruckend.

Brandon bestellte das Filet und Thomas tat es ihm nach. Er hatte es schon einmal gegessen und es war delikat.

„Wollen sie dir die Details für nächste Woche zuschicken?"

„Ja. Mr Salomone hat gesagt, dass sie sich morgen mit den Einzelheiten wieder melden, welcher Flug, welches Hotel und so weiter, und welcher

Fahrservice mich abholt. Sie haben mich wirklich behandelt, als wäre ich jemand ganz Besonderes."

Thomas legte die Hand auf Brandons. „Das bist du auch. So ein Erfolg, wie du ihn hattest, das gibt es nicht oft. Sie wären dumm, dich ziehen zu lassen. Die Unterhaltungsindustrie ist beinhart. Was heute heiß ist, interessiert morgen schon nicht mehr, und jeder jagt immer dem nächsten großen Ding hinterher. Erfolgreiche Leute sind die, die das nächste große Ding selbst entwickeln und erreichen, dass alle darüber reden. Und das hast du geschafft."

„Es hat geholfen, dass es ein guter Film war", sagte Brandon.

Thomas zuckte mit den Schultern. „Es war ein guter Film. Nicht schlecht, aber auch nicht großartig. Der Punkt ist, du hast einen großartigen Film daraus gemacht, weil du erreicht hast, dass ihn viele Leute gesehen und darüber geredet haben. Das war der eigentliche Erfolg." Er sah auf, als die Salate kamen. Sie waren riesig wie alles in New York. Thomas war froh, dass er Hunger hatte, denn das Essen würde jedenfalls nicht knapp werden.

„Danke. Also hast du den Film gesehen?"

Thomas nickte. „Nachdem du mir davon erzählt hattest." Er aß etwas von seinem Caesar Salad. Das herbe Dressing ließ seine Zunge kribbeln. „Ich mochte ihn. Der Film war lustig und hatte eine Botschaft. Er war gut, wie gesagt."

Brandon aß und erzählte, was das Studio ihm gesagt hatte. „Sie sagten, sie hätten ein paar offene Stellen. Es ist echt aufregend. Wenn wir zurück sind, muss ich gleich meine Freunde anrufen und fragen, ob sie was damit zu tun hatten." Er aß schneller als sonst, offensichtlich angeregt und voller Energie.

Der Hauptgang kam und Thomas merkte, dass er nicht mehr denselben Appetit verspürte wie noch vor ein paar Minuten. Trotzdem aß er sein Steak, musste aber etwas übriglassen. Dafür aß Brandon alles auf und hörte während des ganzen Essens nicht auf zu reden. Thomas war dankbar, dass Brandon so bereitwillig das ganze Gespräch bestritt, denn er selbst fühlte sich dazu nicht in der Lage. Er hatte gewusst, dass etwas in dieser Art passieren würde, dass Brandon irgendwann von ihm weggerufen und seinen Träumen näherkommen würde. Thomas hatte einfach gehofft, dass er mehr Zeit haben würde, das war alles.

Beide verzichteten auf den Nachtisch und nachdem Thomas gezahlt hatte, verließen sie das Restaurant und spazierten zurück Richtung Broadway.

„Sieh dir die Laufschriften über den Theatern an und sag mir, ob etwas dabei ist, was du sehen willst."

„Wie wär's damit?", fragte Brandon und deutete auf *Das Phantom der Oper*. „Davon habe ich schon gehört. Aber ich glaube, ich will sehen, was es noch so alles gibt."

Er wirkte wie ein Kind im Süßigkeitenladen und Thomas liebte das. Thomas kannte fast alles in dieser Gegend und nahm die Dinge kaum mehr wahr. Es gehörte einfach alles zu der Stadt, in der er über zehn Jahre lang gelebt hatte.

„Du hast doch die Billboards am Times Square gesehen. War da etwas dabei, das dich interessiert?"

„Ich habe viel von *Wicked* gehört, aber ich habe es nie gesehen. Die Show war vor ein paar Jahren in Denver, aber Dad wollte keine Tickets kaufen. Heute ist mir klar, dass er einfach nur blöd sein wollte."

„Dann lass uns hingehen und sehen, ob wir für morgen noch gute Karten kriegen." Thomas nahm Brandon am Arm und ging mit ihn zur Sixth Avenue und dann Richtung Norden. Auf dem Weg wurde es langsam etwas leerer. Es war eine großartige Nacht und als sie die Gegend oberhalb des Times Square erreichten, verlor sich die Hektik und die Stadt wirkte wieder normal. An der Fünfundfünfzigsten Straße bogen sie zum Theater ab.

Thomas ging an die Kasse. „Wir hätten gern Tickets für morgen Abend, die besten, die Sie haben." Er lächelte und der Mann zeigte ihm den Sitzplan des Theaters und bot ihm zwei Tickets ganz hinten an. „Das ist alles, was Sie haben?"

Der Mann sah ihn säuerlich an. „Ja, Sir. Die einzigen, die ich sonst noch habe, sind in der dritten Reihe, und die kosten fünfhundert Dollar pro Person."

„Dann geben Sie mir die", sagte Thomas. Brandon hustete neben ihm. Thomas zog seine Kreditkarte heraus, unterschrieb den Beleg und nahm die Tickets und seine Karte wieder an sich. „Manchmal vergesse ich ganz, wie albern die Leute sein können." Sie gingen auf die Straße zurück.

„Das war echt nicht nötig", tadelte Brandon ihn. „Das ist sehr viel Geld."

„Ist es nicht. Also, vielleicht schon, aber nicht für das hier. Ich hatte nicht vor, Plätze ganz hinten zu kaufen, hinter einem Pfeiler, damit du dich die ganze Zeit vor- und zurücklehnen kannst, nur um was sehen zu können … und dafür dann noch zweihundert Dollar pro Ticket zu zahlen. Jetzt haben wir gute Plätze und du kannst die Show genießen. Die Schauspieler werden praktisch auf deinem Schoß tanzen."

„Hast du schon Shows gesehen? Bestimmt." Brandon hopste förmlich, während sie auf die Avenue zugingen, wo Thomas nach einem Taxi Ausschau hielt.

„Klar. Ich habe immer meine Eltern eingeladen, wenn sie zu Besuch waren. Mom wollte einfach alles sehen und Dad wollte, dass ich ihnen die interessanten Bars und die unbekannteren Lokale zeige. Sie hatten immer viel Spaß, wenn sie hier waren, aber sie waren auch immer froh, wieder nach Hause zu kommen. Die Stadt hat sie überfordert." Jetzt, wo er selbst für eine Weile weggewesen war, verstand er, wie es ihnen erging. Vielleicht war es an der Zeit, dass er selbst auch wieder nach Hause kam.

Endlich gelang es ihm ein Taxi anzuhalten und sie ließen sich zum Plaza fahren. Als sie ankamen, bezahlte er den Fahrer und ging mit Brandon ins Hotel. Brandon war immer noch aufgekratzt und tanzte praktisch die Treppe hinauf, während Thomas ihm folgte, ehrlich bemüht, sich mit ihm zu freuen.

In der Suite angekommen, checkte Thomas seine E-Mails und setzte sich dann auf das Sofa vor den großen Fernseher, um sich zu entspannen. Er streckte sich aus, zog die Schuhe aus und schloss die Augen. Als er Brandons Hände auf seinen Schultern spürte, spannten sich seine Muskeln an. Nur langsam gelang es ihm, sich auf die sanfte Massage einzulassen.

„Mein Gott, du bist vielleicht verspannt."

„Ja. Es war ein toller Tag, aber am Abend bin ich dann immer überreizt und habe Schwierigkeiten, wieder runterzukommen. Ich habe sehr lange so gelebt, eine Situation nach der anderen abgehakt, ein Projekt nach dem anderen abgearbeitet, Probleme gelöst und Leute angetrieben, wenn es nötig war. Nur so kriegt man Dinge geregelt." Thomas seufzte, während Brandon die Finger in seine Muskeln grub und sie zwang, nachzugeben. „Oh Gott."

„Kein Wunder, dass du Medikamente brauchst und ein Magengeschwür hast." Brandon massierte ihn weiter. Langsam arbeitete er sich Thomas' Nacken hinauf zum Hinterkopf. Thomas schloss die Augen und sein ganzer Körper prickelte, als Brandon mit den Fingerspitzen über seine Kopfhaut strich. „Lass einfach alles los. Atme tief und langsam, ein und aus. Lass einfach alles von dir wegfließen." Brandons Stimme war leise und beruhigend und es funktionierte. Thomas spürte, wie ihn Entspannung und Frieden durchdrang, und schon bald war er halb eingeschlafen. Er ließ die Sorge über das, was kommen würde, von sich abfallen, zumindest für den Moment.

„Vielleicht sollte ich zu Bett gehen", sagte Thomas, obwohl er eigentlich keine Lust verspürte, sich zu rühren. Brandon massierte ihn weiter, langsamer jetzt, und so blieb Thomas einfach, wo er war. Die Ruhe, die er empfand, ging jetzt so tief, dass er sie nicht aufgeben wollte. Druck, Erwartungen, Enttäuschungen und Einsamkeit, all das würde ihn nur zu bald einholen. Er konnte sich ein wenig Frieden und Entspannung gönnen, wenigstens für ein paar Stunden oder für so lange, wie es möglich war.

Schließlich stand er auf, stellte den Fernseher ab, zu dem er gar nicht mehr hingeschaut hatte, und ging zu Bett. Nachdem er sich ausgezogen hatte, schloss er die Tür und schlüpfte zwischen die frischen, weichen Laken und Decken. Er kuschelte sich ein und als Brandon zu ihm kam, war er schon fast eingedöst. Doch erst dann, erst mit Brandon an seiner Seite, fand er wirklich Ruhe und schlief ein.

DIE SHOW war fantastisch und Brandon saß die ganze Zeit auf der Sesselkante, lachend und vollkommen absorbiert von den Geschehnissen auf der Bühne. Thomas hatte *Wicked* schon gemeinsam mit seinen Eltern gesehen, aber auch er hatte viel Spaß. Nach dem Ende der Vorstellung suchten er und Brandon sich ein Diner, genehmigten sich einen Mitternachtsimbiss und schnappten sich dann ein Taxi zurück zum Hotel.

Brandon war immer noch voller Energie, als sie in die Suite kamen und Thomas ermunterte ihn, ein bisschen davon loszuwerden, bevor sie zusammen in ihrem Luxusbett einschliefen. Thomas hätte genauso gern in einem Motel 6 geschlafen, solange es nur in Brandons Armen war.

Matthews war am Freitag pünktlich und alle Verträge wurden unterschrieben. Als Kaufpreis für das halb verfallene Gebäude, das abgerissen werden sollte, um Platz für etwas Neues zu machen, wurde ein Scheck übergeben. Thomas hatte halb erwartet, dass neue Schwierigkeiten auftauchen würden, aber es gab keine und am Ende schüttelte man sich die Hände. Matthews ging mit seinem Geld … etwas weniger, als er sich erhofft hatte, und Thomas besaß eine unterschriebene notarielle Urkunde über das Grundstückseigentum.

„Bestell die Bauarbeiter, sobald du die Genehmigungen hast. Ich will diesen Schandfleck weghaben, bevor irgendjemand mit Einwänden kommt." Thomas und Blaze tauschten ein Lächeln und dann gab Blaze ihm die Genehmigungspapiere.

„Ich habe sie schon."

„Dann kann es ja losgehen." Thomas steckte die Unterlagen, die er brauchte, in seine Aktentasche. „Schick mir die endgültigen Entwürfe vom Architekten, damit ich sie noch mal durchsehen kann, bevor wir sie bei der Stadt einreichen. Dann brauche ich noch deine Baupläne und den genauen Zeitplan. Nächste Woche können wir alles zusammen durchgehen." Er schüttelte Blaze die Hand. „Du hast dich gut geschlagen. Jetzt musst du das Ding nur noch ohne Verspätungen und Mehrkosten nach Hause bringen, dann bist du ein verdammter Rockstar."

Blaze nickte und wandte sich zum Gehen. Als er die Tür öffnete, kam Brandon gerade herein und ging an ihm vorbei, um Thomas' Sachen zu packen.

„Ich habe unser Gepäck in das leere Büro am Ende des Flurs gestellt. In einer halben Stunde kommt der Wagen, der uns zum Flughafen bringt und für unsere Landung in Denver habe ich auch alles organisiert."

„Willst du nach Hause, Energizer Bunny?", zog Blaze ihn auf. „Du hast mehr Energie als irgendjemand sonst, den ich kenne." Er ging grinsend aus dem Büro und schloss mit einem leisen Lachen die Tür hinter sich.

Brandon schien nicht recht zu wissen, was er mit diesem Kommentar anfangen sollte.

„Wenn er dich ärgert, bedeutet das, dass er dich mag." Thomas sah auf seine Uhr und packte den Rest seiner Sachen zusammen. „Los geht's."

Marjorie kam ins Büro. „Euer Fahrer trifft euch unten vor dem Eingang und wird euch zum Flugzeug bringen. Es wartet schon auf euch." Sie lächelte und sah beide nacheinander an. „Gute Reise, ihr beiden." Sie umarmte Brandon und flüsterte ihm dabei etwas zu. Brandon wurde rot und nickte, machte sich dann los und verließ das Büro. „Du ... entspann dich, so oft es nur geht, und pass um Himmels willen auf dich auf." Sie machte sich einfach immer Sorgen.

„Werde ich. Grüß Peter und die Kinder von mir und mach zu vernünftigen Zeiten Feierabend. Ich weiß, dass du immer länger bleibst wegen der Zeitverschiebung. Das brauchst du nicht. Geh nach Hause und nimm dir Zeit für deine Familie. Es gibt nur wenige Dinge, die so wichtig sind, dass sie nicht bis zum nächsten Morgen warten können."

„Das werde ich, wenn du es auch machst", sagte sie und Thomas dachte sich, was soll's, und umarmte sie.

„Übrigens, es wird hier einige Änderungen geben und ich denke, es ist Zeit, dass wir einen Büroleiter einstellen. Ich habe immer viele von diesen Aufgaben mit dir zusammen erledigt, aber es wäre nicht fair, das alles jetzt Blaze machen zu lassen. Also, was hältst du davon, wenn du diesen Job übernimmst? Du würdest eine Gehaltserhöhung bekommen und du wärst als Büromanagerin die Chefin aller Assistenten."

Marjorie blieb erst still, aber dann schrie sie begeistert auf. „Im Ernst?"

„Ja. Du wirst immer noch für mich arbeiten, aber deine Pflichten werden andere sein." Es gab nichts Befriedigenderes, als einen großartigen Mitarbeiter zu befördern. „Denk drüber nach, was zu dem Job deiner Meinung nach alles dazu gehört, und dann reden wir nächste Woche. Gut, also, bis dann, mach hier noch fertig und nimm dir den Rest des Tages frei. Führ deine Familie zum Essen aus – die Rechnung geht auf mich." Er drückte sie kurz. „Ich muss los, wir reden nächste Woche weiter." Er verließ sein Büro und fand Brandon schwer beladen mit ihrem Gepäck. Thomas nahm ihm zwei Koffer ab, dann stiegen sie in den Fahrstuhl und fuhren hinunter ins Erdgeschoss. Der Wagen wartete wirklich schon und bald waren sie am Flughafen und auf dem Weg nach Westen.

Thomas rutschte auf seinem Sitz hin und her und Brandon lehnte sich vor. „Ich ..." Er begegnete Brandons Blick und biss sich auf die Lippe. Er verließ New York und vielleicht war es an der Zeit, mit diesem ganzen Lebensabschnitt abzuschließen. „Angus ..."

Brandon nickte. „Bist du jetzt bereit, mir von diesem Ex zu erzählen, dem ich am liebsten den Hals umdrehen würde?", fragte er, während er von seinem Platz aufstand und sich neben Thomas setzte. „Ich habe die Narben gesehen, die er an deinem Körper hinterlassen hat. Jetzt erzähl mir von denen auf deiner Seele."

Thomas nickte. Ja, vielleicht war es wirklich Zeit, über das alles zu reden und es endlich loszuwerden. „Also, kurz gesagt, Angus war bei uns als Ingenieur angestellt. Wir haben immer einen im Team, der uns hilft, Gebäude zu bewerten und Designs zu prüfen und überhaupt als Ansprechpartner fürs Technische. Diese Leute sind sehr wichtig für uns. Damals habe ich sehr viel mit ihm und Blaze zusammengearbeitet."

„Und ihr seid euch nähergekommen ...", half Brandon.

Thomas zuckte mit den Schultern. „Ich weiß nicht genau, wie es passiert ist. Wenn ich jetzt drüber nachdenke, glaube ich, dass er interessiert war, und dass ich sehr einsam war und einfach nicht richtig nachgedacht habe."

Brandon nickte. „Ist es mit mir auch so? Es ist ziemlich schnell gegangen mit uns, aber ... bin ich für dich einfach bequem?"

Thomas dachte eine Millisekunde lang nach. „Nein. Du warst nie bequem." Ihm wurde klar, wie das klang, und er hätte am liebsten seinen Kopf auf den Tisch geschlagen. Er rollte die Augen. „Ich meine, mit dir war es ganz anders als mit Angus. Ihm ging es darum, in schicken Hotels zu wohnen und teure Reisen zu machen und in angesagten Restaurants essen zu gehen. Ich glaube, für ihn war ich nur wegen meines Geldes attraktiv. Er wollte einen bestimmten Lifestyle und er wusste, dass ich ihm genau das bieten konnte. Also stieg er mir nach und versicherte mir die ganze Zeit, dass unsere Arbeit dadurch nicht beeinträchtigt werden würde und so weiter und so fort." Thomas seufzte. „Er hat immer gelogen, von Anfang an." Thomas schluckte schwer. „Am Schluss wurde klar, dass sein ganzes Leben eine Lüge war. Er hat seine Zeugnisse geschönt und war inkompetent. Anstatt Konstruktionspläne wirklich zu begutachten, hat er alles einfach immer nur abgestempelt. Wir sind dadurch fast in die Pleite geschlittert. Blaze war derjenige, der es entdeckt hat. Die beiden hassten sich und heute danke ich Gott dafür, dass Blaze so misstrauisch war. Er hat einen Detektiv darauf angesetzt, seine Vergangenheit zu durchleuchten und es kam eine Menge Mist zutage. Ich musste ihn feuern und ich habe mit ihm Schluss gemacht."

„Und die Narben?"

„Angus war ein Meister der Manipulation, er hat mich fast ein Jahr lang an der Nase herumgeführt. Er war in mein Apartment gezogen und hatte praktisch mein ganzes Privatleben übernommen. Wir machten viel zusammen und hatten Spaß ... am Anfang." Thomas hob die Hände. „Ich war verliebt in ihn. Ich rede mir ganz gern ein, dass das der Grund war, dass ich überhaupt nicht kapiert habe, was abging. Nachdem Schluss war und ich ihn aus meiner Wohnung geworfen hatte, hat er mich angegriffen, und ich weiß, dass er mich da liegengelassen hat in der Hoffnung, dass ich sterbe." Das Flugzeug wurde von einer Turbulenz durchgerüttelt und sie legten beide ihre Sicherheitsgurte an. „Danach habe ich mir geschworen, nie wieder mit jemandem auszugehen, mit dem ich arbeite, und daran habe ich mich gehalten … verdammt, ich bin überhaupt mit niemandem mehr ausgegangen. Ich habe nur noch gearbeitet. Dann bin ich zurück nach Hause gezogen und plötzlich war dieser fantastische Mann mit den unglaublichen Augen und dem riesengroßen Herzen mein Assistent." Er lächelte und bemühte sich, die sentimentalen Gefühle niederzukämpfen, die ihn übermannen wollten. Thomas wollte nicht daran denken, dass Brandon gehen würde.

„Die letzten Wochen waren wundervoll." Brandon biss sich auf die Lippe. „Es ist nur ein Interview. Vielleicht werden sie mir gar keinen Job anbieten und …"

„Hör sofort auf. Das hier ist dein Traum, das, was du mehr als alles andere gewollt hast. Jetzt geh und hol es dir!" Thomas war sehr ernst. „Du bist jung und hast dein ganzes Berufsleben vor dir."

„Und du bist erst vierzig und solltest aufhören, wie ein Rentner zu reden", schimpfte Brandon.

„Neununddreißig … noch sechs Tage …" Er grinste.

„Der Punkt ist, ich werde nicht dieses Gespräch mit dir führen, wo du mir erklärst, dass es die Dinge sind, die ich nicht getan habe, die ich mal bereuen werde. Das Gespräch hatte ich nämlich schon mit meiner Großmutter." Brandon senkte den Kopf, aber er blinzelte Thomas bedeutungsvoll zu wie über den Rand einer imaginären Brille. „Ich weiß, dass das vielleicht wahr ist, aber …"

„Es ist wahr. Also musst du dich um diesen Job maximal bemühen. Wie du schon sagtest, wir kennen uns erst seit –"

„Wir sind uns näher gekommen in den letzten Wochen, aber ich kenne dich schon sehr lange. Vergiss das nicht." Brandon zwinkerte. „Ich kenne dich als jemanden, der schon immer sehr fair war und der mir einen Job gegeben hat, als ich ihn brauchte." Das Flugzeug wackelte wieder und er lehnte sich an Thomas. „Ich habe nicht vor, dieses Interview zu vergeigen, aber manchmal kommen die Dinge echt zum falschen Zeitpunkt." Brandon nahm seinen Arm und hielt ihn fest.

Thomas konnte nur zustimmen, dass die Dinge manchmal zum verdammt falschen Zeitpunkt kamen. Und es gab nichts, was er dabei machen konnte. Er hatte bereits die Entscheidung getroffen, dass er Brandon auf keinen Fall zurückhalten oder ihn bitten würde zu bleiben, egal, was die Leute in Hollywood sagten. Thomas war sich ziemlich sicher, dass sie sich Brandon schnappen und ihm ein Angebot machen würden, das zu gut war, um es abzulehnen, wenn sie ihn erst einmal kennengelernt hatten. Er musste darauf vorbereitet sein.

Der Rest des Fluges verlief ziemlich ruhig. Keiner von ihnen schien viel Lust zum Reden zu haben und Thomas war müde von der Reise und einer anstrengenden Woche. Er hätte sich gern ausgestreckt, um sich auszuruhen, aber er wollte so nah wie möglich bei Brandon sein. Also saß er still, lauschte dem Summen der Motoren und genoss einfach die Ruhe.

Nachdem sie gelandet waren und ihr Gepäck hatten, trugen sie es zum Auto und Thomas ließ Brandon fahren.

„Fahr gleich zu deiner Großmutter. Du kannst deine Sachen auspacken und so weiter." Er wollte, dass Brandon mit ihm nach Hause kam, aber er würde nicht fragen. Sie hatten den Großteil der letzten Woche miteinander verbracht und … es war am besten so.

„Ich muss nachsehen, ob alles okay ist mit ihr, aber …" Brandon hielt an einer roten Ampel und wandte sich zu ihm. „Glaub nicht, dass du damit durchkommst, wenn du jetzt die Platte auflegst ‚ich ziehe mich zurück, weil das für dich das Beste ist'. Das ist nicht sehr originell und außerdem ziemlich billig." Brandon warf ihm einen scharfen Blick zu und Thomas hob die Hände.

„Das würde mir nicht im Traum einfallen." Thomas seufzte und wartete, bis Brandon in Thelmas Auffahrt hielt.

Das Haus war erleuchtet und schien voller Wärme und Leben zu sein. Hinter einem Fenster teilten sich kurz die Gardinen, bevor Thelma die Tür öffnete.

„Du bist wieder zu Hause", sagte Thelma glücklich. Thomas hatte vor, gleich weiter nach Hause zu fahren, aber Thelma wollte davon nichts hören und schob ihn ins Haus. „Ich habe das Abendessen schon auf dem Tisch. Reisen macht mich immer hungrig, also habe ich mir gedacht, ich koche euch beiden ein schönes Essen."

Brandon ging sein Gepäck wegräumen und Thomas setzte sich auf ein abgewetztes Sofa, das wahrscheinlich seit den Achtzigerjahren auf demselben Platz stand.

„Danke."

„Wie war die Reise?", fragte Thelma. „Habt ihr alles erledigt, was ihr vorhattet? Habt ihr ein bisschen was von New York gesehen?"

„Grandma, es war großartig", sagte Brandon, als er ins Zimmer kam. „Sie haben uns in einer Suite im Plaza eingebucht und das ist das vornehmste Hotel, das du dir vorstellen kannst. Das Restaurant hat eine bunte Glasdecke, die von hinten erleuchtet ist und es ist so groß wie dein ganzes Haus." Brandon setzte sich neben Thomas. „Ich hatte richtig Angst, mich hinzusetzen, weil alles so schön war. Und von unserer Suite aus konnten wir den Central Park sehen. Grandma, es war Wahnsinn." Er hielt ihr eine Schachtel Pralinen hin, die er für sie gekauft hatte. „Die sind aus dem Souvenirshop. Iss sie langsam. So teure Schokolade hast du noch nie gegessen, aber sie sind fantastisch."

Brandon war schon wieder voller Energie und er versprühte sie im ganzen Zimmer. Mit ihm war in Thomas' Leben die Sonne herausgekommen und so würde es zumindest noch für eine kleine Weile sein. Thomas lehnte sich zurück und hörte nur halb zu, während er das Leuchten und die Wärme genoss, die von Brandon ausgingen, und darüber nachdachte, wie er ohne ihn leben sollte, wenn es erst soweit war.

„Okay." Sie lächelte. „Also haben Sie ihm die Sehenswürdigkeiten gezeigt", sagte sie zu Thomas.

„Hat er. Und er hat mich zu einer Show eingeladen. Es war richtig toll." Brandon startete mit einem Reisebericht und zählte alles auf, was sie gegessen hatten. „Ich habe Tartar gegessen und es war lecker."

„Du hast rohes Fleisch gegessen?", fragte Thelma schaudernd.

„Es war richtig gut. Es schmeckte wie Rindfleisch gemischt mit Zwiebeln und Gewürzen, und es war nicht weich, sondern in feste kleine Würfel geschnitten." Brandon sah sich um. „Es war echt ein einmaliges Erlebnis, in einem solchen Restaurant essen zu dürfen. Die Frauen waren mit all diesen Diamanten behängt und alles leuchtete und glitzerte, einschließlich der Leute. Es ist schwer zu beschreiben. Sogar die Fahrstühle waren der reine Luxus, superleise und mit echtem Holz ausgekleidet."

„Hast du dort auch gearbeitet oder dich nur amüsiert?", fragte Thelma neckend. Darauf fing Brandon mit einem weiteren Vortrag darüber an, was sie alles gemacht hatten, wenn er auch manche Details ausließ.

Thomas begann, sich zu fragen, ob Brandon irgendwie herausgefunden hatte, wie man sprechen konnte, ohne zu atmen, denn er redete ohne Punkt und Komma.

„Wir haben es nicht mehr geschafft, im Chrysler Building hochzufahren, das wäre natürlich toll gewesen, aber wir hatten zu viel zu tun." Endlich holte er Luft und Thelma entschuldigte sich und stand auf. Brandon grinste ein wenig. „Bin wohl wieder der Energizer Bunny."

„Sieht ganz so aus", lächelte Thomas.

„Brandon, kannst du mir bitte helfen?", fragte Thelma.

Thomas stand ebenfalls auf, half ihr, den Tisch zu decken und setzte sich dann mit zum Essen hin. Es gab einen einfachen Hähnchensalat mit Kräutern, der fantastisch schmeckte.

„Nächste Woche fliege ich nach Kalifornien." Brandon wippte auf seinem Stuhl auf und ab. „Ich habe ein Interview bei Columbia Pictures."

„Wie schön für dich. Das ist doch das, was du dir immer gewünscht hast." Sie tätschelte Brandons Hand und tauschte ein Lächeln mit ihm. Ihre Augen glänzten.

Thomas sah auf den Tisch herunter, bemüht, sich seine Gefühle nicht anmerken zu lassen.

Sie sprachen über die Einzelheiten von Brandons Plänen und darüber, wie Thelma zurechtkommen würde. Dabei ließ sie sanft ihre Hand auf Thomas' ruhen, so als wüsste sie, was er durchmachte. Aber wie sehr es ihn auch schmerzte, an die Zukunft zu denken, das Letzte, was er wollte, war, ein Schatten über Brandons Träumen zu sein.

10

BRANDON WAR in Hochstimmung. Als er knapp eine Woche später aus dem Flugzeug aus Kalifornien stieg und zur Gepäckausgabe ging, wartete Thomas unten an der Rolltreppe auf ihn.

„Du bist wieder da", sagte er. Sein Lächeln war breit und voller Wärme. In den Tagen, bevor er abgeflogen war, hatte Brandon dieses Lächeln nicht sehr oft gesehen und das hatte ihm Sorgen gemacht. Thomas würde sich selbst wahrscheinlich nie als jemanden beschreiben, der viel lächelte, aber das tat er, wenn man nur richtig hinsah, und Brandon kannte sich mit Thomas' Lächeln inzwischen gut aus.

„Ja. Es war ein guter Trip." Brandon stellte seine kleine Reisetasche auf dem Boden ab und umarmte Thomas fest. „Sie fanden mich gut. Ich habe über die Tage verschiedene Arbeitsgruppen getroffen und ich war auch bei einer Pitch Session dabei und habe ein paar Promotion-Ideen beigesteuert, die ihnen gefallen haben. Ich weiß nicht, ob sie die wirklich verwenden werden, aber ..." Brandon seufzte und drückte Thomas so fest an sich, wie er es wagte. „Ich werde es herausfinden, weil sie mich eingestellt haben. Das Studio will, dass ich komme und für sie arbeite. Sie haben mir einen Job mit einem wirklich guten Gehalt angeboten und sie wollen, dass ich in ein paar Wochen anfange. Sie haben gesagt, sie organisieren und bezahlen eine vorläufige Unterkunft für mich, und sie haben mir auch einen Zuschuss zum Umzug zugesagt. Nicht viel, aber da ich nicht viele Sachen habe, ist es mehr als genug." Er freute sich so auf alles. Es war das, wovon er geträumt hatte. Aber jetzt wurde ihm klar, dass er für seine Träume einen Preis zahlen würde.

„Ich freue mich für dich", sagte Thomas. „Das hier ist dein Traum und ich will, dass er für dich wahr wird." Thomas' Stimme klang froh, aber Brandon hörte, dass auch ein wenig Trauer darin mitschwang. Es wäre ihm vielleicht gar nicht aufgefallen, wenn er nicht dasselbe empfunden hätte. Selbst wenn es ihm und Thomas gelang, eine Fernbeziehung zu führen, würde es nicht dasselbe sein. Thomas täglich zu sehen, ihn in den Armen zu halten und in der Nähe zu haben, war so wichtig für ihn geworden. Und jetzt waren da Zweifel, wie auch immer er es betrachtete.

Brandon fing Thomas' Blick ein. „Ich weiß, wie du dich fühlst, weil es mir genauso geht. Glaub nur nicht, dass es mir leichtfallen wird, wegzuziehen, denn das wird es nicht. Wenn das Ganze sechs Wochen früher passiert wäre, bevor ich dich wiedergesehen habe, hätte ich einfach meine Sachen gepackt und wäre mit dem nächsten Flugzeug zurückgeflogen. Mensch, bevor ich dir begegnet bin, hätte ich wahrscheinlich einfach jemanden gebeten, mir mein Zeug zu schicken und wäre gleich dageblieben." Brandon machte Spaß, aber nicht nur.

„Ich weiß. Alles ist jetzt anders. Aber ich werde dir nicht im Weg stehen. Das kann ich nicht." Thomas rieb sich über die Augen. „Wir haben nur ein Leben und ich will nicht, dass du irgendetwas bereust."

Thomas zu verlassen, um zu einem Interview zu fliegen, war hart gewesen. Ihn zu verlassen, um einen neuen Job anzutreten, würde die Hölle sein.

Ein Sirenenton erklang und das Gepäckband begann sich zu drehen. Die ersten Taschen erschienen und sie warteten, dass Brandons auftauchen würden.

„Alles ist ganz anders dort", sagte Brandon. „Ein bisschen wie New York, nur mit Palmen und viel Sonnenschein. Ich glaube, es wird mir wirklich gefallen." Er nahm seine Tasche vom Gepäckband und trat wieder zu Thomas. Sie verließen das Terminal und Thomas winkte einer Limousine zu, die an der Bordsteinkante parkte. Der Fahrer nahm seine Tasche und sie stiegen ein. „Findest du das hier nicht ein bisschen übertrieben für den Flughafen?"

„An solche Sachen wirst du dich gewöhnen müssen", scherzte Thomas mit einem Lächeln. „Es ist einfach so, dass mir nicht nach Fahren zumute war und dass ich so viel Zeit wie möglich mit dir verbringen wollte." Er seufzte. „Ich versuche nur, wirklich zu kapieren, wie jetzt alles wieder anders werden wird. Ich … ich …" Thomas stotterte, was sehr ungewöhnlich war, und es versetzte Brandon vor Sorge einen Stich. „Ich wusste, dass du nicht für immer bleiben würdest. Du bist begabt genug, es überall zu schaffen. Ich nehme an, ich habe gehofft, dass ich mehr Zeit haben würde und jetzt …" Er wandte sich ab und sah aus dem Fenster. „Das hier ist genau das, wovor ich Angst hatte, aber ich wusste … Ich bereue nichts. Nicht für eine Sekunde." Thomas wandte sich ihm wieder zu. „Ich weiß, dass du gehen wirst und es ist richtig so." Thomas nahm seine Hand und flocht seine Finger zwischen Brandons. „Du musst gehen und ich muss lernen, irgendwie damit klarzukommen, dass ich nicht mit dir zusammen bin."

Brandon hasste die Vorstellung, dass Thomas lernen würde, damit klarzukommen, statt mit ihm mit jemand anderem zusammen zu sein. Es zog ihm den Magen zusammen und der Appetit, den er nach der Landung verspürt hatte, verging ihm. „Die Vorstellung, dass dich ein anderer Mann anfasst, macht mich so rasend, dass ich ihm am liebsten den Hals umdrehen würde." Brandon hatte sich nie für besonders eifersüchtig gehalten, aber vielleicht lag das nur daran, dass er nie jemanden gehabt hatte, wegen dem er hätte eifersüchtig sein können. Das Schlimmste war, dass es ja nicht mal jemand anderen gab; dass schon allein der Gedanke genügte, um ihn wütend zu machen.

„Willst du wissen, wie es mir bei der Vorstellung geht, wie du einen braun gebrannten, durchtrainierten Surfertypen mit tollen Augen triffst und …?" Thomas ballte die Fäuste.

„Ist das jetzt wieder dieses Altersding?", fragte Brandon, um sich im nächsten Moment erschrocken die Hand vor den Mund zu schlagen. „Heute ist dein Geburtstag."

„Ja, und ich würde das am liebsten einfach nur vergessen."

Brandon nahm seine Tasche hoch, öffnete sie und zog ein eingewickeltes Geschenk heraus.

„Du kleiner Scheißkerl", sagte Thomas zärtlich.

„Ich hätte nie deinen Geburtstag vergessen." Brandon reichte Thomas das Geschenk. „Ich wollte dir etwas schenken, das dir zeigt, dass ich immer an dich denke. Ich hoffe, es gefällt dir."

Thomas riss das Papier mit der Ungeduld eines kleinen Jungen an Weihnachten auf. Brandon hatte schon immer geahnt, dass das ganze Gerede von wegen „ich werde alt" nur Fassade war. In Thomas steckte ein kleiner Junge. Er musste einfach nur zum Vorschein kommen. Brandon freute sich, ihn zu sehen, selbst wenn es nur für ein paar Minuten war.

Das dunkelgrüne Papier landete in Fetzen auf dem Sitz neben ihnen und Thomas zog den Deckel von der kleinen Schachtel.

„Ich dachte …" Brandon biss sich auf die Lippe, als Thomas das silberverzierte, schwarze Lederarmband hervorzog. „Ich habe es in einem Laden gefunden, der indianische Sachen verkauft. Das hier ist von einem Künstler aus Santa Fe. Das Muster, das im Silber eingraviert ist, stellt die Berge seiner Heimat dar." Brandon nahm das Armband und legte es um Thomas' Handgelenk. „Du musst es nicht wirklich tragen, wenn du nicht möchtest. Ich wollte nur …"

Thomas legte seine Hand auf Brandons, während er das Armband zuschnappen ließ. Es war schmal und sah gut aus an Thomas' Handgelenk. „Ich finde es wunderschön." Er küsste Brandon sanft. „Danke."

„Herzlichen Glückwunsch zum Geburtstag, Thomas." Brandon hielt ihn an sich gepresst, während Thomas seine Arme um seine Taille schlang und ihn noch näher an sich zog. Thomas küsste ihn leidenschaftlich und presste ihn runter auf den Ledersitz. Brandon kicherte. „Ich finde es toll, dass dir dein Geschenk gefällt, aber wir machen das hier nicht auf einem Autorücksitz. Das ist einfach zu pornomäßig."

Thomas lachte leise. „Aber was ist, wenn das hier eine meiner ultimativen Fantasien ist? Wenn ich schon immer mal mit einem heißen Typen auf dem

Rücksitz einer Limousine knutschen wollte?" Thomas' verschmitztes Lächeln war fast zu viel für Brandon und sein Verlangen wuchs in rasantem Tempo. Thomas' Duft und Wärme hüllten ihn ein, sodass die Sauerstoffzufuhr zu seinem Gehirn auszusetzen drohte, und sein Verstand gleich mit.

„Ich denke, du kommst drüber weg." Brandon legte die Lippen an Thomas' Ohr. „Was, wenn der Fahrer jetzt in den Rückspiegel guckt, uns sieht, total geschockt ist, von der Straße abkommt und einen armen Hund auf dem Nachhauseweg überfährt? Wie würdest du dich fühlen?"

Thomas verdrehte die Augen. „Mein Gott, du hast wirklich eine lebhafte Fantasie. Wo zum Kuckuck kam das jetzt her?" Er setzte sich wieder aufrecht hin und Brandon schmiegte sich an ihn. Es war einfach schön, seine Wärme aufzunehmen. Die Sprüche, die sie getauscht hatten, hatten die Hitze zwischen ihnen ein wenig heruntergekühlt, aber sie war immer noch spürbar. Brandon war begierig, mit Thomas nach Hause zu kommen, damit er ihm endlich sein echtes Geburtstagsgeschenk geben konnte.

„Ich weiß nicht, aber ich möchte nicht, dass der Fahrer in den Rückspiegel guckt und deinen nackten Hintern sieht und beschließt, dass er dich anbaggern möchte." Brandon legte die Hand an Thomas' Wange. „Ich will nicht, dass irgendjemand dich so ansieht … jemals." Er schloss die Augen und kämpfte gegen den Schwindel in seinem Kopf an. Alles geschah irgendwie so schnell.

Noch vor wenigen Wochen hatte er verzweifelt einen Job gesucht und es hatte so ausgesehen, als ob er niemals eine Beziehung haben würde. Jetzt hatte man ihm seinen Traumjob angeboten, den, den er jahrelang gewollt hatte. Und dazu hatte er einen fantastischen, feinfühligen Partner, der auch noch mega-heiß war. Brandon hatte tatsächlich überlegt, ob er den Job ablehnen sollte, damit er mit Thomas zusammenbleiben konnte, aber … Thomas würde ihn vermutlich umbringen, wenn er das tat, und Brandon wusste, dass er irgendwann wahrscheinlich Thomas die Schuld geben würde, wenn er den Job nicht annahm, und er es bereuen würde.

„Liebling", sagte Thomas sanft und Brandon merkte, dass er immer noch dasaß, die Hand an Thomas' Wange, und völlig in seine Gedanken versunken war.

„Tut mir leid." Brandon zog seine Hand weg, schlang die Arme um Thomas und barg das Gesicht an seiner Seite.

„Dir muss nichts leidtun." Thomas ließ seine Finger durch Brandons Haar gleiten, während er zärtlich seinen Kopf umfasst hielt. „Wir wussten beide, dass das hier vielleicht passieren würde und jetzt müssen wir damit zurechtkommen. Du musst diesen Job antreten und alles geben. Das hier ist dein Traum – solch eine Chance bekommt man nur einmal im Leben."

„Woher weißt du das?", fragte Brandon.

Thomas zuckte mit den Schultern. „So ist das einfach im Leben. Die Dinge begegnen dir, wenn es soweit ist und die wichtigen Entscheidungen im Leben sind nie leicht." Er fluchte leise. „Verdammt, ich klinge wie ein Kummerkastenonkel. Aber ... ich bin es nicht wert, dass du für mich den Rest deines Lebens aufgibst." Thomas zog ihn fester an sich.

„Da bin ich mir nicht so sicher", sagte Brandon.

„Ich bin es nicht wert. Das wäre niemand. Nicht, wenn man sich erst einen Monat kennt. Es wird wehtun, ich weiß. Aber du musst gehen und Hollywood im Sturm erobern. Das ist es, wozu du geboren bist."

Brandon hätte sich vielleicht darüber geärgert, was Thomas ihm sagte, wenn da nicht dieses Stocken in seiner Stimme gewesen wäre. Es verriet ihm, dass Thomas genauso litt wie er selbst, und dennoch war er es, der ihm sagte, dass er gehen musste. Brandon spürte, wie er sich mit jeder Sekunde noch ein bisschen mehr in Thomas verliebte. Es würde unglaublich hart werden, wegzugehen.

„Wir haben noch ein bisschen Zeit", sagte Brandon, während er versuchte, den Kloß in seiner Kehle herunterzuschlucken. „Gibt es für uns noch etwas zu arbeiten?"

„Nein. Es ist sehr ruhig gewesen. Du hattest alles so gut vorbereitet ..." Thomas lachte leise. „Einschließlich aller meiner Mahlzeiten. Du hast jede einzelne in den Küchenkalender eingetragen." Thomas spürte ein Flattern in seinem Bauch, als Brandons Hand darüber wanderte. „Aber ich habe zu viel gearbeitet, deshalb habe ich mir für heute freigenommen."

„Gut. Ich möchte nämlich heute Abend mit dir essen gehen und Grandma hat gesagt, ich soll mit dir im Lauf des Tages bei ihr vorbeikommen. Anscheinend hat sie auch etwas für dich."

„Meine Eltern haben schon ein Geburtstagsdinner geplant und Thelma kommt auch." Thomas hielt Brandon während der ganzen Fahrt in den Armen. „Ich hätte dich ja am liebsten einfach mit nach Hause genommen, dich neandertalermäßig über die Schulter geworfen, ins Schlafzimmer geschleppt und dich dann als mein Hauptgeschenk ausgepackt, aber sie haben sich das anscheinend anders vorgestellt."

Brandon hob den Kopf, um Thomas anzusehen, während sein Körper auf die Vorstellung reagierte, wie es wäre, mit ihm allein zu sein. Schon als Brandon noch ein Teenager gewesen war, hatte Thomas diese Wirkung auf ihn gehabt ... ohne dass er sich irgendwie anstrengen musste. „Das ist echt nicht fair", stöhnte Brandon.

„Ich weiß. Sie sind einfach so darauf aus, mir einen tollen Geburtstag zu verschaffen, dass sie mir genau das wegnehmen, was ich mir wirklich wünsche." Thomas hielt ihn und küsste ihn leidenschaftlich, während das Auto die Straße entlangglitt, auf dem Weg nach Hause.

AN DIESEM Abend verabschiedeten sich Thomas und Brandon von Thomas' Eltern nach einem fantastischen Dinner, das mindestens so gut gewesen war wie alles, was sie in New York gegessen hatten und brachten dann Brandons Großmutter mit der Limousine nach Hause. Sie hatte viel Spaß daran, in dem riesigen Auto herumkutschiert zu werden. Es war zwar nur eine kurze Fahrt, aber sie genoss es. Beim Aussteigen kicherte sie und winkte den Nachbarn zu wie eine Königin.

Okay, vielleicht hatte sie etwas zu viel Wein getrunken.

„Ich bring dich noch rein", sagte Brandon.

Sie wehrte ab. „Ich bin sehr gut in der Lage, in mein eigenes Haus zu gehen und mich selbst ins Bett zu bringen. Das hier ist nicht das erste Mal in meinem Leben, dass ich ein bisschen beschwipst bin und so Gott will ist es auch nicht das letzte Mal." Sie ging ins Haus und Brandon wartete, bis im Haus das Licht anging, bevor er zurück ins Auto stieg. Sie fuhren zurück zu Thomas' Haus, wo eine einzelne Lampe im Fenster brannte.

Thomas stieg aus und geleitete Brandon zur Haustür. Sie betraten das große Haus und ihre Schritte hallten im leeren Flur wider.

Keiner von ihnen sprach, während sie die Treppe hinaufstiegen und in Thomas' Schlafzimmer gingen. Sobald die Tür sich hinter ihnen geschlossen hatte, presste Thomas Brandon mit dem Rücken dagegen und küsste ihn, und schlagartig war eine Hitze und Energie im Raum wie in einem Hochofen. Die Vertäfelung der Tür wurde in Brandons Rücken gedrückt, während Thomas ihn mit seiner Brust am Platz fixierte und sein Gesicht zwischen die Hände nahm. Brandons Kopf schwamm und er genoss Thomas' duftende Wärme. Lust flammte in ihm auf. Das hier hatte er die ganze Zeit, während er weg gewesen war, vermisst. Ja, er wollte den Job, aber dies hier brauchte er auch. Brandon schlang die Arme um Thomas' Mitte. Es gab so vieles, was er sagen wollte, aber wenn er Thomas' Lippen auf seinen fühlte, so heiß und besitzergreifend, vergaß er alles und er wehrte sich nicht dagegen. Worte waren nicht wichtig, zumindest nicht jetzt.

„Thomas", brachte er zwischen atemlosen Küssen hervor und Thomas ließ kurz von ihm ab, um ihn mit sich zum Bett herüberzuziehen. Sie nestelten beide an Hemdknöpfen herum und mühten sich mit Schnürsenkeln und störrischen Reißverschlüssen ab, die gerade jetzt beschlossen hatten, Schwierigkeiten zu machen. Als sie gemeinsam auf die Matratze fielen, klammerte sich Brandon an Thomas und ließ beide Hände wie von Sinnen immer wieder über seinen Körper fahren. Er brauchte alles von Thomas, er wollte sich jeden einzelnen seiner geschmeidigen Muskeln einprägen, jede Kurve seiner Schultern, ja selbst die genaue Form seiner Narbe. Es war, als hätte er nur deshalb ein Gehirn, damit sich jedes Detail von Thomas darin einbrennen konnte.

„Ich habe dich vermisst …" Thomas ließ seine Hände an Brandons Seiten hinabgleiten, saugte an seinen Brustwarzen und bedeckte seine Brust und seinen Bauch mit Küssen. Seine Zärtlichkeit gab Brandon das Gefühl, etwas Kostbares zu sein und geliebt zu werden. Und dann nahm Thomas ihn der Länge nach in den Mund, und Brandon versank in einem Nebel von Lust. Er rang nach Atem und sein Verlangen wurde so stark, dass es beinahe wehtat.

„Hast du mich vermisst?", stieß Brandon zwischen den ihn gnadenlos überflutenden Wellen von Leidenschaft hervor. „Was soll ich machen, wenn ich dich bald jeden einzelnen Tag vermisse?" Er vergrub die Finger in Thomas' Haar und wünschte, er hätte nie etwas gesagt. Aber er konnte einfach nicht anders.

Thomas kam zwischen seinen Beinen hoch und küsste ihn auf den Mund.

„Dasselbe wie ich", sagte er und küsste ihn wieder. Sekunden später war es, als hätte es nie eine Unterbrechung oder irgendeinen Gedanken an die Zukunft gegeben. Verdammt. Thomas brauchte ihn nur zu küssen und schon kam es ihm vor, als wäre alles gut.

Thomas griff zum Nachttisch hinüber, und Brandon spreizte die Beine und schlang sie um ihn. Er wollte Thomas auf jede Art spüren, die nur möglich war. Das Gleitgel war kühl und machte ihm eine Gänsehaut, und er klammerte sich noch mehr an Thomas, während dessen kräftige Finger ihn erforschten und schließlich einer nach dem anderen in ihn glitten. Und dann war es plötzlich Thomas' Schwanz, der in ihn drang, und der Schmerz der Dehnung war exquisit.

Brandon sah in Thomas' wunderschöne braune Augen, während sein Körper sich für ihn öffnete und Thomas' Schwanz langsam, ganz langsam tiefer in ihn glitt. Das war es, wonach er sich gesehnt hatte, das war es, woran er auf dem ganzen Flug nach Hause gedacht hatte. Er brauchte es, dass Thomas ihn so liebte, und in Thomas' Augen spiegelte sich sein eigenes Begehren wider. Gott, das Feuer, das in Thomas' Augen brannte, ließ sein eigenes Verlangen ins Unendliche wachsen. Sich langsam bewegend wiegte Thomas sie vor und zurück und während ihre Leidenschaft höher und höher loderte, und sie beide zu verzehren drohte, hielt er Brandon die ganze Zeit in den Armen und küsste ihn. Wenn Thomas sich zurückzog, konnte Brandon es jedes Mal kaum ertragen, und jeder neue Stoß steigerte sein Verlangen nur noch mehr.

„Weißt du, dass ich dich liebe?", fragte Thomas zärtlich. Er hielt inne. „Wenn nicht, dann will ich, dass du es weißt."

„Sagst du das, damit ich bleibe?" Thomas' Schwanz zuckte in ihm und Brandon stöhnte leise, während er auf Thomas' Antwort wartete – eine Antwort, die er nicht wirklich brauchte, weil er die Wahrheit schon gekannt hatte, bevor er seine Frage aussprach.

„Nein. Du musst gehen. Aber ich will, dass du weißt, dass du ein Stück meiner Seele mitnehmen wirst, eins, das ich nie mehr zurückbekommen kann." Er zog seinen Schwanz ein wenig heraus und stieß ihn dann wieder tief in Brandon hinein, sodass es Brandon wie ein Stromschlag durchzuckte. Reine Wollust pulste durch seinen Körper und wurde so übermächtig, dass er sich nicht länger beherrschen konnte. Er kam mit solcher Gewalt, dass es ihm den Atem nahm und er Thomas mit sich riss; hinein in einen gemeinsamen Orgasmus, der reine Glückseligkeit war.

11

WER HÄTTE gedacht, dass zwei Wochen so schnell vergehen konnten? Es war, als wäre Brandon gerade erst aus Kalifornien zurückgekehrt, und im Handumdrehen packte er schon wieder seine Sachen, um wegzufliegen. Dies Mal für immer.

„Ich habe deinen Kalender auf dem aktuellen Stand", sagte Brandon, während er ein Handy und ein iPad auf Thomas' Schreibtisch legte. „Die hier hat mir Marjorie geschickt, als ich angefangen habe, für dich zu arbeiten. Dein nächster Assistent wird sie gut brauchen können. Ich habe eine Liste von den Leuten gemacht, mit denen ich gearbeitet habe. Die Reinigung und der Gärtnereibetrieb, die Läden und so weiter. Im Moment ist nichts von deinen Sachen bei der Reinigung und ich habe alle Vorräte für dich aufgestockt." Brandon reichte ihm eine Visitenkarte. „Hier, mit diesen Leuten solltest du vielleicht Kontakt aufnehmen. Sie betreiben einen Koch-Service. Sie kommen einmal in der Woche und kochen Mahlzeiten für dich, die eingefroren oder im Kühlschrank aufbewahrt werden können, zum Wiederaufwärmen. Das ist besser, als wenn du dir jeden Abend Take-out kommen lässt."

„Ich komme schon klar", sagte Thomas leichthin.

Brandon nickte. „Klar, du kannst machen, was du möchtest. Aber ich möchte sicher sein, dass du gesund isst und auf dich aufpasst. Ich habe auch ein paar Arzttermine für dich organisiert, einen davon beim Zahnarzt. Deine Mutter hat mir dabei geholfen. Ich habe dir ein paar Notizen zu den Geburtstagen deiner Eltern dagelassen und einfach zu allem, was mir noch eingefallen ist." Er blinzelte heftig. „Marjorie hat gesagt, dass sie tun wird, was sie kann, um dir zu helfen, bis du einen neuen Assistenten gefunden hast."

Thomas schüttelte den Kopf. „Ich werde mir keinen neuen suchen. Ich kümmere mich um meine Angelegenheiten von jetzt an selber. Niemand könnte dich je ersetzen, nicht als meinen Assistenten und in meinem Herzen sowieso nicht." Als Marjorie ihn vor ungefähr einer Woche darauf angesprochen hatte, hatte es sich nicht richtig angefühlt und er war immer noch nicht bereit dazu. „Du musst dir keine Sorgen um irgendetwas machen, außer darum, nach Kalifornien zu kommen und in dein neues Leben und deinen Job zu starten. Ich möchte, dass du mich anrufst und mir Bescheid sagst, wenn du angekommen bist. Und wenn du mit irgendwas Hilfe brauchst, rufst du mich bitte auch an.

Das musst du mir versprechen." Er würde sich Sorgen machen, wenn Brandon das nicht tat.

Das hier war das Härteste, was Thomas je in seinem Leben hatte tun müssen. Brandon hatte die Chance seines Lebens bekommen, so, wie er sie vor so vielen Jahren von Kornan bekommen hatte. Er konnte Brandon das nicht wegnehmen. Er liebte ihn viel zu sehr, um ihn zurückzuhalten.

Er war nach Colorado Springs gezogen, um Ruhe zu finden und um nahe bei seinen Eltern zu sein. Sie brauchten ihn. Er konnte die Menschen, die ihn immer unterstützt und ermutigt hatten, nicht im Stich lassen, nicht jetzt, wo ihm klargeworden war, wie sehr sie ihn brauchten und wie wichtig sie für sein Leben und den Menschen waren, der er geworden war. Bis jetzt hatte er immer das getan, was für ihn selbst das Beste war. Jetzt musste er das tun, was seine Eltern brauchten. Selbst, wenn es ihm das Herz brach.

„Das werde ich. Das weißt du. Und vielleicht kannst du mich ja besuchen kommen." Brandon trat näher an Thomas' Schreibtisch und ging um ihn herum, sodass er vor Thomas stand. „Ich weiß nicht, was ich dir jetzt sagen soll. Ich meine …"

„Ich weiß." Thomas trat vor und umarmte ihn. „Es ist beinahe Zeit für dich, zu gehen. Hast du alles, was du brauchst?"

„Ja … nein." Brandons Stimme brach. „Ich werde schon zurechtkommen." Er machte sich los. „Mein Flug geht in ein paar Stunden und ich habe einen Wagen bestellt, der mich abholt."

„Was ist mit Thelma?" Thomas wusste, dass Brandons Großmutter ihn sehr vermissen würde. „Hast du dich von ihr verabschiedet?"

„Ja. Das habe ich gemacht, als ich heute Morgen gegangen bin." Brandon schmiegte sich wieder an ihn. „Sie wollte nicht, dass ich gehe …"

„Thelma ist stark und das Letzte, was sie will, ist, dass du hierbleibst, wenn die große Welt nach dir ruft." Thomas umarmte ihn fester. „Ich werde ein paar Mal pro Woche bei ihr vorbeischauen und mich vergewissern, dass mit ihr alles in Ordnung ist. Versprochen."

Brandon nickte. „Danke. Ich möchte nicht, dass sie die ganze Zeit allein ist."

Thomas rieb ihm den Rücken und genoss die kurze Berührung. „Wann wird das Auto hier sein? Ich hätte dich auch zum Flughafen bringen können, weißt du?" Er trat zurück. Er musste Abstand halten, sonst würde er auf eine sehr viel intimere Weise Abschied nehmen wollen und dazu war keine Zeit. Diese Art Abschied hatten sie schon letzte Nacht gehabt.

„Es ist das Beste, wenn wir uns hier verabschieden." Brandon schluckte. Thomas sah, wie sich seine Kehle mühsam bewegte. Er streckte die Hand aus und strich mit den Fingerspitzen über Brandons Wange. Sie sahen einander in die Augen. Verdammt, es wäre so einfach gewesen, ihn zu bitten, nicht zu gehen. Das Wort *bleib* lag ihm auf der Zunge. Er öffnete schon den Mund, da läutete es an der Tür.

Der Moment war vorüber.

„Dein Taxi ist da." Thomas wandte sich um und ging zur Tür, um den Fahrer hereinzulassen. Der Fahrer nahm das Gepäck und trug es nach draußen, sodass Thomas noch einmal mit Brandon allein war. „Gute Reise."

„Danke." Brandon schlang die Arme um Thomas' Hals und zog ihn für einen sanften Kuss an sich. Dann trat er zurück. Heftig blinzelnd wandte er sich ab. Er verließ das Haus und ging zum Taxi. Brandon stieg ein. Anstatt die Tür zuzuschlagen, hielt er noch einmal inne und sah zu Thomas zurück, der an der Haustür stehengeblieben war. Thomas atmete tief ein. Er musste sich beherrschen, er musste stark sein. Der Drang, einfach loszulaufen und Brandon zu bitten, zu bleiben, wurde beinahe übermächtig. Schließlich schloss Brandon doch die Autotür, und gleich darauf setzte sich das Auto in Bewegung und fuhr davon.

Thomas sah zu, bis es um die Ecke gebogen und verschwunden war, dann ging er zurück ins Haus und schloss hinter sich die Tür. Er wusste nicht, was er tun sollte. Seine Schritte hallten vom Marmorboden wider, als ob das Haus vollkommen leer war. Und eigentlich war es das auch. Thomas schaute in sein Büro, aber er war nicht in der Stimmung, zu arbeiten. Schließlich setzte er sich im Wohnbereich auf das Sofa und schaltete den Fernseher ein, um sich einen Film anzusehen. Er musste das Haus irgendwie mit Geräuschen füllen. Im Fernsehen lief nichts, was ihn interessiert hätte, aber er ließ das Gerät laufen, auch als er in sein Büro ging. Irgendwie, so hoffte er, würden die Stimmen ihm vielleicht helfen, sich nicht ganz so allein zu fühlen.

Die Tage gingen dahin, einer wie der andere, und für Thomas gab es wenig zu tun, außer zu arbeiten. Nur zu schnell verfiel er wieder in seine alten Muster. Ganz wie früher war es die Arbeit, die seine Zeit ausfüllte und Thomas begann, über Projekte nachzudenken, die er in Colorado Springs entwickeln konnte. Es war nicht New York, aber es gab Möglichkeiten.

Zehn Tage später war Thomas auf dem Weg zum Lebensmittelladen und ohne wirklich darauf zu achten, wohin er fuhr, begutachtete er die Gegend und überlegte, welches Potential es hier für Veränderung und Entwicklung gab. Genauso hatte er einmal angefangen und er konnte es wieder tun. Es würde gut sein.

„Ganz schlechte Idee", sagte Blaze, als er ihn vom Laden aus anrief, um ihm zu erzählen, was er sich vorstellte. Er hatte überhaupt nur deshalb seinen Computer und das Haus verlassen, weil er absolut nichts mehr zu essen hatte.

„Wieso?", fragte Thomas. Er war so erstaunt, dass er mitten in der Gemüseabteilung einfach stehenblieb, sodass die Leute zu beiden Seiten ausweichen mussten.

„Weil Colorado Springs nicht New York ist und weil ich stark bezweifle, dass sie dort ein siebenstöckiges Apartmenthaus brauchen. Vielleicht brauchen sie ein Einkaufszentrum oder eine Revitalisierung ihres historischen Stadtzentrums, aber sicher keinen gläsernen Turm, egal wie architektonisch wertvoll."

„Ich bin der Boss", sagte Thomas energisch.

Zwei Sekunden lang antwortete Blaze nicht. Dann sagte er: „Na und? Es ist mein Job, dafür zu sorgen, dass alle unsere Projekte unseren Standards entsprechen, den Standards, die *du* definiert hast, und dass alles vernünftig und nach Plan läuft. Das hier ist keine gute Idee und ich werde auf keinen Fall mein Okay dafür geben. Erstens ist es nicht das Richtige für die Stadt – und ich habe sie gesehen, als ich damals, als wir im College waren, einmal mit zu dir nach Hause gekommen bin, du erinnerst dich – und zweitens … Du musst aufhören, immer nur zu arbeiten und dir endlich wirklich darüber klarwerden, was du verdammt noch mal eigentlich machen willst."

Jetzt war es Thomas, dem es kurz die Sprache verschlug. „Was zum Teufel …?" Thomas' Stimme wurde lauter und er fasste das Handy fester. „Ich kann tun, was ich will, und wenn ich entscheide, dieses Projekt zu starten, bildest du dir wirklich ein, dass du die Eier hast, mich aufzuhalten?" Das hier war in kürzester Zeit zu einem Kräftemessen geworden.

„Ja, das tue ich. Meine Eier sind sehr schön und seit du das letzte Mal hier warst, sind sie richtig dick geworden. Erinnerst du dich?" Blaze nahm der Situation mit seinem Humor die Schärfe. „Also, hören wir auf mit diesem Alphamännchen-Quatsch. Das bringt uns nicht weiter und es ändert auch nichts daran, dass deine Idee Mist ist. Und auch nichts daran, dass du vor Langeweile fast umkommst."

Das konnte Thomas nicht abstreiten. Er sah sich im Laden um und dann an sich hinunter. Er trug Jogginghosen und ein T-Shirt. Plötzlich fragte er sich, wann er sich das letzte Mal rasiert hatte und … verdammt. Er hasste es, wenn Blaze recht hatte.

„Blaze, ich muss meine Einkäufe erledigen, sonst verhungere ich noch und …"

„Ja, mach weiter, ich lass dich jetzt. Wir reden morgen wieder beim Konferenzgespräch." Blaze legte auf und Thomas blinzelte ein paar Mal, um nach diesem seltsamen Gespräch wieder einen klaren Kopf zu bekommen. Er steckte sein Handy ein und kaufte weiter ein.

Er brauchte ewig, weil er keine Ahnung hatte, wo was war. Aber schließlich hatte er alles, was er brauchte, trug seine Einkäufe hinaus zum Auto und fuhr nach Hause.

Dort packte er alles aus und sortierte die Sachen in den Kühlschrank und in die Regale. Gerade wollte er sich wieder an die Arbeit machen, als es an der Tür klingelte.

„Hallo Thomas, ich bin's." Die Stimme seiner Mutter schallte durch den Flur, als er gerade den Kühlschrank zumachte.

„Ich bin hier", rief er zurück und begrüßte sie mit einer Umarmung. Sie drückte ihn kurz, dann trat sie einen Schritt zurück.

„Du siehst furchtbar aus. Was ist los mit dir? Bist du krank?" Sie legte ihm die Hand auf die Stirn. „Kein Fieber, aber du siehst wirklich furchtbar aus."

„Danke, Mom", brummte Thomas. Anscheinend hatte heute jeder eine Meinung zu ihm, einschließlich der Dame, die eben vor ihm links abgebogen war und offenbar fand, dass er nicht schnell genug fuhr. „Was führt dich her?"

„Ich dachte, du und ich, wir könnten ein bisschen plaudern, aber, Liebling …" Sie rümpfte die Nase. „Du hast wohl länger nicht geduscht? Geh erst mal rauf und rasiere dich und mach dich frisch. Ich bereite inzwischen ein nettes Mittagessen für uns beide vor und dann können wir reden." Sie scheuchte ihn zur Treppe und Thomas stieg die Stufen hinauf, zog sich in seinem Zimmer aus und ging ins Badezimmer.

Seine Mutter hatte recht – ein einziger Blick in den Spiegel genügte, um das festzustellen. Thomas sah schlimm aus, das Haar ungekämmt und ungewaschen, die Wangen stoppelig und unrasiert, und nicht auf die modische Art … Er traute sich gar nicht, den Schnüffeltest an sich zu machen, denn davon würde er wahrscheinlich ohnmächtig umfallen. Was zum Teufel war mit ihm passiert? Die Wahrheit war, dass alle Freude, die er in den Dingen des Alltags wiedergefunden hatte, verflogen war. Thomas seufzte. Er musste sich zusammenreißen und sein Leben wieder in den Griff bekommen.

So rasierte er sich, drehte die Dusche auf und stellte sich unter den heißen Wasserstrahl, um den Mief seines peinlichen Absturzes loszuwerden. Es war Zeit, das Vergangene hinter sich zu lassen und nach vorn zu schauen. Er wusste nur nicht genau, wie er das machen sollte.

Nachdem er sich abgetrocknet und sich angezogen hatte, ging er wieder hinunter in die Küche.

„Viel besser", sagte seine Mom mit einem Lächeln. „Jetzt setz dich. Ich habe dir ein paar Eiersalat-Sandwiches gemacht." Sie brachte einen Teller zum Tisch und setzte sich mit einer Tasse Tee ihm gegenüber auf einen Stuhl. „Es ist Zeit, dass du jetzt entweder pinkelst oder vom Topf runtergehst", fing seine Mutter an und Thomas hätte beinahe seinen Eiersalat über den ganzen Tisch gespuckt. „Du hockst hier seit Tagen herum, tust dir selber leid und damit muss Schluss sein. Also überleg dir, was du machen willst."

„Ich habe mir Gedanken über neue Projekte hier gemacht, und –"

„Nicht diesen Mist", unterbrach seine Mutter. „Ich rede nicht von deiner Arbeit, ich rede von Brandon. Was willst du wegen ihm unternehmen?" Sie nahm einen Schluck Tee. „Du sitzt seit zehn Tagen hier herum und bläst Trübsal. Als ich eben reinkam, hast du mehr wie ein New Yorker Obdachloser ausgesehen als wie ein erfolgreicher Immobilienentwickler. Du bist nicht glücklich, aber du könntest es sein, wenn du nur mal aufhören würdest, dich selbst zu verarschen."

„Meine Güte, Mom." Thomas setzte sich zurück.

„Was willst du? Brandon hat dich glücklich gemacht. Als er hier war, hast du gelächelt und gelacht … sogar geduscht." Sie rollte mit den Augen und Thomas schnaubte.

„Mir geht's gut."

„Papperlapapp. Dir geht's überhaupt nicht gut. Das kannst du erzählen, wem du willst, aber dadurch wird sich auch nichts ändern."

Thomas hob resigniert die Hände. „Was willst du? Was soll ich tun?"

Sie trank ihren Tee und tat, als würde sie über seine Frage nachdenken. Natürlich war das nur Show, das wusste Thomas. „Ruf diese wundervolle Assistentin von dir an und lass sie diesen Jet losschicken, damit er dich nach Los Angeles fliegt. Du musst endlich was tun."

Thomas warf ihr einen ärgerlichen Blick zu. „Willst du wieder mal Kupplerin spielen? Ich sag nur ein Wort – Karla. Weißt du noch?"

Seine Mutter verdrehte die Augen und stand auf. „Da macht man einmal einen kleinen Fehler und sie erinnern dich für den Rest deines Lebens daran. Was ist los mit den Kindern heute?" Sie stellte ihren Becher in die Spüle. „Nichts kriegen sie allein auf die Reihe und wenn man ihnen ein bisschen hilft, wollen sie nur über diesen einen läppischen, klitzekleinen Fehler reden, den du mal gemacht hast." Sie verließ die Küche. „Ruf sie an", sagte sie noch, dann schloss sie hinter sich die Haustür und ließ Thomas mit seinem Lunch allein – und mit der Frage, was zum Teufel da gerade passiert war.

Thomas aß auf und dachte gerade darüber nach, was er als Nächstes tun sollte, als sein Handy klingelte. Es war Marjorie. „Was kann ich für dich tun?"

„Nun ja … es sieht so aus, als ob du nach LA reist. Ich habe angerufen, das Flugzeug wird morgen früh für dich bereit sein. Ich habe dir auch ein Zimmer im Beverly Hills Hotel gebucht. Ich dachte, das gefällt dir bestimmt."

„Marjorie … verdammt, was soll das?"

„Ach, um Himmels willen. Dir geht es miserabel. Ich hatte so was geahnt und als deine Mutter heute in aller Herrgottsfrühe bei mir anrief, da wusste ich, ich hatte recht. Also habe ich einfach mal losgelegt und ein paar Sachen organisiert."

„Ich fliege nicht nach LA", sagte Thomas störrisch.

„Jetzt hör mal zu", sagte sie. „Entweder bleibst du jetzt da sitzen, vermisst ihn und bist die ganze Zeit schlecht drauf … oder du gehst und holst ihn dir. Weißt du nicht mehr, dass wir vor ein paar Jahren mal geplant hatten, an der Westküste ein Büro aufzumachen? Wir haben damals sogar ein Haus dort gekauft, das wir dann erst mal vermietet haben. Na ja, ich habe nachgefragt und es steht gerade leer."

„Also hast du dir überlegt, dass ich rüber fliegen soll und … dann was?"

„Ihn sehen, und dann vielleicht mit diesem Büro loslegen. Es dir da drüben gut gehen lassen. Ich weiß es nicht – was immer du willst. Du hast genug Geld, und in LA gibt's jemanden, der dich genauso sehr vermisst wie du ihn."

„Woher willst du das wissen?" Thomas stellte seinen Teller ins Spülbecken und ging durchs Haus, während er sprach. Plötzlich war er voll nervöser Energie.

„Was glaubst du? Ich habe mit ihm geredet. Er liebt seinen Job, aber er vermisst dich und ich weiß, du vermisst ihn auch, also beweg deinen Hintern und flieg hin. Denk dir was aus für dein Leben, was dich glücklich machen wird, und fang dann einfach damit an." Sie räusperte sich. „Und jetzt beende ich den Arschtritt-Modus und schalte wieder in den Assistentinnen-Modus zurück. Zwing mich nicht noch mal zu so was, verstanden?" Sie war kurz davor, in Gelächter auszubrechen, und Thomas spürte, wie sich seine Mundwinkel hoben. „Okay. Ich schicke dir die Infos für den Flug und das Hotel. Und ich sende dir auch noch Brandons Adresse in LA. Ein Auto habe ich dir auch schon besorgt."

„Klingt, als ob du alles komplett durchorganisiert hast." Er fühlte sich gereizt und streifte weiter wie eine Raubkatze durchs Haus.

„Habe ich nicht. Den Rest musst du allein tun." Marjorie seufzte. „Mach das hier, Thomas. Du musst ihn sehen und du musst irgendetwas tun. Ich sage nicht, dass du dorthin ziehen sollst, wenn du das nicht möchtest, aber du kannst doch überall leben, und du kannst auch von LA aus nach New York fliegen, wenn es nötig ist. Du kannst jederzeit nach Colorado zurück, um deine Eltern zu besuchen oder vielleicht wollen sie ja auch umziehen. Aber du kannst einfach nicht nur herumsitzen und die ganze Zeit Trübsal blasen. Er hat dich doch glücklich gemacht, oder?"

Thomas merkte, dass er nickte, bevor er überhaupt nachgedacht hatte. Brandon hatte ihn zum Lächeln gebracht und wenn er nur an ihn dachte, war es, als käme die Sonne hinter den Wolken hervor. „Wie geht es ihm?"

„Gut. Er arbeitet viel und anscheinend kommen seine Ideen gut an. Ich glaube, dass er dort richtig Erfolg haben kann. Wenn er jemanden hat, der hinter ihm steht. Allein wird es hart für ihn. Du weißt selbst, wie das ist."

Thomas nickte. „Okay. Triff alle Vorbereitungen, die noch nötig sind. Sorge dafür, dass morgen früh ein Wagen kommt und mich abholt. Ich fliege nach LA."

„Oh, Gott sei Dank", hauchte Marjorie. „Jetzt bleibt es mir erspart, dir zu erklären, dass Liebe zu kostbar ist, um sie wegzuwerfen und so weiter. Ich liebe dich und Brandon, und ich glaube wirklich, dass ihr einander verdient habt, aber ich möchte nicht unbedingt einen Zuckerschock erleiden." Sie lachte.

Thomas blieb stehen und lächelte. „Danke dafür. Ich bin wirklich froh, dass ich mir das nicht anhören muss."

„Gut. Nun leg los und tu alles, was du noch tun musst, damit du morgen bereit bist für die Reise. Ich organisiere ein Taxi, das dich morgen früh abholt." Sie klang fröhlich. „Ruf mich an, wenn du noch was brauchst."

„Mach ich. Und … Marjorie? Danke."

Sie lachte. „Bedank dich nicht bei mir, sondern bei deiner Mutter. Sie war diejenige, die mich angerufen hat und mir erzählt hat, was mit dir los ist."

Thomas stöhnte. „Natürlich hat sie das." Verflixt, er musste wirklich mal mit ihr reden. „Manchmal frage ich mich echt, was ich von ihr halten soll."

„Ich finde deine Mutter großartig … und vielleicht ein klein wenig Angst einflößend. Ich schicke dir alle Infos für die Reise." Sie legte auf, und Thomas schüttelte den Kopf und starrte auf sein Handy, bevor er die Treppen hinauflief, um zu packen.

12

BRANDONS JOB war genau das, was er sich erträumt hatte.

„Bis morgen", rief er Cheryl zu, die gerade dabei war, zu gehen. Er teilte sich mit ihr und noch zwei anderen ein kleines Büro. Das Studio war der Meinung, dass Nähe gleichbedeutend war mit Zusammenarbeit – oder war das hier einfach erzwungenes Teamwork? Er war nicht sicher und es spielte auch keine Rolle. Er hatte gar keine Zeit, darüber nachzudenken.

„Hast du heute schon was vor? Ich gehe mit ein paar Freunden aus und du könntest mitkommen."

„Ich habe noch zu tun. Das Manuskript hier muss heute fertigwerden und ich habe es schon fast geschafft. Wie wäre es am Freitag?" Das wäre eine Belohnung dafür, dass er die zweite Woche geschafft hatte.

„Klingt super."

Als sie gegangen war, stürzte Brandon sich wieder in die Arbeit. Bald hatte er dem Text den letzten Schliff gegeben und schickte ihn seinem Chef. Dann fuhr er seinen Computer herunter und machte sich bereit, zu gehen. Brandon hatte geglaubt, dass es irgendwie einen gewissen Glanz haben würde, für ein Filmstudio zu arbeiten, aber es war vor allem eines: Arbeit. Er hatte in den Fluren schon ein paar Leute gesehen, die wohl berühmt waren, aber er hatte kein Interesse daran gehabt, wie ein peinliches Landei rüberzukommen, also hatte er nicht weiter auf sie geachtet und war einfach weitergegangen.

Brandon räumte seine Sachen zusammen und ging nach draußen, wo das Mietauto geparkt war, das er vom Studio bekommen hatte. Er fuhr durch die Stadt, durch schon vertraut gewordene Straßen nach Hollywood, wo die kleine möblierte Wohnung lag, die für ihn gemietet worden war. Er stellte das Auto auf seinen Parkplatz und ging in die Lobby, um seine Post zu holen.

Bei den Briefkästen stand ein Mann. Er drehte sich langsam zu ihm um. Brandon blinzelte ein paar Mal, um sicherzugehen, dass er keine Halluzinationen hatte.

„Thomas?", fragte er, indem er nähertrat. Noch immer konnte er nicht glauben, was er sah. Sein Herz schlug schneller, und dann stand er vor Thomas. „Was machst du …?"

Er bekam keine Gelegenheit, den Satz zu Ende zu bringen. Thomas hielt ihn in den Armen, presste ihn mit dem Rücken gegen die Briefkästen und küsste ihn wild. Für eine Millisekunde dachte Brandon noch, dass hoffentlich niemand gerade jetzt herunterkommen würde, um sich die Post zu holen, denn derjenige würde wirklich etwas zu sehen bekommen, doch dann vertiefte Thomas seinen Kuss und vertrieb damit alle anderen Gedanken aus Brandons Kopf.

„Oh mein Gott, wie ich dich vermisst habe." Thomas trat zurück. Brandon leckte sich die Lippen und versuchte, wieder zu Atem zu kommen. Thomas trug Jeans und ein grünes Polohemd und sah fantastisch aus.

Brandon nickte. „Ich dich auch. Ähm, möchtest du reinkommen?" Er öffnete eine Tür und Thomas folgte ihm zum Fahrstuhl. Sie fuhren zum dritten Stock hinauf, gingen einen Flur entlang, von dem aus man den Pool sehen konnte und kamen dann zu seinem kleinen Apartment ganz hinten im Haus. Er öffnete die Tür und Thomas trat ein und blieb wie angewurzelt stehen. „Tut mir leid, es ist nicht sehr groß. Ich versuche, etwas Besseres zu finden, aber …" Verdammt, er musste sich bemühen, seine Verlegenheit zu verbergen. „Wann bist du gekommen?"

„Ich bin heute Nachmittag gekommen und ich habe ungefähr eine Stunde lang darauf gewartet, dass du nach Hause kommst. Ich wollte dich überraschen."

„Das ist dir gelungen …" Brandon stellte seine Tasche ab und Thomas zog ihn in seine Arme.

„Sehr gut. Das hatte ich gehofft." Thomas küsste ihn wieder.

Brandon legte die Hand auf seine Schulter, klopfte sanft darauf und Thomas trat zurück. „Aber warum? Das war ein ziemlich langer Weg für eine Überraschung. Ich freue mich natürlich sehr." Er lächelte, während er versuchte, zu verstehen, was vor sich ging. Würde Thomas gleich wieder abreisen oder war er hier, um zu bleiben? Er wusste nicht, ob er Angst haben musste oder hoffen durfte.

„Na ja, in den letzten zehn Tagen habe ich von meinem Büro mehr gesehen als von meinem Schlafzimmer. Ich habe alle Vorräte im Haus aufgegessen und bin dann einkaufen gegangen, nachdem ich mich drei Tage hintereinander weder rasiert noch geduscht hatte. Und immer, wenn ich zwei Sekunden Zeit hatte, habe ich an dich gedacht."

Brandon räusperte sich. „Du hast drei Tage lang nicht geduscht? Was hast du dir gedacht?"

„Dass es mir furchtbar ging. Meine Mutter ist zu mir gekommen und hat mir gesagt, ich sollte aufhören, mich selbst zu verarschen, und zu dir fahren. Marjorie hat das Flugzeug und das Hotel für mich organisiert und gesagt, ich soll fliegen. Blaze hat mir auf seine Art gesagt, dass ich aufhören soll, alle mit meiner schlechten Laune zu nerven." Thomas lächelte und Brandon schmiegte sich an ihn. Genau das hier hatte er vermisst.

„Sie haben dich gedrängt, zu kommen? Ist das der einzige Grund dafür, dass du hier bist? Damit sie dich in Ruhe lassen?" Wenn das so war, dann war es schön, dass Thomas zu Besuch gekommen war, aber dann musste Brandon diese ganze Sache hinter sich lassen.

„Nein. Ich bin hier, weil ich ein Westküstenbüro eröffnen werde und hier ein paar Projekte starten will. Mir ist klargeworden, dass ich eine neue Herausforderung und etwas Besonderes in meinem Leben brauche. Also bin ich ins Flugzeug gestiegen und hergekommen."

„Also bin ich eine Herausforderung?", fragte Brandon.

„Nein. Du bist etwas Besonderes." Thomas fuhr mit den Fingern an Brandons Wange und Kinn entlang. „Du bist die Sonne, die hinter einer Wolke verschwunden ist, sobald du mein Haus verlassen hattest. Du warst nicht mal da, aber du warst das Letzte, woran ich immer vorm Einschlafen noch gedacht habe, und das Erste, was ich mir jeden Morgen auf meine leere Bettseite gewünscht habe. Das ist es, was du bist." Thomas bewegte sich nicht und Brandon wollte nicht einmal atmen, um diesen Zauber zwischen ihnen nicht zu zerstören.

„Es ist nicht leicht hier. Ich kenne niemanden, aber ich liebe meine Arbeit. Es ist wirklich cool und sie sind zufrieden mit dem, was ich mache. Mein Chef hat mir eine neue Aufgabe gegeben. Ich soll die Promotion für einen neuen Film planen. Es ist eher eine Low-Budget-Produktion, aber ich glaube, wenn es mir gelingt, ein gutes Marketing zu machen, dann könnte das eine tolle Sache werden. Das ist genau das, was ich wirklich machen will … und …" Er begriff, dass, wie er es auch drehte und wendete, alles viel mehr Spaß machen würde, wenn jemand abends auf ihn wartete, besonders, wenn es jemand war, der ihn so ansah wie Thomas jetzt, als wäre er das Zentrum des Universums und als würde ihn nicht mal ein verdammtes Erdbeben jemals von ihm ablenken können.

„Ich weiß. Meine Leute in New York können praktisch alles allein hinkriegen und wenn sie es einmal nicht können, habe ich ein Flugzeug. Also habe ich mir gedacht, ich schaue mich hier nach einem Haus um, eins mit einem netten Garten, schöner Aussicht und vielleicht sogar einem Betonteich." Thomas lächelte und Brandon lachte über die Anspielung auf die *Beverly Hillbillies*. „Wirst du mir helfen, ein Haus zu finden und es einzurichten?"

Brandon senkte den Blick. „Du meinst, als dein Assistent?"

Thomas schüttelte den Kopf und küsste ihn noch einmal. „Als mein Partner, als der Mensch, der dort mit mir leben und auf der freien Seite meines Bettes schlafen wird. Ich hoffe nur, dass ich es schaffen werde, mit dir mitzuhalten."

Brandon versetzte ihm einen Schlag auf die Schulter. „Hör auf mit dem Alter-Mann-Quatsch." Er spielte mit dem silberdurchzogenen Haar an Thomas' Schläfen. „Ich muss mir Sorgen machen, ob ich mit dir mithalten kann." Brandon lehnte sich vor, bis seine Stirn die von Thomas berührte. „Du bist perfekt, so wie du bist, und ich liebe dich." Er hielt inne und Thomas neigte den Kopf und presste seine Lippen auf Brandons.

„Ich liebe dich auch." Thomas küsste ihn und sah ihn dann an. Die Fältchen um Thomas' Augen hatten sich geglättet und als seine Mundwinkel sich hoben, war sein ganzer Gesichtsausdruck einfach nur glücklich und entspannt. „Ich habe immer geglaubt, ich hätte alles, was ich mir je gewünscht habe und dass meine Träume alle wahr geworden wären, aber ich habe mich geirrt." Er legte die Hand an Brandons Wange. „Vielleicht kann Hollywood der Ort werden, wo deine und meine Träume in Erfüllung gehen."

Thomas küsste ihn wieder und Brandon wusste, alles war möglich, solange Thomas nur bei ihm war.

EPILOG

VERÄNDERUNG WAR etwas Gutes – zumindest hörte Thomas nicht auf, sich das zu sagen. In den letzten sechs Monaten hatte es viel davon gegeben. Er hatte ein Haus am Stadtrand von Beverly Hills gekauft, das ihm gefiel, und er und Brandon hatten es genau so renoviert, wie sie es haben wollten, mit klaren Linien und viel Licht. Das Haus war gerade alt genug, um Charakter und Charme zu haben. Er hatte schnell begriffen, dass ein ultramodernes Zuhause nicht das war, was er und Brandon wollten. Seine Eltern überlegten immer noch, ob sie ebenfalls an die Westküste ziehen sollten und Thomas tat sein Bestes, sie zu überzeugen.

„Ich muss los, Grandma vom Flughafen abholen", sagte Brandon, der gerade aus dem zweiten Gästezimmer im ersten Stock trat. Thomas' Eltern waren in dem kleinen Poolhaus untergebracht, das neben einem Wohnbereich auch ein Schlafzimmer und ein Badezimmer hatte. Collin würde in dem kleineren Gästezimmer wohnen und für Thelma hatten sie das größere vorgesehen, das näher bei ihrem eigenen Schlafzimmer lag.

„Soll ich mitkommen?", fragte Thomas und sah von seinem Laptop hoch. Er beantwortete gerade E-Mails. Erst hatte er gemeint, dass er ein Homeoffice brauchen würde, aber als er die wunderbar beruhigende Aussicht auf den Garten entdeckt hatte, die das Wohnzimmer bot, hatte er es sich anders überlegt. Wenn er sich jetzt Arbeit mit nach Hause nahm, saß er in seinem Lieblingssessel und hatte es richtig behaglich.

„Kannst du machen. Dein Bruder hat angerufen, sein Flugzeug kommt in einer Stunde an. Ich dachte, ich hole beide gleichzeitig ab."

„Dann sollten wir uns auf den Weg machen. Auf die Art können wir noch in Ruhe unsere Angriffsstrategie besprechen."

Sie hatten sich überlegt, dass sie Thelma einladen wollten, bei ihnen zu leben, und dass sie in das Poolhaus ziehen könnte. So würde sie unabhängig sein und doch so nahe bei ihnen, dass sie ihr helfen konnten, wann immer es nötig war.

„Wunderbar." Brandon beugte sich über die Armlehne seines Sessels, um ihn auf den Mund zu küssen.

Thomas umarmte ihn und wenn da nicht sein Laptop gewesen wäre, hätte er Brandon auf seinen Schoß gezogen. Und wenn da nicht seine Eltern im Poolhaus gewesen wären ... Sie hatten von dort eine perfekte Aussicht auf alles, was er und Brandon taten. „Also dann los." Thomas stellte seinen Computer zur Seite und sie gingen hinaus zur Garage, stiegen in den SUV und fuhren los.

„Ich denke, es ist das Beste, wenn du Grandma fragst, ob sie bei uns leben will. Sie kann dir einfach nichts abschlagen." Brandon biss sich auf die Lippe und Thomas tätschelte sein Bein, während er an einer Kreuzung hielt, um dann auf die Schnellstraße abzubiegen.

„Das mache ich, aber du solltest ihr ein paar Tage Zeit geben, um zu sehen, ob es ihr hier gefällt. Vielleicht hasst sie es hier und das musst du dann akzeptieren." Thomas würde tun, was er konnte. Er wusste, dass Brandon sie schrecklich vermisste und dessen Eltern waren alles andere als hilfreich. Sie sagten Thelma ständig, dass sie sich nach einem Platz im Seniorenheim umsehen sollte. Sie wollten nicht für sie sorgen und sie einfach nur irgendwo unterbringen. Es machte Thomas richtig sauer.

„Okay." Brandon rang die Hände und Thomas wusste, dass es mit dem Akzeptieren wohl nichts werden würde. Brandon wünschte sich dies einfach zu sehr.

„Ich weiß, es ist nicht leicht, aber bitte hab Geduld. Vielleicht fragen wir sie, wenn sie sich über deine Eltern beschwert." Thomas lächelte und Brandon nickte. Das würde der ideale Zeitpunkt sein und er würde sicher kommen.

Sie fuhren auf die Schnellstraße auf und es dauerte eine ganze Weile, bis sie den Flughafen erreicht und das Auto abgestellt hatten. Brandon hatte Thelma schnell entdeckt und es gab viele Umarmungen. Als sie ihre Koffer hatten, entdeckte Thomas Collin bei der Gepäckausgabe.

„Nimm dich vor Mom in Acht", warnte Thomas seinen Bruder, als er ihn umarmte. „Sie hat schon ein paar Leute kennengelernt und ich schwöre, sie ist schon dabei, Frauen zusammenzusuchen, die sie dir vorstellen kann."

„Oh Gott", sagte Collin und verdrehte die Augen. „Nicht schon wieder. Sag ihr, ihr Versuch mit Karla reicht mir für den Rest meines Lebens." Sie lachten beide und sobald Collin seine Taschen hatte, gingen sie zu Thelma und Brandon hinüber.

„Thomas, Brandon hat gesagt, ihr beide wollt, dass ich zu euch ziehe", sagte Thelma.

„Brandon", schalt Thomas. „Wir haben doch darüber gesprochen!"

„Mein Vater guckt sich schon Altenheime an", sagte Brandon entrüstet. „Der blöde Idiot. Vielleicht können wir ein Arschoholiker-Heim finden und ihn dort anmelden."

„Jetzt soll sie sich erst mal ein bisschen eingewöhnen und dann kann sie sich entscheiden, was sie möchte", beruhigte Thomas ihn. Er wandte sich an Thelma. „Ja, wir möchten gern, dass du zu uns ziehst. Wir haben das Poolhaus, das meine Eltern im Moment bewohnen, also hättest du deine eigene Wohnung und wärst trotzdem in unserer Nähe." Er drückte ihre Hand. „Und wenn du dein Haus verkauft hast, hättest du genug Geld, um zu machen, was du willst."

Brandon lächelte und begrüßte Collin mit einer Umarmung. Dann nahm er seine Großmutter beim Arm und führte sie aus dem Flughafengebäude zum Parkhaus, wobei er sie auf die Palmen und auf die Tatsache hinwies, dass das Thermometer achtzehn Grad plus anzeigte, obwohl es Ende Dezember war.

„Brandon hat so viel Begeisterung in sich, er könnte in der Wüste Sand verkaufen", sagte Collin, während sie hinter Brandon und Thelma zum Auto gingen.

„Er ist der fürsorglichste, selbstloseste Mensch, dem ich je begegnet bin." Thomas betrachtete Brandon und konnte nicht verhindern, dass sich ein Lächeln auf sein Gesicht stahl. „Brandon macht mich glücklich und wenn er möchte, dass Thelma oder halb Colorado zu uns zieht, wie könnte ich nein sagen?"

Collin blieb in der Garage stehen und wandte sich ihm zu. Thomas blieb ebenfalls stehen und Collin schüttelte den Kopf. „Es ist schön, dich verliebt zu sehen, Bruder. Ich habe nicht geglaubt, dass es noch mal passiert nach dem Mistkerl damals, aber …" Er neigte leicht den Kopf. „Ich wünschte, ich hätte auch so viel Glück."

„Irgendwann passiert es", sagte Thomas und ging mit Collin weiter. „Wenn du es am wenigsten erwartest."

Als sie das Auto erreichten, öffnete Thomas die Türen und half Brandon, das Gepäck einzuladen. Nachdem er sich vergewissert hatte, dass alle eingestiegen waren, fuhr er aus dem Parkhaus, bezahlte und steuerte das Auto auf die Schnellstraße Richtung Norden, nach Hause.

„Habt ihr Santa gesagt, was ihr euch zu Weihnachten wünscht?", fragte Thelma von hinten.

„Ja", antwortete Thomas. Der Verkehr wurde dichter und er bremste und sah zu Brandon herüber. „Ich auf jeden Fall."

„Glaubst du, es liegt zu Hause unter dem Baum?", fragte Thelma, gerade als der Verkehr auf der 405 zum Stillstand kam.

„Es liegt nicht unter dem Baum." Er wandte sich zu Brandon. „Weißt du, es ist so, ich habe schon alle Weihnachts-, Oster- und Geburtstagsüberraschungen bekommen, die ich mir jemals wünschen könnte." Er warf einen Blick auf die Autos vor ihnen, die alle standen, dann zog er Brandon an sich und küsste ihn.

Robin, der Empfänger eines neuen Herzens, weiß, dass er es nicht einfach an den Erstbesten verschenken darf …

Robin hat in letzter Zeit viel erlebt, von einer Herztransplantation bis hin zu einer sehr schmerzhaften Trennung. Doch seine Erfahrungen haben ihn gelehrt, dass das Leben kurz ist, und er ist bereit, jeden Tag zu nutzen und einen Neuanfang zu machen. Ein Job bei Euro Pride Tours ist genau die Art von Abenteuer, die er sucht. Dabei lernt er die Welt kennen und kann sein Leben genießen, aber an Liebe denkt er überhaupt nicht. Er ist sich nicht sicher, dass sein Herz das ein weiteres Mal verkraften könnte.

Johan mag seine Familie enttäuscht haben, indem er seinen eigenen Weg geht, aber als er Robin kennenlernt, hat er nicht vor, ihn im Stich zu lassen. Die beiden Männer sind für den anderen genau das, was ihm gefehlt hat, um sich wieder vollständig zu fühlen. Auch ist Johan nicht der Mann, für den Robin ihn ursprünglich gehalten hat, sondern er ist der Richtige, um Robins geborgtes Herz schneller schlagen zu lassen. Während einer Rundreise durch Süddeutschland kommen sie sich näher, aber als Robins Ex sich der Reisegruppe anschließt, könnte er ihrer aufkeimenden Liebe ein jähes Ende bereiten.

www.dreamspinner-de.com

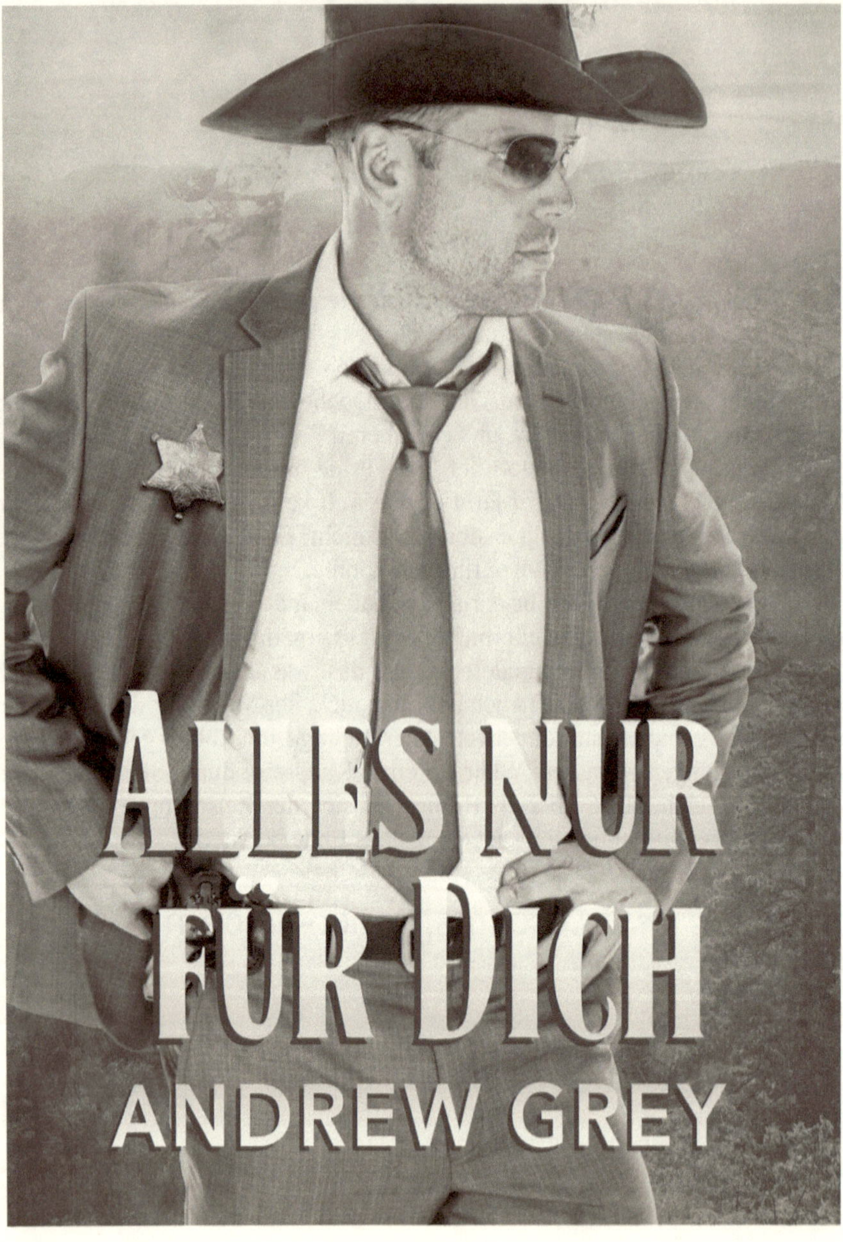
ALLES NUR
FÜR DICH
ANDREW GREY

Der einzige Weg zum Glück ist Freiheit: die Freiheit, im Leben und in der Liebe dem eigenen Herzen zu folgen. Diese Freiheit in Anspruch zu nehmen erfordert allen Mut, den ein junger Mann aufbringen kann … Aber er muss sich der Aufgabe nicht allein stellen.

Im kleinen konservativen Sierra Pines, Kalifornien, ist Pastor Gabriel das Gesetz. Sein Sohn Willy folgt seinen Vorgaben … bis er in Sacramento einen Mann kennenlernt und ihn kurz darauf in seiner Heimatstadt wiedertrifft – genau vor der Nase seines Vaters.

Reggie ist der neu ernannte Sheriff von Sierra Pines. Sein Engagement für den Beruf verlangt, dass er seine Sexualität nicht zur Schau stellt. Aber als er Will wiedertrifft, wird er das Gefühl nicht los, dass sie füreinander bestimmt sind. Er möchte Wills Geheimnis wahren, bis Will bereit ist der Welt zu zeigen, wer er ist. Als wäre es nicht schon genug, sich gegen die Kirche und die Stadtbewohner zu stellen, drohen die Gefahren von Reggies geliebtem Job der Romanze ein Ende zu bereiten, ehe sie noch richtig begonnen hat.

www.dreamspinner-de.com

ANDREW GREY ist der Autor von über 100 zeitgenössischen Gay Romance Geschichten. Nachdem er siebenundzwanzig Jahre lang für große US-Firmen gearbeitet hat, lebt er heute in Central Pennsylvania, zusammen mit seinem Ehemann Dominic und seinem Laptop. Eine interessante Dreiecksbeziehung.

Andrew wuchs in West-Michigan auf mit einem Vater, der es liebte, Geschichten zu erzählen, und einer Mutter, die es liebte, sie zu lesen. Seit damals hat er an verschiedenen Orten in den USA gelebt und ist durch die halbe Welt gereist. Er hat den RWA Centennial Award gewonnen, hat einen Master von der Universität von Wisconsin-Milwaukee und arbeitet heute Vollzeit als Autor.

Andrew sammelt Antiquitäten, liebt Gartenarbeit und lässt mit Vorliebe sein schmutziges Geschirr überall stehen – nur nicht im Spülbecken (ganz besonders, wenn er mit Schreiben beschäftigt ist). Er ist dankbar für seine Familie, die ihn immer akzeptiert hat, für seine fantastischen Freunde und dafür, dass er den liebevollsten Partner der Welt hat, der ihn in allen Lebenslagen unterstützt. Zurzeit lebt er im wunderschönen, historischen Carlisle, Pennsylvania.

Email: andrewgrey@comcast.net

Website: www.andrewgreybooks.com

Von ANDREW GREY

Alles nur für dich
Cowboys im zahmen Osten
Geborgtes Herz
Neue Wege
Sein größter Fang

CARLISLE COPS
Feuer und Wasser
Feuer und Eis

GESCHICHTEN AUS DER FERNE
Ein weites Land – Miteinander
Ein weites Land – Dunkle Wolken
Ein weites Land – Unruhige Zeit
Fremde Weiten

HERZENSSACHEN
Das Licht der Liebe

IM FEUER
Erlösung in Feuer
Gestählt im Feuer
Sieg über das Feuer

SIEBEN TAGE
Sieben Tage

SINNE
Liebe kommt auf leisen Sohlen

Veröffentlicht von DREAMSPINNER PRESS
www.dreamspinner-de.com

www.ingramcontent.com/pod-product-compliance
Lightning Source LLC
Chambersburg PA
CBHW022158240626
47153CB00007B/2726